"中华元典引读丛书"出版委员会

主　任：谢清溪

副主任：纪庆芳　展文婕

委　员（以姓氏笔画为序）：

　　　　马　博　仝一帆　阮林要　李亚涛

　　　　时　海　陈建恩　郑　鑫　胡玲霞

　　　　姜　畅　高枫叶　谌洪波

楚辞引读

李中华 著

河南大学出版社
HENAN UNIVERSITY PRESS
·郑州·

图书在版编目（CIP）数据

楚辞引读 / 李中华著 . -- 郑州：河南大学出版社，2024. 12. --（中华元典引读丛书 / 李振宏主编）.
ISBN 978-7-5649-6092-6

Ⅰ. I222.3

中国国家版本馆 CIP 数据核字第 2024FD3061 号

楚辞引读
CHUCI YINDU

总　策　划	孔令刚
责任编辑	杨光辉　姜　畅
责任校对	辛德萱
封面设计	翟淼淼
出版发行	河南大学出版社
	地址：郑州市郑东新区商务外环中华大厦 2401 号
	邮编：450046　电话：0371-86059701（营销部）
	网址：hupress.henu.edu.cn
排　　版	郑州印之星数字文化产业有限公司
印　　刷	河南印之星印务有限公司
版　　次	2024 年 12 月第 1 版
印　　次	2024 年 12 月第 1 次印刷
开　　本	889 mm×1194 mm 1/32　印　张　9.75
字　　数	179 千字　　　　　　　定　价　42.00 元

版权所有·侵权必究

本书如有印装质量问题，请与河南大学出版社营销部联系调换。

序

中华元典创生于春秋战国的大变革时代。自夏以来的中国早期文明社会，到周代的分封制度达到成熟阶段，这一社会形态的国家政体是贵族制。以中央王朝的国君即天子为一权力主体，以公卿士大夫即贵族为另一权力主体，世袭国君和世袭贵族通过宗亲和姻亲血缘纽带组成一个统治网络，代代相传、永恒不变地占据着国家政治生活、经济生活和文化精神生活的中心。这样一个贵族制社会从夏开始，一直延续了一千多年，到公元前770年周平王东迁，终于走向了它的衰落和蜕变。平王东迁作为一个象征性事件，标志着一个新时代的开端。春秋时期，王室衰微，礼崩乐坏，历史表面的混乱局面，掩盖着深层的历史潜流，人们往往用"春秋无义战"来描述这个时代；但历史一进入战国时期，其演变的本质便显示出来。战国时期各国变法的主流揭示,从春秋开始的这场历史大动荡,预示着一个崭新的历史时代的到来,它是一场社会形态的变革,是中国历史从贵族政治向官僚政治的过渡。

大凡历史剧烈动荡的岁月,给人们的启迪也往往更加丰富和深刻。历史的大动荡,亵渎了一切传统的神圣的东西。传统的政治体制逐渐坍塌,传统的意识形态、社会观念、思想文化遇到了前所未有的挑战。历史何以会发生这样剧烈的变革和动荡,在动荡中崩溃的社会应该以怎样的模式重新塑造等等,一系列带有世界观、历史观、社会观性质的问题,逼迫着人们去思考,去回答。于是,在思想文化领域,展开了一场长达三百年的百家争鸣。正是在这场反省历史、洞察现实、描绘未来的思想运动中,古圣先贤们为我们提供了一批支配后世民族文化发展的中华元典。这批中华元典,诸如《周易》《诗经》《尚书》《春秋》《礼记》《老子》《庄子》《论语》《墨子》《管子》《商君书》《韩非子》等等,是夏商周以来古典传统文化的积淀和结晶,又是新旧时代交替的历史启迪;它既积累了中华先民两千年文明史的卓越智慧,又是对一个新的历史进程的揭示和预见,充当了一个新时代的号角和先声。

中华元典是春秋战国这个特定时代的产物。一方面,社会历史在政治、经济上所经历的深刻变迁,给当时的思想家们以深刻的历史启迪,使其著作具有其他时代所无法比拟的深刻性；另一方面，传统社会坍塌的剧烈震撼，促使人们从历史的根本点上思考问题，从而使当时人们所提出的问题，多具有世界观、历史观和人生观的性质，具有比较广泛的普遍性价值或意义。

三十年前，冯天瑜先生在《元典文化丛书·序》中说：

> 历史的辩证法反复昭示：发展不是简单的生长和增进，它往往不一定呈直线式进步，而是通过一系列螺旋式圈层实现的。这样"回复"便不总是重复往昔，而可能是一种上升的形式，是"唤醒"事物在其开端时即已蕴蓄着的可能性的一种形式。作为由具有自觉意识的人类创造的文化，也生动地展现着螺旋式的发展轨迹，如欧洲"文艺复兴"的崇尚古希腊、"宗教改革"的服膺《圣经》，便是对"元典精神"的发扬和再造，而欧洲文化正是在这种"回复"中赢得历史性进步的。这种向"文化元典"汲取灵感，获得前进基点的现象在中国也多次出现，著名的"古文运动"便是典型事例。考之以中国近现代思想文化史，这种"返本开新""以复古为解放"，即回归元典精神以求新变的情形也俯拾即是。

冯天瑜先生所讲人类思想史上这种不断发生的"返本开新"现象，佐证了元典的不朽性。的确，中国先秦时代

所产生的文化元典,就有其不朽性。大致说,元典的不朽性主要取决于两个方面:

其一,它所提出的问题具有普遍性意义,是不同时代人们所关注的共同性问题,处在不同历史条件下的人们,都能从元典的阐述中汲取智慧,都能使自己的思考追溯到人类智慧的最初观照。譬如在元典中一再提出的如下问题:"天人之辨"(人与自然的关系)、"人性之辨"(关于人的本性善恶的思考)、"义利之辨"(社会道义与经济利益的关系)、"刑礼之辨"(刑法治理与礼制教化的关系)等等,这些问题对于两千多年的传统社会来说,无疑都是不朽的课题,像"天人之辨""人性之辨""义利之辨"等,还具有普遍的人类意义。

其二,"中华元典"的不朽性,还在于它对以上基本问题的解决,给后人的思考提供了一种具有高度抽象性的哲理性回答,从而使人们可以从各种角度受到它的启迪。在人类认识的早期时代,人们还不可能对自然界和社会进行解剖、分析,自然界和人类社会只能被作为一个整体去观察,从而得出混沌的整体性认识。这种认识,一方面有它不精确不完善的特点,而另一方面则使它有可能包含了对自然界和人类社会整体联系性的不少天才猜测。例如《老子》中的"道",《周易》中的运动观、发展观、变易观,《论语》中孔子的仁学思想体系,等等,都是对自然变化之道，人的社会属性的整体性、哲理性把握；而这种把握，则是其后人们借以展开自己思想的重要基础。"中华元典"在后世人们借以发挥自己思想创造的过程中，一再证明着自己的生命力和不朽性。

然而，从历史唯物主义的观点看问题，"中华元典"也不可避免地具有其历史局限性，世界上没有任何一种理论观点、学说体系具有超历史的价值和意义。每一时代的理论思维，"都是一种历史的产物"，都有它所适应的、能够发挥其作用的历史环境；一旦历史条件发生了根本性的变更，它的作用就将丧失或者发生相应的改变。"中华元典"作为一种理论思维的历史成果，它的基本内容，它所提出的各种命题的具体内涵，都不能不具有这种历史性质。这个历史性，既是它在其后两千多年传统社会中能够发挥重要作用的原因，也同时决定了它的局限性。解读和阐释文化元典，就是发扬或转换其不朽性，而正视其局限性，以确保在文化传承中保持清醒的头脑，秉持科学的态度。

解读元典文化精神，研究、传承和弘扬优秀传统文化的工作，已经进行了很多年，有了颇为丰硕的成果。然反省其研究状况，还是存在某些缺憾。

一是研究大多还集中在知识精英阶层，而把对元典思想的阐释变成广大社会公众的精神食粮，还有许多工作要做。

二是就社会大众的元典文化阅读来说，所做的工作多是集中在直接的普及方面，侧重对元典文献的注释或翻译，以为社会大众借助白话读本就可以进入元典精神的世界，就完成了元典文化的普及，而这是有认识上的误区的。

三是社会大众直接阅读元典译本，并不能对元典文化的历史作用有深刻的认识，而研究元典文化或者普及元典文化精神，其最终目的是帮助社会大众认识我们的文化国情，使人们知道民族精神的来龙去脉，知道今人的思想、思维、价值观念、心理观念之来源，清醒而理智地看待传统文化，继承和弘扬优秀传统文化。

河南大学出版社策划出版的这套"中华元典引读丛书"，目的就在于弥补以上缺憾。这套丛书的特色是：读者一书在手，既可窥见一部元典的思想要旨，又可明了其全方位历史影响，进入元典文化生成与发展的历史世界。这是真正地认识中华元典文化精神的导读丛书，是写给普通读者的书。

既是为社会大众提供适宜的元典导读，就必须在著作的科学性、导向性上下功夫。我们力求用充分辩证的科学理性去阐释元典文化的基本精神，对元典著作积极的或消极的文化影响，都给予尽可能全面的历史评说，使普通读者懂得如何从积极的方面对传统文化进行扬弃和取舍。因此，冷静的历史思辨色彩，成为这套丛书在著述风格上的重要特色。此外，我们还要求作者从以往学术著作引经据典、旁征博引、烦琐考证的传统文风中解脱出来，采用夹叙夹议、以议论为主的散体笔法，无论是对元典内涵的揭示，还是对其历史价值或历史影响的阐述，都尽可能结合具体生动的历史事例来展开，力求做到深入浅出，引人入胜。

现在丛书就要出版了，作者们贡献了自己的辛勤劳动、学识和智慧，但是否真的能够实现丛书的编写初衷，它的效果究竟如何，就交给亲爱的读者去判断了。

李振宏

2023 年 12 月 10 日于开封

目 录

一 屈原、楚文化与《楚辞》/ 1
  1. 屈原生平 / 2
  2. 宋玉、贾谊及其他作家 / 5
  3. 楚文化与"楚辞" / 10
  4.《楚辞》作品的流传与结集 / 16

二 瑰丽多姿的《楚辞》篇章 / 20
  1. 慷慨激越赋《离骚》/ 21
  2. 贬逐悲歌作《九章》/ 26
  3. 千古沉思铸《天问》/ 32
  4. 祀神娱神奏《九歌》/ 36
  5.《卜居》《渔父》托心志 / 40
  6.《招魂》《大招》写幻情 / 44
  7. 驾龙驭凤赋《远游》/ 50
  8. 寒士悲秋托《九辩》/ 53
  9. 汉代骚赋续"楚辞" / 58

三 《楚辞》的文化蕴涵 / 63
  1. 爱国情怀 / 64
  2. 社会理想 / 69
  3. 历史文化 / 76
  4. 人格精神 / 83
  5. 宗教神话 / 90

四 《楚辞》与民族精神 / 101
  1.《楚辞》：永恒的文学宝典 / 102
  2. 屈原：不朽的文化巨人 / 110
  3.《楚辞》文化与民族精神 / 117

五 《楚辞》与中国文人风范 / 126
  1. 以天下为己任 / 127
  2. 忧患与殉志 / 138
  3. 隐逸与避世 / 153
  4. 狂狷与任诞 / 168

六 《楚辞》与中国文学 / 182
  1. 骚体文学 / 183
  2.《楚辞》与赋 / 198
  3.《楚辞》与诗歌 / 205

4.《楚辞》与散文 / 220

5.《楚辞》与戏剧 / 230

6.《楚辞》与小说 / 234

七 《楚辞》与艺术及民俗 / 237

1.《楚辞》与诗赋艺术 / 238

2.《楚辞》与书画 / 251

3.《楚辞》与民俗 / 256

八 结语：沉睡与被唤醒的历史记忆 / 263

1."楚辞"传播的历史节点 / 263

2. 屈子形象的演变与改塑 / 273

3. 屈原：一面旗帜，一种情结，一个符号 / 292

一　屈原、楚文化与《楚辞》

在我国文化史上，春秋战国是一个光辉灿烂的时代。诸子百家学说的勃然而兴，诗骚和散文的空前繁荣，共同造就了气势恢宏而又生机蓬勃的文化局面。在这种充满生机与壮美的文化景观中，《楚辞》以其特有的文化气质、瑰异的文学风貌、奔放的艺术想象与动人的语言魅力而占有着一席之地。《楚辞》中所蕴涵的文化精神，所表达的艺术情调，所拓展的想象空间，所体现的人生价值，不仅对于后世的中国文学，而且在更广大的层面上对于中国人的民族精神，都产生了深远的影响。

屈原是《楚辞》的奠基人与代表作家。《楚辞》璀璨的艺术之光，是用屈原不息的生命之火点燃的。那么，屈原走过了怎样的一条人生道路呢？

1. 屈原生平

屈原，名平，字原，有人又依据《离骚》中的说法，称他为正则、灵均。关于屈原的生卒年月，史书上并没有明确的记载，据学者们的推算，他大约出生于楚威王元年（公元前339年），在楚顷襄王二十一年（公元前278年）前后去世，活了六十岁左右。

屈原生活的时代，正是楚国由强盛转向衰落的时期。伴随着时代的风风雨雨，屈原由年轻时矢志革新、积极参与朝政，到遇谗被疏、中年时流放荒野，最终以垂暮之年自沉殉国，走过了一条壮怀激烈而又坎坷不平的人生道路。可以说，屈原将他的整个一生，毫无保留地完全献给了他的祖国，他的人民。

博学多才，志在报国 屈原的远祖，可以一直追溯到上古五帝之一的颛顼高阳氏。颛顼的后裔中有一个人名叫季连，芈姓，他便是楚人的始祖。季连之后有鬻熊，曾经奉事周文王，他的后人改而以熊为姓。春秋时期，楚武王熊通分封其子瑕于屈地，其子孙又改而以封地为姓氏。实际上屈姓只是楚王族的分支氏族。当时楚国有昭、景、屈三大姓，尊奉同一位远祖，属于同一个家族系统，因此他们都可以算是楚王族的成员。屈原的祖先中，不乏高官、功业显赫者。屈原家族与楚国的关系，可以说是休戚与共、血肉一体的。

屈原自幼受到良好的文化教育。他从小热爱学习，特别注重知识的积累与品德的修养。《史记》记载他"博闻强志，明于治乱，娴于辞令"，因此在青年时代就进入朝廷，辅助楚怀王处理楚国的日常政务。

出任左徒，改良朝政　据《史记》记载，屈原担任的第一个官职是左徒。左徒是楚国的重要官职，其地位仅次于令尹（楚之宰相）。年轻的屈原出任左徒，为他实现自己的政治抱负提供了难得的机遇。这期间屈原全面参与楚国的内政与外交活动。他入则与楚王一起商议朝政，号令全国；出则接待宾客，应对诸侯国派来的使者。他曾经替朝廷起草"宪令"，又曾出使齐国，缔结同盟，以其忠诚与才干受到楚怀王的信任。

屈原的理想，是要在国内修明法度、革新政治，使国家富强，人民过上幸福的生活；对外则主张抵御秦国的侵略，进而实现统一中国的伟大目标。然而屈原来不及实现自己的这一抱负，就受到了朝廷中保守势力的排斥与打击。

遭谗被疏，改任三闾大夫　作为一个有着近千年历史的老大帝国，楚国的政权长期操纵在一批守旧的贵族手里。在屈原之前，吴起在楚国实行变法，就因为触犯了楚国贵族特权阶层的利益而被杀害，死后尸身被处以车裂之刑。因此，屈原试图改革朝政的努力必然会引起守旧势力的不满。当时以上官大夫靳尚为代表的官僚集团反对屈原的政治主张，同时又嫉妒他的才能。他们勾结宫中宠妃郑袖一起向楚怀王进谗言，离间屈原与怀王的关系，屈原因此被疏远。楚怀王十六年前后，屈原被排挤出楚国朝廷权力核心，担任了三闾大夫一职。

三闾大夫的职务，是掌管楚王同姓公族子弟的教育，相对于左徒而言是一个闲职。尽管屈原遭到贬黜、疏远，但是他仍旧关心并积极参与朝政。当时各诸侯国之间开展了频繁的外交活动，屈原接受派遣再度出使齐国，以修复一度被破坏的两国关系。然而此时靳尚之辈在朝廷中日益得势，楚国在军事上、外交上接连遭受挫败。楚怀王二十五年，怀王与秦昭王在黄棘（在今河南境内）订立盟约，楚国的外交完全倒向了秦国。这种形势的逼迫，使屈原不得不离开郢都，前往汉北一带。在此之后，楚国在外交上陷于孤立，国势也日益危急。

身遭放逐，自沉汨罗　怀王三十年，秦昭王写信给楚怀王，提议两人在武关（在今陕西商南境）相会，重订盟约。屈原对此坚决反对，他向朝廷进言说："秦，虎狼之国，不可信，不如毋行！"然而怀王之稚子子兰却不愿意失去秦王的欢心，力劝怀王成行。怀王入秦后被劫持到咸阳，数年后客死于秦。顷襄王熊横成了新一代的楚王，又任用其弟子兰为令尹，屈原因此受到更严重的迫害。如果说在楚怀王的后期屈原还只是被疏远的话，那么在顷襄王时期屈原便完全被抛弃了。

屈原被放逐到江南荒僻的山野，开始了漫长的流放生涯。大约在顷襄王二年仲春的一天，屈原离开了他长期生活的郢都，沿长江顺流东下。他经过洞庭湖，又途经夏浦（今汉口），到达陵阳。在陵阳居住了一段岁月后，屈原又从那儿出发，取道鄂渚（今武昌），至洞庭，经辰阳，抵达溆浦（在今湖南境）。在此后的岁月中，屈原一直在沅湘一带流浪。依据王夫之《楚辞通释》的推测，大约在顷襄王二十一年，秦将白起攻破了楚国的郢都。屈原得知这一消息后，痛切地感到国事无望，怀着无法解脱的悲愤，自投汨罗而死。也有些学者不赞同王夫之的推测，他们将屈原自沉的时间分别确定得稍早些，或更晚些。

屈原的一生是为国家奋斗不止的一生，是屡遭谗毁却矢志不渝的一生，是悲剧的一生。屈原生前得到楚人的同情，死后受到万民的敬仰。有关他的故事在民间不胫而走，长期流传。

2.宋玉、贾谊及其他作家

《史记·屈原贾生列传》上说："屈原既死之后，楚有宋玉、唐勒、景差之徒者，皆好辞而以赋见称。"史书上有关宋玉等人事迹的记载不多，并且有互相矛盾之处，然而他们对于楚辞文学发展的贡献不应被漠视。

宋玉（约公元前298年—公元前222年）宋玉生活的年代比屈原稍晚。综合《新序》《韩诗外传》《襄阳耆旧记》中的有关记载，可知宋玉是战国时期楚之鄢都（今湖北宜城）人。他大约出生于楚怀王时期，主要活动于顷襄王时代。他可能一度是屈原的弟子，追随屈原学习辞赋写作。屈原被放逐后，他与景差等人交游为友，经推荐，在顷襄王朝担任了一名地位卑下的"小臣"。"小臣"是君主的侍从人员，相当于弄臣，不受重视。《新序·杂事第五》记载，宋玉因为这件事找到推荐他的朋友，发泄不满。朋友回答他说："夫姜桂因地而生，不因地而辛；妇人因媒而嫁，不因媒而亲。子之事王未耳，何怨于我？"意思说：生姜、肉桂因土地而生长，却不能靠土地而具有滋味；女子因媒人而出嫁，却不能靠媒人使其夫妇相亲相爱；你自己侍奉君王没能成功,怎么怨得上我呢？又据昭明太子《文选》卷四五记载，楚襄王问宋玉：先生是否有不检点的行为呢，为什么大家都不说你的好话呢？宋玉于是用唱歌来作比喻：有一个客人在郢都唱歌，当他唱通俗的《下里》《巴人》时，城中有数千人相和；当他唱中调的《阳阿》《薤露》时，城中有数百人相和；当他唱高调的《阳春》《白雪》时，城中只有几十人相和，所以"其曲弥高，其和弥寡"。

宋玉的意思是说，自己的才能、志趣远高于世俗，怎么能得到众人的称许呢？从这些轶事来看，宋玉在仕途上是很不得意的。

署名宋玉的作品，汉王逸《楚辞章句》中有《九辩》《招魂》两篇，南朝梁昭明太子《文选》中另有《风赋》《高唐赋》《神女赋》《登徒子好色赋》《对楚王问》五篇，传唐人藏本《古文苑》中又有《大言赋》《小言赋》等六篇。这些作品中，《九辩》被认为是宋玉的代表作，《风赋》《高唐赋》《神女赋》《登徒子好色赋》，汉唐时期多认为其是宋玉所作，《招魂》可以确定为屈原所作，其他作品则或属后人依托。

宋玉的文学成绩与屈原密切相关、不可分离，因此古人多以屈宋并称。《文心雕龙·辨骚》曰："屈宋逸步，莫之能追。"又《文心雕龙·时序》曰："屈平联藻于日月，宋玉交彩于风云。"唐代诗人赞美宋玉之辞，更是屡见于篇章。杜甫《戏为六绝句》曰"窃攀屈宋宜方驾"，《咏怀古迹》中又曰"摇落深知宋玉悲，风流儒雅亦吾师"；李商隐《宋玉》诗曰"何事荆台百万家，惟教宋玉擅才华"，都是这方面的例子。因此，宋玉在古代文学中的影响不能被低估。

贾谊（公元前200年—公元前168年），洛阳人。他是西汉初年著名的政论家与文学家，同时又是承前启后的楚辞作家。在《史记》中，司马迁将屈原、贾谊安排在同一篇列传内,这当然是具有深意的。

贾谊从小就显露出非凡的才华。刚刚18岁,他就因为学识与文章而闻名一方,得到郡守的推荐,被汉文帝召为博士。入仕不久,又被破格提升为太中大夫。年轻的贾谊此时颇思有所建树。他认为,作为一个新兴的王朝,应该改正朔、定官制、兴礼乐,还建议修改法令,遣列侯就国,因而受到汉文帝的赏识,想任命他为公卿,"欲大用之",然而贾谊的行为却受到朝中佞臣与守旧大臣们的反对,汉文帝于是改派贾谊出任长沙王太傅,疏远了他。贾谊在政治上经受了这一番打击后,在途经湘水时便写作了《吊屈原赋》,一方面悼念屈原,一方面抒发自己内心的悲愤。在长沙三年,有鹏鸟(即猫头鹰)飞入贾谊的寓所,当地传说"野鸟入室,主人将死",贾谊因而写作《鹏鸟赋》以抒发忧愤不平的情绪,并借以自慰。后来汉文帝又任命贾谊为梁怀王太傅。这期间贾谊仍然时常上疏陈述政事,提出意见,但不被采纳。汉文帝十一年(公元前169年),梁怀王不慎坠马而死,贾谊认为自己作为辅导官员失职,时常痛哭流涕,一年后就去世了,年仅33岁。

贾谊一生的经历,与屈原有相似之处。他有政治抱负,有文学才华,被贬谪之后的作品中的情调亦与屈原的作品有共鸣之处。清人刘熙载《艺概·赋概》中说:"读屈贾辞,不问而知其为志士仁人之作,太史公之合传,陶渊明之合赞,非徒以其遇,殆以其心。"这段话意思是说:司马迁写《屈原贾生列传》,陶渊明写作《屈贾》,是因为他们二人不仅遭遇相似,而且精神志气相同,同样都是志士仁人。《赋概》又说:"屈子以后之作,志之清峻,莫如贾生《惜誓》。"又说:"贾谊《惜誓》《吊屈原》《鵩赋》,俱有凿空乱道意。骚人情境,于斯犹见。"透过这些评语,贾谊在楚辞文学中的地位也就可以想见了。

唐勒与景差 (生卒年不详)以赋见称的战国作家,除了屈原、宋玉之外,留下姓名的还有唐勒与景差(一作"瑳",玉色鲜白为"瑳",疑为本字)。

据《史记·屈原贾生列传》上说:"屈原既死之后,楚有宋玉、唐勒、景差之徒者,皆好辞而以赋见称;然皆祖屈原之从容辞令,终莫敢直谏。"《汉书·艺文志》上说:"唐勒赋四篇,楚人。"又据《襄阳耆旧记》记载:宋玉曾经与景差交为朋友,宋玉最初出仕,可能也是景差推荐的。从这些记录的情况推测,唐勒、景差生活的年代比屈原晚一些,大约与宋玉同时。

唐勒的作品,虽然《汉书·艺文志》著录有"赋四篇",但是连题目都没有流传下来。王逸《楚辞章句》怀疑《大招》是景差的作品,朱熹《楚辞集注》认为《大招》"决为(景)差作无疑",而胡应麟《诗薮》又认为《大招》是出自唐勒的手笔,这些都难以成为定论。

3. 楚文化与"楚辞"

任何一种文学形态，其产生及存在都与孕育它的文化背景有着血缘联系；同样，任何一种文学精神的萌生与兴起，又总是与它所处社会的历史发展及其所在时代的文化思想密不可分。从这种意义上来说，正是楚文化孕育了"楚辞"生命，并为"楚辞"的成长提供了必需的土壤、水分、空气与养料。

文化融合，内涵丰富 楚国有着悠久的历史。据《史记·楚世家》记载，楚人的远祖是上古五帝之一的颛顼，号高阳氏。关于颛顼，有许多神奇的传说，说他隔断了天地的通道，任命南正重管理天上的群神，任命火正黎管理地下的众民。又传说他曾经驾龙漫游四海：北边到了幽陵，南边到了交趾，西边到了流沙，东边到了蟠水之地。还传说他喜爱音乐，曾令飞龙作乐，模仿八风之音，并将这种音乐命名为《承云》，以祭祀上帝。由此可见，颛顼是与上古原始巫术及音乐关系甚深的一位氏族首领。其后有祝融氏，也是一位神奇的人物。传说他兽面人身，乘坐两龙，能光融天下，光照四海。祝融的后裔中有一位名叫季连的，芈姓，是"祝融八姓"之一，他便是楚人的始祖。大约在夏代末期，季连一族向南迁徙到丹阳、荆山一带，并逐渐与当地土著民族融合，建立起新的国家。

楚文化就是在这种民族迁徙与民族融合的过程中逐渐形成、丰富并发展起来的。它汲取着一切有益的文化滋养，增进并改善着自己的蕴涵。因此，楚文化中既包含了自祝融、季连以来"祝融部落文化"的因子，又融入了南方土著民族蛮夷文化成分，同时也必然受到中原华夏文化的影响。从这一角度来看，楚文化是多元的，是具有地域特色的多元文化的有机结合。

商周之际，位于黄河流域的中原文化发生了重大的质的转移：对天帝鬼神的崇拜逐渐让位于对人间伦理的重视，尊神重巫、先鬼后礼的宗教文化转变为讲求宗法、敬德重礼的伦理文化，崇神的时代迅速跃入尚文的时代。而当时的长江流域由于崇山阻隔、江河纵横的地理环境以及民族杂处的社会状况，尚处在早期农业文明时期。这导致南北文化在发展水准、表现形态以及个性特质上均呈现差异性。因此，作为一种必然趋势，南北文化的再次全面交流也就自然展开了。

早在殷商末年，楚国便出现了一个著名的人物——鬻熊。史书上说，鬻熊是周文王之师。及至周成王时期，为表彰功臣后裔，便封鬻熊的曾孙熊绎为子爵，称为楚子。这是楚国正式得到中原朝廷的封号。从此，熊绎率领荆楚臣民开发山林，艰苦创业，使楚国的国力逐渐强盛，疆域不断拓展，成为南方大国。与此同时，南北文化的交流与融合从未停止。在政治伦理、典籍文化方面处于落后态势的楚王室，努力汲取中原文化的营养。正是这种多元文化的撞击、吞吐与融合，孕育出了既包容广大、气度恢宏又富有地域特色的楚文化。

敬事鬼神，巫风盛行 崇信神鬼巫术是楚民俗的一个重要特征。它的形成有着宗教的、历史的、地域的以及其他多方面的缘由。如前所述，楚人传说中的祖先都罩着一层神异的色彩。祝融氏族长期与夏王朝毗邻，受到夏文化的濡染，进一步强化了神鬼意识；加之南方山川交错、林木茂密、人迹稀疏，容易让人对自然万物产生神秘恐惧的心理，似乎冥冥之中有着超自然的神力主宰一切，巫风因而盛行。楚灵王崇信巫觋之术，曾亲自执羽绂舞坛下以祀群神。面对吴军进攻，他置若罔闻，依旧跳舞祀神，可见迷信之深。《汉书·郊祀志》记载说："楚怀王隆祭祀，事鬼神，欲以获福助，却秦师，而兵挫地削，身辱国危。"统治者如此，民间巫风之盛，更是可想而知。

楚国这种特殊的民俗风气，对士人的精神心理产生了巨大的影响。对天地、鬼神、社会、人事的广泛关注，使得他们的精神视野开阔，思维趋向繁复多端，文学的想象谲怪恢宏。与中原儒家行为之端正质朴、重视宗法伦理、力倡礼仪制度、积极用世的士风相比，他们显得有几分放浪，玩世不恭。与纵横家之奔波劳碌、追求高官厚爵的形象相比,他们又显得超逸高洁,潇洒脱俗。北方中原文化具有较强的现实感和积极入世的精神,其伦理规则周密繁缛,具有理性深度;而南方楚文化具有较强的文化张力与包容性,重视精神自由地舒展,并富于艺术的情调。因此,楚文化更多地表现出人生态度的机智幽默、哲理趣味的隽永悠长与形象思维的奇幻不经。在人格追求上,楚文化强调的是耿介、纯粹、逍遥等观念,与中原文化强调礼制、仁义、孝悌,呈现出不同的人生价值取向。

艺术精美,造型奇异 楚艺术与楚文学是楚文化胎孕的一对孪生姊妹,而在其发展、成熟的过程中,它们又互为文化的背景。楚艺术不仅门类众多,而且显示出独特的风姿。楚国的青铜器造型优美,线条流动,富于想象且精密工巧。楚地丝织品工艺之精美已为考古发现所证实,有的出土时还色彩鲜艳,灿烂夺目。至于楚国的帛画,则是丝织工艺与绘画艺术的精美结合。长沙陈家大山楚墓中出土过一幅战国时期的《龙凤人物帛画》,画中龙体蜿蜒作扶摇升腾之势,凤羽翻飞呈飘逸卷动之状,帛画中部是一个衣着华贵的细腰妇女,双手合十,仿佛要追随龙凤升空而去。再如长沙楚墓出土过一幅战国帛画《人物御龙图》,画中的男子头戴高冠,手捅长剑,正驾驭神龙行进;龙尾一只白鹭昂首企立,形象飘逸自然。楚国的漆画色彩艳丽,花纹流畅,构图精致而华美。发现于湖北荆门十里铺包山大冢的漆画《迎宾出行图》，在一件漆奁上描绘了众多人物、车马、猪犬、雁、柳等，形态真实而传神。楚国的乐器又多又精，1978年随县曾侯乙墓大型编钟的出土，使人们对楚域音乐的繁盛留下了深刻的印象。这套编钟多达65件，分三层悬挂在钟架上，陈列有序，场面之宏大，令人叹为观止。经过测试，这组编钟仍然可以演奏多种乐曲，其音域宽阔，音色优美，气势磅礴，标志着楚域音乐的发展已经达到了很高的艺术水准。

特别应该指出的是，楚艺术中贯穿着充满生命活力与奇异想象的内在精神。楚国的音乐、绘画、雕刻、舞蹈，都洋溢着生命勃发的朝气与动感，其奔放、飘逸、流动、盘旋的气势，无不脱去外来的束缚，展现出生命自身的魅力。体现在楚艺术中的想象尤为瑰异，有时近于遹诡。江陵天星观楚墓出土的虎座立凤，其形象为一只昂首展翅的凤鸟，脚踏于卧虎之上，鸟背上插着一对鹿角。这种奇特的动物造型，其精神内聚而张力外发，集壮、美、奇于一体，堪为楚艺术的象征。又如1982年江陵马山一号墓出土的根雕——辟邪，整件用一具树根雕制而成。它的上部雕刻为虎头，四腿雕刻成竹节状，腿上又分别雕刻出六个生动的小动物：一条爬行的蛇，一条吞噬青蛙的蛇，一只捕雀的蜥蜴和一只蝉……这些动物形象的组合，使观者产生神秘奇幻的艺术感受。

民间歌谣，婉转参差　楚文化为"楚辞"的诞生准备了丰厚的土壤，然而"楚辞"之真正形成，还有待于文学提供内在的可能性，取决于特定文学体裁的确立和相关的条件的完备等等。

在楚国，很早就存在着一种句式长短参差、格调清新活泼的民间歌谣，如楚庄王时的《楚人为诸御己歌》、楚平王时的《渔父歌》、孔子在楚国听到的《接舆歌》，以及依据越语所译的《越人歌》等。相较于北方中原民歌，这些楚歌在诗歌体式与艺术风貌上均表现出巨大的差异性。这种差异性主要表现在三个方面：一是楚歌句式活泼，参差错落，而《诗经》多为整齐的四言诗；二是泛声"兮"的运用，《诗经》不过偶而见之，在楚歌中却是重要的体式特征；三是从总体看，楚歌辞藻更显华美，抒情更见婉转。正是这种句式轻松活泼、词采婉转优美、富于艺术情调的楚歌谣，为"楚辞"的诞生准备了最后的必要条件。

总结楚文化与"楚辞"的关系，可以从以下三个方面来说明：首先，在语言、声调与音乐方面，楚国有自己的"南音"系统，这种"南音"也就是后来通称的"楚声"。屈原的作品虽然不尽入乐歌唱，但是作为"楚声"，也具有特殊的诵读方式，可见楚文化为"楚辞"提供了语言载体。同时，楚文化中的宗教、舞蹈、绘画、音乐以及园林、建筑等内容也都是"楚辞"所表现的对象。从这个意义上说，

"楚辞"又成为楚文化的文学载体。其次,屈原作为"楚辞"创作主体,其人格个性、想象能力、心理素质、艺术经验,无不是在楚文化中生养而成的。屈原的出身、经历与遭遇,影响了他的文化性格。浓郁的楚文化信息,不断地拓展着他的精神世界,陶冶着他的情感气质,培育了他的政治理想,并且赋予了他艺术的生命。最后需要指出的是"楚辞"与楚文化精神风貌的一致性。北人重史,南人重巫。重史,则重人事,务实际;重巫,则多虚幻,充满神秘的气氛。这种神秘怪异的文化氛围又激发了文学的想象,所以"楚辞"中惊采绝艳、奇谲诡异的文学构思,与楚国人神杂糅而又富于声色的巫文化有着密切的内在联系。

4.《楚辞》作品的流传与结集

公元前223年楚国灭亡前,寿春(今安徽寿县)曾是它的都城,屈原的作品因此得以集中保存于寿春,历经秦代焚书坑儒之祸以及秦末大乱,仍然不绝于世。到了汉代,更形成一股强劲的"楚风"席卷全国。

在屈原作品的流传中,宋玉、朱买臣、刘安、刘向诸人都做出了不可磨灭的贡献。

宋玉之属,保存屈赋 如前所述,宋玉可能向屈原学习过辞赋的写作,是屈原的弟子。唐勒、景差等人,曾在顷襄王朝担任文学侍从之臣。他们仰慕屈原的文采风流,保存并初步整理屈原的作品，乃是情理中事。有的学者认为最早的楚辞辑本应是宋玉编纂而成，这虽属推测之辞，但也并非无此可能，只是由于时代悠远，史料阙如，无法得到明确的证据罢了。

朱买臣等讲说"楚辞"　汉高祖刘邦初起于沛（今属江苏），而沛地曾经属于楚域。由于受到楚文化的熏陶，汉王室成员对楚歌谣也多表现出特殊的兴趣。汉高祖有《大风歌》，汉武帝有《秋风辞》，都是气势雄伟、境界开阔的佳作，影响所被，学习"楚辞"因而成为当时的风尚。西汉文景时期的贾谊、庄忌的辞赋中，所用辞语颇有与屈原作品相合者，这自然是他们熟读屈作的结果。据《汉书·朱买臣传》记载：有人向汉武帝推荐会稽士人朱买臣，获武帝召见时，朱买臣"说《春秋》，言《楚辞》，帝甚悦之，拜买臣为中大夫"。讲说"楚辞"可以成为仕途晋升之阶，可见当时文化风气之所尚。汉宣帝时，又有九江被公因为能够诵读"楚辞"而获召见，得到赏赐，宣帝还评价说："辞赋大者与古诗同义，小者辩丽可喜。""辞赋比之，尚有仁义风谕，鸟兽草木多闻之观，贤于倡优博弈远矣。"（见《汉书·王褒传》）他认为辞赋文采华丽可供欣赏，其中既蕴涵仁义讽喻之意，又可以学得许多关于鸟兽草木的知识。经过君王这种大力提倡，"楚辞"便迅速地普及开来，成为汉代文化重要的组成部分。

刘安受诏作《离骚传》 刘安，汉高祖刘邦之孙，受封为淮南王，所在地寿春曾为楚之故都，这促使他成为一个与"楚辞"关系很深的人物。他酷爱读书与鼓琴，曾广招宾客及方术之士，著有《淮南子》一书。宾客中的著名能文之士，有淮南八公之称，刘安也就成了这个文学集团的首领。《汉书·艺文志》著录"淮南王赋八十二篇"，"淮南群臣赋四十四篇"，占了该志著录辞赋总量的三分之一，可以想见淮南文坛当时的盛况。

刘安被认为是当时的"楚辞"专家。《汉书·淮南王传》记载：汉武帝喜好艺文，而刘安善为文辞，于是武帝便让刘安作《离骚传》，"旦受诏，日食时上"。王逸《楚辞章句》则说：汉武帝"使淮南王安作《离骚经章句》，则大义粲然"。《离骚传》或《离骚经章句》都是对屈原作品《离骚》的训解与评说，可能是同一著作的不同称谓。《离骚传》的内容，除了班固《离骚叙》所引，其余已经失传，不知其详。刘安后因谋反罪被迫自杀，其门客被诛杀者达数千人，他们的大量辞赋作品因而失传；然而刘安及其门客对"楚辞"的传播发挥了重要作用，这应该是毋庸置疑的。

刘向校书秘府，《楚辞》正式结集 据《汉书·成帝纪》记载："光禄大夫刘向校中秘书。谒者陈农使，使求遗书于天下。"河平三年即公元前26年，至公元前6年刘向去世，前后有20年之久。这期间，刘向将宫中堆积如山的图籍典册以及各地献上的遗书分别校雠缮写。每一书成，便写出《叙录》，"论其指归，辨其讹谬"。楚辞的整理、结集工作也就在这期间得以完成。据王逸《楚辞章句叙》中说，屈原作品25篇，"后世雄俊，莫不瞻慕，舒肆妙虑，缵述其词。逮至刘向，典校经书，分为十六卷"。

这个刘向所辑十六卷的《楚辞》，其原本已经失传，然而它所载录的作品，却在王逸的《楚辞章句》中完整地保留了下来。今本《楚辞章句》篇目次第如下：卷一为《离骚》，卷二为《九歌》，卷三为《天问》，卷四为《九章》，卷五为《远游》，卷六为《卜居》，卷七为《渔父》，卷八为《九辩》，卷九为《招魂》，卷十为《大招》，卷十一为《惜誓》，卷十二为《招隐士》，卷十三为《七谏》，卷十四为《哀时命》，卷十五为《九怀》，卷十六为《九叹》，卷十七是王逸自己创作的《九思》。

二 瑰丽多姿的《楚辞》篇章

《楚辞》中的篇章丰富多彩。《文心雕龙·辨骚篇》中说：《离骚》《九章》的风格明丽而志意哀愤（"朗丽以哀志"），《九歌》《九辩》婉约华美而情调忧伤（"绮靡以伤情"），《远游》《天问》想象奇特而思绪灵巧（"瑰诡而慧巧"），《招魂》《大招》（一本作《招隐》）辞藻浓艳而内蕴深华（"耀艳而深华"），《卜居》畅述屈子的胸怀，《渔父》寄托遗世独往的才调。在我国先秦文学之苑中，《楚辞》犹如一座巍峨的高山，其景色或雄奇，或峻峭，或幽深，或谲诡，各呈其美；又如一首气势宏大、组织精巧的交响乐章，其曲调或激烈，或飞扬，或清绮，或悠长，各极其致。让我们浏览它的主要篇章，用心灵去体味其中情趣各异、气象不凡的动人风采吧！

1. 慷慨激越赋《离骚》

《离骚》是《楚辞》中最重要的作品,一度用作《楚辞》的别名。它全篇共有370余句,近2500字,是我国先秦诗歌中最著名的政治抒情诗。

（1）《离骚》解题

关于"离骚"二字,有着多种解释,其中最重要的有四种。《史记·屈原贾生列传》说"'离骚'者,犹离忧也","屈平之作《离骚》,盖自怨生也"。班固《离骚赞序》进一步解说"离"（通"罹"）是遭遇的意思,所以"离骚"就是遭遇忧伤所写的诗歌,这是第一种解释。王逸《楚辞章句》解释"离"是离别的意思,"骚"是忧愁的意思,所以"离骚"就是因疏放离别而抒发内心忧愁的诗歌,这是第二种解释。有的学者认为"离骚"就是牢骚,西汉扬雄作有《畔牢愁》,"牢愁"即"离骚",所以"离骚"是内心激愤、发牢骚的诗歌,这是第三种解释。又有学者认为"离骚"是古乐曲《劳商》二字之通转,所以"离骚"是古乐章之名,这是第四种解释。

上述诸说解释《离骚》题意,大致都可通达,也都各有证据。综合起来,包括以下的含义:①屈原感伤与楚王的离别;②屈原对自己受谗言诋毁的忧伤;③《离骚》之末有"乱辞",所以应与上古乐章有一定的关系。

(2)《离骚》的创作背景

关于《离骚》的创作时间，有过各种推测：有的学者认为它作于楚怀王十六年前后，有的学者认为它作于楚怀王二十五年前后，另有学者认为它作于顷襄王初年，也有学者认为它是屈原最晚期的作品。比较上述各种意见，参照《史记》与《新序》中的有关记载，加上对《离骚》内容的分析，《离骚》的创作应当是在楚怀王执政的后期，最大的可能性是在怀王二十五年前后的一段时间内。

这正是战国群雄在外交上纵横捭阖、活动频繁的时期，也是关系到楚国命运兴亡的时期。屈原的外交策略是联合东方的齐国，共同对抗残暴无道的秦国，为此，他曾出使齐国，以缔结两国之间的友好关系。然而，从怀王十六年以后，变化无常的楚怀王便一步一步地落入了秦国精心策划的陷阱。他先是背弃了与齐国的联盟关系，失信于诸侯。怀王二十四年，楚王之子与秦王之女结为婚姻。《史记·楚世家》说："秦昭王初立，乃厚赂于楚，楚往（秦国）迎妇。"《史记·甘茂列传》也记载说，齐之使者甘茂来到楚国，"楚怀王新与秦合婚而欢"。紧接着，楚怀王与秦昭王相会于黄棘，两国结为同盟。当齐、韩、魏三国因为楚怀王背叛合纵的盟约而讨伐楚国时，楚王又以太子入质于秦以换得秦国的援军。在这种情势下，屈原不得不离开郢都，前往汉北一带。屈原不仅因遭受党人的谗毁而愤激，也为国事危机四伏而忧伤。也正是在这种背景下，屈原写下了千古奇文——《离骚》。

楚怀王二十五年，屈原约40岁。

（3）《离骚》的内容

《离骚》全篇可以分为三个大的部分。

在第一部分中，屈原自述与楚国血肉一体、不可分割的联系，倾诉自己对朝政腐败的忧伤，表达他对奸邪党人的愤激之情。在全篇开端，诗人首先自述世系、生辰、名字以及自己在德性修炼上的勤奋努力，说明自己的政治抱负在于引导君王振兴国家。然而现实政治却令人失望：君王听信谗言，党人营私偷乐，因而国家的前途幽昧险隘。楚王因为听信了党人的谗言，将原本与屈原约定的治国谋略也改变了。推究楚王信谗的原因，在于他不能明察人心，以致党人相互勾结，妒忌并诬陷贤者，世俗之辈则工于机巧，附和权势。面对这种污浊的社会气氛，诗人内心苦闷、彷徨，对人生选择有过种种的考虑，最后他仍然决心保持高尚的节操，绝不变心从俗、苟合求荣。在这一部分的结束，诗人表白道："虽体解吾犹未变兮，岂余心之可惩！"也就是说，诗人宁肯牺牲自己的生命，也决不改变自己的志向、信念与节操。

从"女嬃之婵媛兮"到"余焉能忍与此终古"是《离骚》的第二部分。相较于前一部分,这一部分在思想认识上进一步深化,情感进一步激荡,展现了一个全新的虚拟、幻想的境界。女嬃是与屈原关系亲近的人物,可能具有女巫与侍妾的双重身份。她向屈原指出了世俗势力的强大,劝告屈原注意自己的安危。在此之后的场面则在幻想中展开:一是南渡沅湘,向重华(即舜)陈词。在陈词中,屈原列举古史传说中启、羿、浞、浇、桀、纣等人因荒淫享乐、暴虐无道终至国破身亡的教训,又举出夏禹、商汤、周文王等人因任贤授能、遵循正道而成就霸业的典范。这番陈词说明,屈原的立身之道经过深思熟虑,有着深厚的历史文化蕴涵,绝不是一时之策、偶尔的冲动。也正由于此,屈原能为自己的理想奋斗,求索不已。二是上下求索。上是指天上,想要敲开帝宫之门,寓意或是在于求见楚王;下是指人间,往人间寻求美女,寓意在于求得共同振兴楚国的贤臣。然而,这一切的努力都失败了:上天求索遭遇重重阻隔,帝宫大门不向他开放;往人间求女,无论是求宓妃,求有娀之佚女,求有虞之二姚,也由于各种原因而无一成功。屈原面临着严峻的现实,即上面没有贤哲的明君,下面没有同心辅佐的朝臣。至此,屈原算是真正失去了希望。

从"索藑茅以筳篿兮"到篇末为第三部分。这一部分的中心意旨是去留问题。屈原事君无果、求贤不得，那么留在楚国又有何意义呢？在这种矛盾困惑之中，屈原便向灵氛问卜。灵氛劝诗人不妨离开故乡，前去他国。屈原犹豫未决，又借巫咸降神，请求为其指引心中疑惑。巫咸传达神的意旨，要屈原暂时留下来以等待君臣遇合的机会，并劝屈原顺从世俗，避免党人的迫害。屈原则回答说：自己不能够违背道义，苟合世俗。他于是决定游历天下，以观四荒。诗人既然做出了去国远逝的决定，便幻想驾龙驭凤，往游四方。诗中所写的昆仑、天津、西极、流沙、赤水、不周山、西海，都是神话传说中的地名。然而当驾八龙、载云旗、神游高空之上的诗人突然间俯看到自己的故乡时，瞬间如遭电击，这时他的内心感到的只有极度的矛盾与悲伤。故国难舍、美政无望，诗人只能决心用生命去殉理想，以报答自己的祖国了。

《离骚》的情感脉络是明晰的：先是对朝政的焦虑，对邪恶势力的愤懑；次为上下求索，以图振兴自己的祖国；失望之后，便是去留的困惑，最后立下以身殉国的决心。全篇的基调呈现悲壮激昂而又缠绵婉转的特色。对楚王的依恋与怨望，去留两难的情感反复，对美政的殷切期望与九死不悔的誓愿，构成了《离骚》内在情感的多重旋律。

2. 贬逐悲歌作《九章》

《九章》一共包括九篇作品。它的主要内容与《离骚》有相似、相通之处。西汉刘向作《九叹》，其中有两句是："叹《离骚》以扬意兮，犹未殚于《九章》。"(《九叹·忧苦》)意思说：想以《离骚》来表达自己的志趣，然而在《九章》中还是意犹未尽。可见，《九章》同样也主要是抒发政治社会情感的咏怀之作。

（1）《九章》解题与篇次

在传世的王逸《楚辞章句》中，《九章》包括《惜诵》《涉江》《哀郢》《抽思》《怀沙》《思美人》《惜往日》《橘颂》《悲回风》等九篇作品。王逸解释题意说："章者，著也，明也。言己所陈忠信之道，甚著明也。"这种将"章"解释为彰明、表明志向的说法，一般不为后人所认同。朱熹在《楚辞集注》中，干脆就说汉人收集屈原的文章中，其篇制、内容相近者共有九篇，因而命名为《九章》。此说认为，《九章》就是九篇辞章的总称。

近代有学者认为"九章"是古代乐曲之名。传说唐尧时有乐曲名叫《大章》，《九章》即《大章》，犹如古乐曲《大夏》可称为《九夏》一样。在《九章》的作品中，从《惜诵》到《怀沙》五篇篇末都有乱辞，又都曾经被汉代扬雄所拟作，因此，这五篇为屈原作品应是毫无疑义的。

至于《思美人》等四篇作品是否属屈原所作，从古到今都存在争议。大体而言，怀疑论者认为这四篇作品无乱辞，且《思美人》与屈原作品雷同之处甚多，《惜往日》《悲回风》的文辞与屈原作品有所差异，因而认为它们是屈原弟子或其他无名作者的拟屈之作；肯定论者则认为《九章》中的九篇作品早已流传于世，上述的怀疑只能增加纠纷，造成混乱。由于本书对此不宜专门展开论说，故仍沿用通行的说法，将《九章》视为统一的整体，都视作屈原的作品去分析。

（2）《九章》创作的时间与地点

王逸《楚辞章句·九章叙》中说："《九章》者，屈原之所作也。屈原放于江南之野，思君念国，忧心罔极，故复作《九章》。"在同书《离骚叙》中亦说：顷襄王"复用谗言，迁屈原于江南。屈原放在草野，复作《九章》"。王逸认为《九章》是屈原被流放到江南之野的作品，其时间则是在顷襄王时期，此说并不全对。但是，《九章》中各篇章与屈原遭贬黜、流放的经历有关，则是可以确定无疑的。

概而言之，《九章》的创作跨越了楚怀王、顷襄王两个朝代，创作地点或在郢都，或在汉北，但是多数篇章作于放逐江南这一时期。

（3）《九章》篇目略说

以下约略依照写作时间的先后，将《九章》各篇的创

作背景及主要内容简单介绍于下:

《惜诵》作于屈原初遭党人谗毁,受到楚王疏远之时,时间大约是楚怀王十六年,地点当在郢都。"惜诵"意谓以痛惜的心情向天地神灵陈述事情,首二句就说"惜诵以致愍兮,发愤以抒情",诗题即由首二字组成。它倾诉了诗人忠君爱国反遭谗毁的不公正遭遇,表达了诗人进退两难、彷徨失路的悲愤心情。

《抽思》作于屈原被怀王疏远,退居汉北之际,时间大约在楚怀王二十五年。抽思是排遣忧思以抒情之意。诗中说:"结微情以陈词兮,矫以遗夫美人。"美人指的是楚王,可知《抽思》实际上是写给楚王的一首怨歌。诗中倾诉了屈原盼望回到郢都以实现自己政治抱负的迫切心情。

《思美人》大约作于屈原退居汉北的后期。诗的开篇便写道:"思美人兮,擥涕而伫眙。"诗题即取自篇首三字。诗中的"美人",指的是楚王。诗人揩干了涕泪,苦苦地思念、盼望着楚王,表达了君臣阻隔、苦无良媒的幽恨之情。诗中表示自己尽管历经忧患,内心十分孤独,却仍然未改初衷。诗中还写了他沿江夏而行以排遣忧患,又采摘芳草以寄托情思的情景,这种构思与《离骚》颇有几分相似之处。诗末又说"独茕茕而南行兮,思彭咸之故也",这与《离骚》乱辞中所说"吾将从彭咸之所居"有些相像,所以《思美人》

与《离骚》的创作时间可能比较接近。诗中所思念的对象，有的学者认为是楚怀王，有的学者认为是顷襄王，难以明确肯定。

《涉江》是屈原被流放早期的作品。诗中描述了他的流放路线：从鄂渚至洞庭，经沅水而宿辰阳，最后到达溆浦的丛山之中。本篇所倾诉的感情是愤激而又昂扬的，所表达的意愿是慷慨而又坚毅的。诗中有"与天地兮同寿，与日月兮同光"这样高亢嘹亮的句子，可以想见屈原渡江南行时所表现出的一往无前、坚守正道而决不屈服的精神气概。

《橘颂》赞美生长于南国的橘树，寄托诗人美好的道德追求与受命不迁的故国情怀。《橘颂》的创作时间有两种不同的说法：一据篇中"嗟尔幼志"与"年岁虽少"等句，推测它是屈原早期的作品，是少年屈原咏物言志之作；一据"生南国兮"（"南国"可能指江南）句，认为它是屈原流放江南途中睹物抒怀之作。

《哀郢》的写作时间与地点虽在学术界存在争议，但是它为屈原流放多年以后的作品则是大家共同肯定的。诗中描写了郢都破灭、百姓流离失所的悲惨情景，显然楚国遭受了重大的灾难。诗中反复写"哀见君而不再得""哀故都之日远"，又说"忧与愁其相接""惨郁郁而不通兮"，它所反复抒发的，其一是对郢都人民遭受祸难的深重忧虑，其二则是对自己无罪被逐、不能返归故国的哀伤。

《怀沙》是屈原流放后期,可能是自沉前不久的作品。"怀沙"之意,有两种不同的解释:一种认为"沙"指沙石,是屈原表达将要怀沙石以自沉之意;第二种认为"沙"指长沙,是屈原寓怀长沙的抒情之作。诗中说"知死不可让,愿勿爱兮",可知此时屈原已经下定了以身殉国的决心。

《惜往日》同样是屈原流放后期,自沉前不久的作品。诗的首二句说:"惜往日之曾信兮,受命诏以昭诗。"诗题即取自首三字。诗中回忆了当年受到楚怀王信任、申明法治、革新朝政直至遭受谗言、身被放逐的经过,它实际是屈原一生政治生涯的总结。在反思楚国朝政得失时,屈原特别点出"法度"二字。诗的开始说自己当年曾"明法度之嫌疑",又说"国富强而法立兮",说明法度对于国家的重要;又说国家放弃法治,就好像奔驰的骏马没有缰绳,顺流而下的舟筏没有船桨一样,而楚王"背法度而心治兮",与此又有什么不同呢?诗末说:我如果不将这些话讲完就投水沉渊而死,痛惜的是那个"壅君"不明事理。在以前的作品中,屈原总是用"美人""哲王""灵修"之类美好的词称呼楚王,本篇却两次指斥其为"壅君"(受蒙蔽的糊涂之君):一则说"惜壅君之不昭"(不昭,即不明察),二则说"惜壅君之不识"(不识,即不懂事理)。这反映了屈原因对朝政绝望而生起的愤激之情,有人据此认为

《惜往日》是屈原的"绝笔"。

《悲回风》也是屈原流放的后期,自沉前不久的作品。诗的首二句说"悲回风之摇蕙兮,心冤结而内伤",诗题即取首三字。"回风"就是旋风,旋风摧折了兰蕙一类的香草,比喻邪恶的党人迫害着正直耿介之士,诗人怎么能不为之悲伤呢?诗中情感起伏荡漾,气概悲壮沉雄,充满着一种视死如归的精神。其中三次提到彭咸:一则说"夫何彭咸之造思兮",意即追思仰慕彭咸;二则说"照彭咸之所闻",言彭咸的事迹昭然在心间;三则说"托彭咸之所居",表示自己将追随到彭咸的居所,可见诗人的志向所在。这首诗中颇有些诡异的想象,大体上都是围绕彭咸之志生发的。朱熹《楚辞辩证》认为屈原写作《悲回风》时,"其身已临沅湘之渊,而命在晷刻矣",王夫之《楚辞通释》论定"盖原自沉时永诀之辞也",李陈玉《楚辞笺注》则说它是"屈子将沉渊时之绝笔也,亦是一篇自祭文"。

综上所述,《怀沙》《惜往日》《悲回风》三篇分别被某些学者视为屈原最后的篇章。如果不拘泥于这一问题的争论,则可以感到这些篇章之中的志趣、情感与想象,本来是可以相通并互为补充的。

以上依时间次序的排列,只是反映了作者个人的理解,并非定论,仅供读者参考。

3. 千古沉思铸《天问》

《天问》是一篇千古奇文。有的研究者将《天问》与《离骚》比拟为鸟之双翼、车之二轮。有了这两首雄伟的诗章，《楚辞》就像鸟有了翅膀，车有了双轮，可以永远翱翔于中国辞赋的长空，永远驰骋于中国文学的坦途上。《天问》的文化精神是永恒的。

（1）《天问》解题

王逸《楚辞章句·天问叙》说：屈原在被放逐中，忧愁悲伤，容貌憔悴，整天在山野徘徊，仰天叹息。后来，他来到了一处祭祀楚国先王的神庙与公卿祠堂。庙堂四周墙壁上画有天地山川神灵的图像，这些图像奇诡而又壮观。墙壁上还画着许多古代贤人的事迹，以及社会上流传的各种怪异故事。这时，屈原因为长途流浪，疲惫不堪，便在墙壁下休息。当他抬头看见墙上的画面时，便将自己的疑问一一写在墙壁上，以发泄心中长期积累的愤懑与忧愁。楚人同情屈原的遭遇，便将这些疑问逐条抄录下来，这就是《天问》一诗的由来。

王逸的上述说法并非毫无根据。古代庙堂上绘有壁画之事，史书上有所记载。昭明太子《文选》载王延寿（王逸之子）《鲁灵光殿赋》描写宫中壁画，上自天地开辟，下到三代帝王，旁及忠臣孝子、烈士贞女，莫不托之丹青，"恶以诫世，善以示后"。古代既然有画壁的风气，屈原题壁为诗也就不无可能，然而事情又绝不像王逸说的那样简单。依照王逸的说法，似乎《天问》只是屈原偶然来到楚先王庙堂看画而发出的没有内在规律的疑问之抄录，而不是一篇深思熟虑的文学作品。这显然是不公正的。《天问》一诗有其深刻的思想，有其内在的结构，有其广阔的文化底蕴，是不言而自明的。

什么是"天问"？有两种重要的解释。一说"天问"就是问天，人到了痛苦忧伤至极的时候就会呼天、问天，这是一种愤懑情感的自然发泄。二说"天问"就是对天道、天命的质问、怀疑。古代"天"的含义包容极为广大，诗人举出有关天地、社会、历史、自然、神话等一切不可理解之事而问之，所以叫"天问"，这是一种深沉的理性思考。对于上述两个方面，屈原的《天问》可以说兼而有之了。

（2）《天问》的创作时间

《天问》显然是屈原贬黜或流放后的作品，具体的写作时间则有三说：一说这是屈原被谗去职之后作于汉北。有学者推测：屈原被迫离开郢都后，曾经徘徊在汉江以北的地域。那一带的宜城是春秋时楚昭王的都城，所以有楚先王庙及公卿祠堂。屈原参拜了楚先王庙及公卿祠堂，见壁画有感而创作了《天问》。《天问》中的疑问，因此也就到楚昭王十年为止了。上述是第一种意见。又一种说法认为《天问》是屈原被放逐江南以后的作品。据《大清一统志》记载，湖南"益阳县西南有凤凰庙祀屈原，相传此地为屈原作《天问》处"。潇湘山野之间何以有楚先王庙？对于这一疑问，有的学者采取淡化的态度，认为"古者画壁凡庙皆为之，初不必先王庙及公卿祠堂也"（刘永济《屈赋通笺》）。以上为第二种意见。第三种说法则怀疑甚至否定王逸的"仰见图画，因书其壁，呵而问之，以泄愤懑，舒泻愁思"的推测，认为屈原创作《天问》的根据，"那就是流行于楚民族的传统的古老的神话故事与历史传说"（汤炳正《楚辞类稿》）。有学者尖锐地提出下列问题："屈原临画感兴，聊题数句以泄愤即可也，何以一下子提出 172 个问题？这 350 多句的长诗都信手写在墙上，试问先王宗庙、公卿祠堂允许这样做吗？既是一时题画之作，则事为一说，未能缀属，文义不次，何以又有一个总的题目'天问'？"（郑在瀛《楚辞探奇》）此说认为《天问》未必是或者肯定不是题壁之作，而是一首具有宗教或哲理意味的诗章，因此对它的写作时间不作具体断定。

（3）《天问》的内容

《天问》的结构比较杂乱，似乎是东一句、西一句，让人摸不着头脑，其中可能存在因为错简而导致的文句颠倒，然而从整体上来看，《天问》的结构还是有层次可循的。

《天问》总共370余句，提出了170多个疑问，全篇可以分为两大部分。从开篇"曰：遂古之初"到"曜灵安藏"，问的是天地初开、日月星辰之事，都属于天文；从"不任汨鸿"到"乌焉解羽"，是由鲧禹治水问及有关地理、山川、奇怪方物之类。以上都是对自然界的提问，是第一部分。从"禹之力献功"到篇末，分别对夏、商、周三代，以至春秋战国的神话传说、历史事件发问，最后在问及与楚国有关的治乱兴亡事件后结束全篇，这是对人类社会文明史的怀疑，是第二部分。

总之，《天问》问及天地之间一切不可知、不可解之事。这些疑问，涉及天地开辟、宇宙构造、地理状况、神话传说、历史人物、社会治乱、文明变迁等多个复杂的方面。其中有的问题是知识性的，有的问题是思想性的；有的是一般的发问，有的则是深沉的质疑；有些是有疑而问，有些提问中则包含了诗人的论断。因此，《天问》绝不是简单的疑问辑录，而是蕴涵着深厚的文化内涵的。

正如许多学者所指出，在人类文明开创之初，各个民族这种"天问"式的思考及其文学表现并非孤例,它反映了不同民族共同具有的人类的求知欲望、探索精神与悲剧意识。对比之下,屈原的《天问》更有着鲜明的个人特色。《天问》的精神实质不是宗教的,而是文学的;它不是导向神秘,而是导向理性思考。它时常援引天命提出疑问,然而在一切"古今兴亡、成败、吉凶、祸福之事"的背后,则有着历史"必然之人事"(刘永济《屈赋通笺》)。《天问》永恒的文化价值,也正在于此了。

4. 祀神娱神奏《九歌》

在《楚辞》中,《九歌》具有独特的艺术风姿。《九歌》有两种解读:一是将它视为政治抒情诗,强调其中寄托的君臣大义;二是将它视为祭祀神灵的乐歌,强调它的神话与民俗价值。这两种解读方式从不同的角度去认识、理解与评价《九歌》,其结果自然有着很大的差异。

(1)《九歌》解题

据古籍记载,《九歌》本是上古夏朝的乐曲名。《山海经·大荒西经》还具体描述说《九歌》原来是天帝的仙乐,夏启乘两龙飞升上天,将三名美女献给天帝,窃得《九歌》下到人间。这当然只是一个神话故事。说《九歌》是夏启从天上偷来或用美女换来的说法固然不足信,但《九歌》

为上古乐曲则可以确定无疑。大约《九歌》从夏代开始便用来祭天祀祖，楚人因为与夏人的文化联系，也沿用它作为祭神的乐歌，所以有的学者干脆断言《九歌》是"整套神曲"。

于是又有了《楚辞》中的《九歌》。

《楚辞》中的《九歌》究竟是不是屈原的作品？对此有三种不同的意见。一种意见认为，《九歌》是湘沅民间的宗教舞歌，与屈原没有什么关系。胡适在《读楚辞》一文中即持此说："《九歌》与屈原的传说绝无关系，细看内容，这九篇大概是最古之作，是当时湘江民族的宗教舞歌。"陆侃如、冯沅君《中国诗史》也认为《九歌》"乃是楚国各地的民间祭歌"。第二种意见认为《九歌》是屈原在湘沅民间巫歌的基础上改写而成，此说是王逸最早提出的。第三种意见认为《九歌》是屈原独立完成的诗章，其性质相当于后世的乐府诗，此说是明代汪瑗在《楚辞集解》中提出来的。

《楚辞》学界的多数学者赞同王逸所提出的意见，即《九歌》为屈原所作，其性质是祀神的乐歌。

（2）《九歌》创作的时间与地点

在屈原作《九歌》以祀鬼神之说中，又主要分为两种意见：一种意见认为《九歌》是屈原流放江南时依据民间祭歌而创作的，另一种意见认为《九歌》是楚怀王时，屈原奉命而作的"国家祭歌"。

王逸在《楚辞章句·九歌叙》中说《九歌》是屈原所创作的。在楚国的南郢之野、沅湘之间，那里的风俗崇尚鬼神且喜好祭祀。每当祭祀之日，人们一定会载歌载舞、演奏音乐以娱鬼神。屈原被放逐至此，他的内心极为痛苦、忧伤。他目睹当地人民祭祀神灵的仪式，听到娱神的舞曲，发现其中的歌词粗俗鄙陋，于是写作了新的《九歌》。屈原的《九歌》上则表达了对神灵的尊敬，下则寄托了自己的冤屈，并借此以讽谏楚王。依据王逸的上述说法，《九歌》是屈原流放江南以后的作品。

唐代沈亚之写了一篇《屈原外传》。文中具体描述说：屈原身材瘦细，有美胡须，身高九尺，丰神秀朗，喜好奇服，头戴切云之冠。屈原曾经栖住在玉笥山（今湖南湘阴县境内），因见当地人民祀神的乐歌文辞鄙俚，乃作《九歌》。传说《山鬼》篇完成时，四周山中"忽啾啾若啼啸，声闻十里外"。《大清一统志》因而记载说："屈原之放，栖于此山而作《九歌》焉。"

上述王逸的解说在《楚辞》学界长期占据主导地位，多数学者据此理解《九歌》。

明清以后，逐渐有学者提出了新的解释。清代学者马其昶《屈赋微》提出，《九歌》是屈原秉承楚怀王之命而作的，其目的在于祈求神灵的帮助，以打退秦军的侵犯。他问道："彼怀王撰辞告神，舍原其谁属哉？"闻一多进而认为《九歌》实际上是"楚郊祀歌"。孙作云则说:《九歌》是楚国国家祀典的乐章。郭沫若认为《九歌》的情调清新而玲珑，可能是屈原年轻得意时的作品。汤炳正在《楚辞今注》中则推断说:《九歌》"是屈原根据楚国国家祭典的需要而创作的一组祭歌，与汉司马相如等作《郊祀歌》之事相似。屈原乃以诗人身份受命赋诗，与官职无关，其事或即在任左徒时"。上述说法，其思路一脉相承，皆可视为对马其昶意见的发挥与延伸。

但是，从《九歌》所祭祀的神灵中包括湘水之神（而不是长江之神或汉水之神），以及诗中不时流露出幽怨企盼的情调来看，其创作时间的最大可能性仍是在屈原流放江南的时期。

（3）《九歌》的内容

《九歌》所祭祀的神灵有九个：一曰东皇太一，是最尊贵的天帝；二曰云中君，是云神或为月神；三曰湘君，是湘水之神；四曰湘夫人，是湘君的配偶神；五曰大司命，是主管人间生命寿夭之神；六曰少司命，是主管人间生儿育女之神；七曰东君，是太阳神；八曰河伯，是黄河之神；九曰山鬼，是巫山之神。除了上述九神，还有《国殇》篇，赞颂并悼念为保卫祖国而英勇捐躯的将士——这是新神，不在原有的九神之列。

《九歌》中的情感，或表示尊崇与赞美，或倾诉爱慕与怀念，其中有歌舞娱乐的场面，有神灵来去的场面，有敌我交锋、战场拼杀的描述，更多的是表现对爱情的期待与相思之苦，所以在祀神娱神的氛围之内，《九歌》又展现了内容广泛、活泼多姿的社会生活。

《九歌》中的鬼神，有不属于某一国籍而为天下共祭的东皇太一、东君、云中君等，有楚域之内的地方神湘君、湘夫人、山鬼，也有不属于楚域之内的黄河之神——河伯。黄河不在楚的地域之内，按照当时不祭境外之神（"祭不越望"）的通例，似乎不应祭黄河之神。然而楚的先祖本来就是从黄河流域迁徙南下的，楚境内关于黄河之神的传闻丰富，《左传》曾记载楚昭王生了疾病，卜者便认为是"黄河之神作祟"（"河为祟"）。基于这种背景，民间祭祀河伯也就可以理解了。

总之，屈原仿照湘沅民间祭歌创作了《九歌》，使古老的湘沅民间乐舞焕发了新的艺术风貌；而《九歌》的诞生，又为《楚辞》文学增添了旖旎而迷人的情趣。

5.《卜居》《渔父》托心志

《卜居》《渔父》是姊妹篇，它们都是采用问答体的形式，表现屈原的内心世界与人生态度。在《楚辞》中，它们篇幅短小，韵散兼行，又具情节，饶有意趣，因而格外受到读者的喜爱。

（1）《卜居》《渔父》的作者

在《楚辞》学界，一般认为这两篇作品都是屈原所作。此说本于汉人王逸，王逸《楚辞章句》中将《卜居》《渔父》都说是"屈原之所作也"。洪兴祖《楚辞补注》亦继承了这一观点，他说："《卜居》《渔父》，皆假设问答以寄意耳。"但是这两篇作品的头一句都是"屈原既放"，很像是第三者的口吻。王逸因而在《渔父序》中又说："渔父避世隐身，钓鱼江滨，欣然自乐。时遇屈原川泽之域，怪而问之，遂相应答。楚人思念屈原，因叙其辞以相传焉。"依据这一补充说明，《渔父》又似乎是楚人的叙事之作，这就引起了后人关于作者问题的讨论。

清人崔述在《考古续说》中认为"假托成文，乃词人之常事"。在文学史上，有谢惠连作《雪赋》而文中托名于司马相如、谢庄作《月赋》而文中托名于曹植等例证，类似的例证并不少见。因此，他认为《卜居》《渔父》乃后人托名于屈原之作。当代也有一些学者持此观点，认为这两篇作品不是屈原所作。

冷静地说，《卜居》《渔父》的作者究竟是屈原还是屈原的弟子后学之辈,目前仍然难下定论。不过,这两篇作品中用的是先秦时代的古韵,因此它们的文学与史料价值仍然是珍贵的,它们在《楚辞》中的地位并不因此而受到影响,所以多数人习惯上仍将它们视为屈原的作品。

(2)《卜居》略说

"卜居"二字的本意,就是卜问立身行事的处世之道。文中列举了八组相互对立的人生态度,归纳起来是说:是要做一个忠诚纯朴、坚持真理、超越世俗、具有远大志向与独立品格的高尚的人呢,还是做一个平庸势利、蝇营狗苟、圆滑媚世、丧失节操的卑猥的人呢?二者之间孰吉孰凶,又该如何抉择?其实,屈原的心中对此本有着明确的是非判断,诗人并不是真的要太卜为他决断疑惑,而是借此对是非混淆、善恶颠倒的现实表示抗议与谴责,这也就是文中所揭露的:

> 世溷浊而不清,蝉翼为重,千钧为轻;黄钟毁弃,瓦釜雷鸣;谗人高张,贤士无名。

太卜郑詹尹对屈原提出的问题自然心领神会。他只能收起占卜用的龟甲、蓍草,劝屈原按照自己的心意与价值观判断行事,即"用君之心,行君之意"。所以在实际上,《卜居》是屈原人生观的内心独白,乃"假设之词"。

（3）《渔父》略说

《渔父》写的是屈原与渔父之间的一场问答之词。渔父是江湖上的隐逸之士。他秉持着一种顺应社会、和光同尘的人生态度，与屈原截然不同。当屈原抒发着内心的愤懑，说自己因为"举世皆浊我独清，众人皆醉我独醒"而遭到流放时，渔父的回答是：圣人在现实局势面前不固执行事，而能与世推移，随机变化；世人皆浊，你为什么不参与其中，随波逐流呢？众人皆醉，你为什么不参加酣饮、麻醉自己呢？你为什么要保持独立的思想、高洁的品行，造成被放逐的结果呢？最后，渔父唱了一首楚地的民歌，大意说：沧浪之水澄清啊，我就用它来洗涤我的帽缨；沧浪之水浑浊啊，我就用它来冲洗我的双足。这种悠然自在、无为的态度，形象传神地描画了渔父的人生观。

对比之下，《卜居》中屈原的人生态度占据着正面主导的地位，那是一个关于是非的问题；而《渔父》中，屈原与渔父的人生态度则是并行的，甚至可能是互补的，那只是一个心理取向的问题。渔父对屈原并无恶意，屈原对渔父也并无褒贬。实际上，《渔父》只是一篇寓言式的文学作品，有无渔父其人，有无屈原与渔父的问答之事，都值得大大地打一个问号。

《卜居》《渔父》尽管都是"假设之词"，却丝毫不影响它们在《楚辞》中的地位。

6.《招魂》《大招》写幻情

司马迁在《史记·屈原贾生列传》中说:"余读《离骚》《天问》《招魂》《哀郢》,悲其志。"这篇使司马迁为之感动的作品——《招魂》,同样感动了后世千千万万的读者。明代陆时雍说:《招魂》文字极尽刻画之致,而又"鬼斧神工,人莫窥其下手处"。梁启超则赞誉《招魂》是全部《楚辞》作品中"最酣恣、最深刻之作"。然而,围绕着《招魂》的作者及其内容解读,却一直存在着不同的意见。

(1)《招魂》的作者

王逸《楚辞章句》将《招魂》的著作权归于宋玉。他认为,屈原因忠君爱国而遭到斥弃,被放逐流浪于山泽之间,魂魄离散,生命危在旦夕,宋玉因此创作了《招魂》,想借此恢复屈原的精神,延长屈原的寿命。宋代朱熹继承了这种观点,他认为宋玉同情屈原无罪被逐的遭遇,"恐其魂魄离散而不复还,遂因国俗,托帝命,假巫语以招之"。明代以前,这种宋玉作《招魂》的说法占据着主导的地位。

明末黄文焕在《楚辞听直》中明确指出宋玉招屈原生魂之说不符合情理,因而断定《招魂》为屈原所作。从此,《招魂》的著作权还归于屈原,并且逐渐为多数《楚辞》研究者所认可。但是，围绕着"招谁之魂"这一问题，又形成了多种不同的观点。

（2）招谁之魂

除了上述宋玉招屈原之魂一说外，在屈原作《招魂》这一大前提下，又有屈原自招生魂、屈原招国魂、屈原招楚怀王魂等多种说法。在招楚怀王魂一说中，又还有一个是怀王生前招魂抑或死后招魂的问题。以下简略加以介绍。

屈原自招生魂，源自清人林云铭在《楚辞灯》中对明人黄文焕《楚辞听直》所阐发的观点的支持。林氏认为，古人为文滑稽，既然有生前自祭的作品（陶渊明有《自祭文》），亦不妨有自己为自己招魂的作品（杜甫《彭衙行》中有"暖汤濯我足，剪纸招我魂"的句子）。此说认为《招魂》中入修门、返故居等场景，是屈原想象楚王将自己召还朝廷、任为辅佐之臣的愿景，那些声色、居处、饮食、游观的场面，是楚王对贤者的礼遇。

清人方东树《昭昧詹言》卷一三认为《招魂》中所招为国魂。方氏指出，屈原因为楚国将遭灭亡之祸，好比人之将死而魂魄已经离散，希望通过进谏忠言以保存国家，"忠臣之情，同于孝子，故托《招魂》为名而隐其实"。他推测《招魂》是屈原流放江南、浮夏首、上沅湘时开始写作，到达江南以后，目极江枫千里，所以有"哀江南"之痛。

方氏此说在立意上非常正大光明，但在解释上颇有迂曲比附之感。

较多的学者主张《招魂》是屈原为招楚怀王魂而作。其中有部分学者认为是怀王入秦之后、未死之前，屈原想象怀王因被秦扣留，惊惧忧伤，魂魄离散，于是写了这篇《招魂》，盛言回到楚国的欢乐。也有部分学者认为，《招魂》写的是一个安礼亡魂的盛大典礼，不是招生魂，而是招亡魂。《史记·楚世家》记载说：楚顷襄王三年，怀王在被秦扣留中死去，"秦归其丧于楚，楚人皆怜之，如悲亲戚"。大约在这个时候，屈原写作了这篇作品，以招怀王的亡魂。

上述各种观点之中，屈原招怀王亡魂之说较为稳妥，能够畅达地解释这篇不朽之作。以下就采用此说，来讨论《招魂》的意旨。

（3）《招魂》的内容

古代的"招魂"，是丧礼中一项必备的仪式。古人认为人之死亡是因为魂魄离散，如果能够召唤亡魂归来，人就能再度复活。《招魂》的构思，就是源本于这种习俗。这篇奇文开头的一段是天帝派遣巫阳下界招魂而引出的一段对答之语，然后便开始了招魂的仪式。文中先次第陈述四方环境的凶险：东方有身高千仞、专门搜索并吞食人之灵魂的长人，还有能将金石熔化的十个太阳，所以东方不可以去；南方有以人肉为祭品、用人骨熬酱汁的怪物，那里遍地是毒蛇、巨蟒与封狐，往来追逐吃人，所以南方不可以去；西方有流沙千里，有能够使人粉身碎骨的雷渊，有身大如象的赤蚁、体若葫芦的黑蜂，加之那里天气干燥，土壤能使人体腐烂，所以西方不可以去；北方气候奇寒，那里冰冻如山、飞雪千里，所以北方也不可以去。不仅四方凶险异常，而且天上地下也都非常可怕：天上有虎豹把守九门，还有竖目的豺狼、九头的怪兽，它们将人吊起来戏耍，然后投进深渊中，所以天上不可以去；地下由幽都的魔王统治着，幽都魔王长着尖角，手指上沾满了鲜血，虎头牛身、三只眼睛，专门以吃人为乐趣，所以地下也不可以去。既然天地四方都是如此凶险恐怖，亡魂当然只能归来了。作品接着描绘了巫官引导亡魂进入郢都、返回故居的场景，然后又逐一铺陈了宫室陈设之美、二八女色之丽、宫苑游赏之欢悦、美味佳肴之可口、音乐歌舞之享受、宾客狎戏之欢乐，以此召唤亡魂回到楚国郢都来。最后的乱辞中对打猎场面的描写，乃是因招魂而引起对往事的回忆，以抒发作者悲伤的情怀。

《招魂》所招为王者之魂。从屈原的生平遭遇看，它招的只能是怀王之魂。通过其中奔放、瑰丽的想象，作者寄托的是忠君爱国的赤诚与对国事日非的伤感情绪。

(4)《大招》略说

《大招》的作者,在汉代已经难以确定了。王逸《楚辞章句》说:"《大招》者,屈原之所作也。或曰景差,疑不能明也。"朱熹在《楚辞集注》中肯定《大招》为景差所作,态度坚决却没有举出确凿的证据。近代有学者认为,《大招》是秦代以后或秦汉之际一个无名氏的作品,是摹拟《招魂》而作,这也同样是一种大胆的推测。

《大招》是《招魂》的姊妹篇,二者结构类似。同为招魂之词,为什么本篇称为"大招"?王逸说:屈原遭到放逐之后,内心忧思烦乱,"故愤然大招其魂"。这乃是望文生义之说,显然难以成立。明代李陈玉认为:一曰《招魂》,一曰《大招》,是因为巫觋之事有大有小,小的求之一方鬼神,大的求之四方上下之鬼神。从内容上看,这种说法也不能得到证实。清代蒋骥说:《大招》是"尊君之词,天子之礼",这也只能是想当然的说法。既然上述各种解释都不能成立,那么究竟为什么要叫"大招"呢?有人认为如同《诗经·郑风》中既有《叔于田》,又有《大叔于田》一样,并无深意,它们也可能是一题而二稿,命名不同,以示区别。

《大招》先写到四方的危险:东方有大海,有螭龙,有绵绵不绝的淫雨；南方炎火千里，有蝮蛇、虎豹，有专门射人的怪兽；西方是无际的流沙，有披发、长爪、锯牙的妖魔；北方有烛龙，水深难测，天寒地冻。这些地方都去不得，只有楚国是安全的，可以尽情舒心地享受，可以保持平安与长寿。接下去就说：有哪些可供享受的呢？首先是各种山珍海味、美酒佳肴，可以大饱口福；其次有从各地采集的音乐，还有成队的佳人踩着节拍翩翩起舞，这些美女一个个仪态秀雅、长眉如画、笑容甜美、长袖遮面，令人迷恋；宫殿园囿更是各尽其妙，其间可以驱车，可以步行，有兰花、桂树、孔雀、凤凰之属。这些，都可供亡魂归来恣意欣赏与享乐。

《大招》在此之后忽然宕开，另辟境界。先说治理国家，必须要明辨善恶、体察民情；要救济孤寡、施行仁政；要先用武功、后用文治；要赏罚得当，使德政光照四海。然后又说要选用贤能正直之士来管理国家事务，禁止苛政与暴行，使朝廷的德泽施及万民。最后说要努力实现国势雄赫，天德昭明，三公九卿济济一堂，效法上古三王，开创开明昌盛的政治局面。

从内容分析来看，《招魂》与《大招》的主题有着一致性，所招同为王者之魂，而《大招》之末所表现的理想政治局面，更是具有深远的思想意义。

7. 驾龙驭凤赋《远游》

在《楚辞》中,《远游》是一篇思想风貌别具特色的作品。它以超然脱俗、虚静无为的道家思想为主导,以飞升求仙、周游四方为主要内容,与《楚辞》所载屈原的其他作品旨趣有所差异。因此,到了近代以后,关于《远游》是否为屈原所作有了热烈的讨论,其意见纷纭,至今尚无定说。

(1)《远游》的作者

王逸在《楚辞章句》中,肯定《远游》是屈原的作品。他叙述说:屈原行为方直,不见容于世,在上受到朝中奸佞的谗毁,在下又为俗人所困扰,因而徘徊于山泽之间,内心的忧伤无人可以告诉。于是,屈原抒发妙思,假借游仙寄托自己的情感,创作了这篇《远游》。明代黄文焕《楚辞听直》进一步分析指出,《远游》与《离骚》中往观四方、乘风上征的意思是相通的。其中那些描写上天入地、朝此夕彼、东西南北的经历的句法,有时也大略相同。所不同者,《离骚》每段中言求女,《远游》每段中言求仙,不过求女虽有寄托,却是正面的实言,求仙则纯粹是反话。清代蒋骥《山带阁注楚辞》说:屈原内心郁闷忧愁至极,思欲飞举以抒发其郁愤之情,所以写作了这篇《远游》。

从汉代到清代,学者们都认为《远游》是屈原的作品。

到了近代以后，才开始有了不同的声音。有一些学者提出疑问，他们认为《远游》中所表现的道家思想、出世态度与屈原一向的主张不合，其中袭用《离骚》诸篇的语句甚多，又与司马相如《大人赋》结构相似，词语也有些雷同，因而怀疑《远游》是汉代人的拟作。在这种怀疑、否定论兴起的同时，仍有一些学者坚持判定《远游》是屈原所作。他们回答质疑说：一个人的思想并非总是纯而又纯的，儒道思想并存互补的情况在中国文人之中比比皆是；至于对《离骚》语句的因袭，在屈原的其他作品中同样存在，不足为据；至于与《大人赋》结构、文句的相似，又焉知不是《大人赋》抄袭了《远游》呢？

平心而论，在两千多年后的今天要彻底弄清楚这一问题是件十分困难的事情。好在作品尚存，姑且遵照汉唐旧说，仍定它为屈原所作，以便对作品进行更深入的分析。

（2）《远游》解题

明清学者中有人认为，《远游》是《离骚》中"远逝自疏"诸章的放大，此说有一定的道理。远游的思想与想象贯穿在屈原的作品中，构成了其文学创作的一大特色。《离骚》中屈原朝发苍梧、夕至悬圃、饮马咸池、结绳扶桑、上叩天阍、下求佚女，是他第一次远游。不过这次远游不是为了求神仙，而是为了上下求索，探索一条复兴楚国的道路。在灵氛占卜、巫咸降神之后，屈原真的在幻想中乘龙驭凤，"周流观乎上下"了。然而屈原终因眷恋故土，使得此次远游半途而废，没有成功。《涉江》中屈原在幻想中驾青虬、骖白螭、登昆仑、食玉英，与重华同游瑶圃，算得上又一次小型的远游。可见《远游》这篇作品的出现绝非偶然，它不过是把《离骚》《九章》中的相关想象提取出来，然后重新加以结构、抒写，熔铸为新的篇章罢了。

（3）《远游》的内容

《远游》全篇可以分为五个部分。第一部分从"悲时俗之迫阨兮"至"求正气之所由"，写自己因为污浊现实的压迫，内心抑郁，孤苦无告，因而有了求仙的思想，这是写远游的原因。第二部分从"漠虚静以恬愉兮"至"余将焉所程"，写诗人对神仙的向往以及对现实的绝望，这是写远游前的心情。第三部分从"重曰：春秋忽其不淹兮"至"神要眇以淫放"，写诗人往见仙人王子乔，听他传授神仙之道、养气之术，以及远游前的准备。第四部分从"嘉南州之炎德兮"至"为余先乎平路"，写诗人从南州出发，乘浮云上游天庭，从东方游历至西方，又在南游途中俯视故乡，并在南方欣赏了上古仙乐，后又游历至北方，这便是远游的全部过程。第五部分从"经营四荒兮"至"与泰初而为邻",写远游后的心情。在经历了天宫帝都以及东西南北的游历之后,诗人的结论是要超然物外,进入至清而无为的泰初境界。由现实压迫下的心里苦闷,到上天入地的四方遨游,最终归结为精神的超越,这就是《远游》全篇的基本脉络。

《远游》的写作可能是在《离骚》之后,屈原被流放江南的时期;然而《远游》的思想与境界,相比《离骚》却有着明显的差异。《离骚》全篇表达的是对君王的眷恋和对党人的愤慨,《远游》中却没有这种情感的表露。《离骚》表达的是"亦余心之所善兮,虽九死其犹未悔"的决心,《远游》中追求的却是"超无为以至清兮,与泰初而为邻"的超然境界。《离骚》关注的是眼前的楚国朝政,《远游》中却有一种思考"天地之无穷"的宇宙意识。《离骚》之决心以身殉国与《远游》之追求生命永恒,二者也是一个鲜明的对比。因此,《远游》在某种程度上构成了对《离骚》入世、执着态度的一种补充与化解。有的学者认为《远游》不是屈原所作,其原因也就在这里。

8. 寒士悲秋托《九辩》

唐代诗人杜甫《咏怀古迹》其二有句道:"摇落深知宋玉悲,风流儒雅亦吾师。""摇落"二字,便出自《九辩》"草木摇落而变衰"一句,可见《九辩》在中国文学中影响之大。

然而《九辩》究竟是否为宋玉所作，学术界的认识并未完全统一，仍然存在着不同的观点。

(1)《九辩》的作者

王逸在《楚辞章句》中肯定《九辩》是宋玉为哀悼其师屈原而作，此说长期以来并无异议。明代学者焦竑开始对此产生怀疑，清代学者吴汝纶更重申了这一怀疑。他们都肯定《九辩》应是屈原的作品，近代亦有学者作如是观。怀疑的理由有三项：首先，建安诗人曹植在《陈审举表》中引用"国有骥而不知乘，焉皇皇而更索"二句，并称其为屈原所言，此为一证；其次，据洪兴祖《楚辞补注》引古本《楚辞释文》篇次，《九辩》为《释文》第二，在《离骚》之后、《九歌》之前，被夹在屈原的作品当中，此为二证；第三，从作品内容说，《九辩》全篇语气都是自为悲愤之言，不像是哀悼他人之意，此为三证。

较多的学者仍然认定《九辩》是宋玉所作。他们分别对上述的三条理由进行了反驳：第一，曹植引用"国有骥"二句并认作是屈原之言，这不足为凭，因为曹植是在写文章而不是做考据，他可能误记了；第二，《楚辞释文》一书的篇目颠倒凌乱，如它把《招隐士》列在《招魂》之前，把王褒《九怀》列在东方朔《七谏》之前，把刘向《九叹》列在严忌《哀时命》之前，都毫无道理，因此不值得信赖；

第三，若说《九辩》全篇不像哀悼他人之意，为什么不能是宋玉自我抒发的悲愤之辞呢？宋玉的一生在仕途上很不得意，所谓"贫士失职而志不平"，正是诗人心声的自然流露，那么，《九辩》全篇抒发的是宋玉自己的牢骚愤懑之情也就是可能的了。以下就采用这后一种意见，将《九辩》当作宋玉的作品去解读。

（2）《九辩》解题

《九辩》也是古代的乐曲名。在传说中，《九辩》同《九歌》一样都是天帝的乐章，被夏启窃到了人世间。前人解释说："辩"是"变"的借字，乐曲换章易调谓之"一变"，"九辩"也就是"九变"。曰辩、曰变，其实就是唐宋乐曲中"遍"的意思，每歌一阕谓之"一遍"，或曰"一辩"。此曲用楚声歌唱，被之管弦，共计九遍，故名《九辩》，可见《九辩》是乐曲旧名，谱为新章。

宋玉创作《九辩》，究竟是悼念屈原、代师抒情呢，还是自诉悲愤、自我抒情呢？也就是说，《九辩》的主人公是屈原，还是宋玉？抑或部分是宋玉，部分是屈原？还是宋玉在代师抒情中，也糅进了自己的坎壈之感、身世之痛呢？对此的理解与阐说也很不一致。

传统的说法认为《九辩》是宋玉代屈原抒情，也就是说《九辩》的抒情主人公应是屈原。后来，有的学者认为《九辩》全篇没有代人抒情的意思，而是宋玉的自我抒情，与屈原没有关系。又有人调和上述两种说法，认为首章是宋玉的自我抒情，余下各章是代屈原立言。主张《九辩》是代屈原抒情之说中，通常认为其中又有宋玉自怜自悲的意味。由于对抒情主体角色的认识不同，学界对《九辩》的阐释也就出现了很多的歧异。

（3）《九辩》的内容

本书将《九辩》认作宋玉自我抒情的篇章，在此认识基础上探讨其内容。

悲秋，是《九辩》的主题。《九辩》之悲秋，并非单纯地感伤节令转换、万物萧索、岁月流逝，在《九辩》悲秋的氛围中，朝廷政事、个人遭际、眼前景物都相互交融，联成一气了。所有国势之衰落、朝政之混乱、身世之不遇以及眼前景象之惨淡，无不笼罩在秋色寒气之中。至此，悲秋也就具有了悲伤节令物候之秋、个人生命之秋以及国运之秋的多重含义。

《九辩》的结构通常划分为十章，各章内容大体如下：从开篇至"蹇淹留而无成"为首章，描写秋气降临、草木摇落、万物衰飒，加上贫士失职、羁旅无友，内心自然悲伤不已，这是总写悲秋之情。从"悲忧穷戚兮独处廓"至"心怦怦兮谅直"是第二章，抒写自己孤独寂寞的感伤，表达不能面见楚王的内心痛苦。从"皇天平分四时兮"至"步列星而极明"是第三章，进一步描写秋天草木凋零的景象，抒发自己生不逢时、岁华将暮的忧思。从"窃悲夫蕙华之曾敷兮"至"仰浮云而永叹"是第四章，抒写浮云蔽日，因奸人谗毁致使君臣阻隔的悲愤之情。从"何时俗之工巧兮"至"冯郁郁其何极"是第五章，痛陈楚王最大失误在于不辨忠奸、贤愚，致使奸佞者高踞权势之上，忠贞者退隐山泽之间，这是楚国朝政的痼弊。从"霜露惨凄而交下兮"至"恐溘死不得见乎阳春"是第六章，抒写自己进退无路，只能致力于辞诵创作的无奈，并表示绝不欺世求宠，即使饥寒交迫至死，也绝不改变初衷。从"靓杪秋之遥夜兮"至"蹇淹留而踌躇"是第七章，描写在漫长的秋夜中，自己痛感年岁衰老、事业无成，因而内心凄怆惆怅的幽思。从"何氾滥之浮云兮"至"下暗漠而无光"是第八章，诗人有感于伪善小人蒙蔽君主、贻误朝政之祸患，抒发自己满腔忧国忧民之情。从"尧舜皆有所举任兮"至"妒被离而鄣之"是第九章，指出为政的关键不在于修缮甲兵而在于用贤任能，而今贤者遭到疏放、斥逐，理想无从实现，自己的忠心不能献给国家，这是最使人痛苦悲伤的事情。从"愿赐不肖之躯而别离兮"至篇末是第十章，描写诗人在幻想中远游，却仍然不能忘记自己的祖国，希望国家兴盛，楚王平安无恙。有的学者认为，第十章是对前九章的总结，其作用相当于乱辞。

总之，《九辩》是感时忧国又自伤身世之作。悲秋是它的主题，触景生情是它的脉络，忧国与自伤是它的情怀。其中各章的内容具有相对的独立性，大约相当于后世的组诗。

9. 汉代骚赋续"楚辞"

《楚辞》中所收录的汉代辞赋，有贾谊《惜誓》、淮南小山《招隐士》、东方朔《七谏》、严忌《哀时命》、王褒《九怀》、刘向《九叹》等。王逸作《楚辞章句》，又将自己所作的《九思》附于其后，以上共计七篇。

汉代的楚风长盛不衰，缅怀屈原、创作辞赋成为一时之风气，也是文人寄托心志、抒发幽思的常用方式，这就促使大批骚体赋应运而生，以上七篇仅为其中一部分。这些作品寄蕴不一，有的为悼念屈原而作，有的乃是自我抒情，有的则兼有这两方面的意味。从整体上看，这些作品抒发了知识分子在皇权专制下内心的忧伤、困惑与痛苦，因而不可以将其视为无病呻吟之作。然而，在这些作品中寄托情感之深浅、文学成就之高下又参差不齐，不可以等量齐观。

（1）《惜誓》略说

贾谊的辞赋，收入《楚辞》中的仅有《惜誓》一篇。

"惜誓"二字之义，各家的解说不尽相同。王逸《楚辞章句》说："惜者，哀也。誓者，信也、约也。"他解说"惜誓"是痛惜楚怀王背弃信约、誓言的意思。刘熙载《艺概》中说："惜者，惜己不遇于时""誓者，誓己不改所守"。他解说"惜誓"是自抒痛惜、自誓信守之意。汤炳正等《楚辞今注》说："誓，或'逝'之借字。"他解说"惜誓"或为痛惜生命流逝、年衰无成的意思。三种解释中，本书采用《艺概》的说法。《惜誓》实际上是一首因为对社会现实深感痛惜，而决心超世远游的自誓之辞。引起诗人痛惜的原因：一是年老日衰，无所成就，这是对个人的痛惜；二是世俗昏暗，乱象环生，仁者遭难，小人得志，这是对社会现实的绝望。诗人"惜伤身之无功"，决心要像麒麟一样远离浊世，像鸾凤一样出世高翔。

古人或以为《惜誓》是代屈原抒情之作，然而细心体会诗意，可知它实际上是贾谊自己的咏怀诗。贾谊另外有《吊屈原赋》，是专门为悼念屈子而作的。《吊屈原赋》指出屈原所处的楚国是一个是非、黑白、贤愚、忠奸都颠倒了的社会：鸾凤伏藏，鸱枭却在天上翱翔；帽子被踩在脚下，宝鼎被抛到野外；贤者遭受羞辱压制，小人却尊显得志……贾谊认为处在这样一个混乱的世道，屈原应该"远浊世而自藏"，应该遍游九州以求实现自己的政治抱负。《惜誓》中对时局的批判与《吊屈原赋》在用语或相类似，情调一脉相通,所不同则在于一为现实的、一为怀古的,一为自伤不遇、一为缅怀前贤。

《惜誓》是保存下来的较早的汉代骚体作品,对后世的影响是不言而喻的。

(2)《招隐士》略说

《招隐士》的作者,在《楚辞》中题名为淮南小山,昭明太子《文选》则题名刘安。题名虽然不同,亦有可通之处,因为淮南王刘安招徕天下的文学之士,其中便有大山、小山之徒。大山、小山都参加了《淮南子》的撰述,然而《淮南子》一书的署名权仍归于刘安。《招隐士》的题名刘安,亦同此理。然而据实而论,本篇还是以题名淮南小山为宜。

《招隐士》描写了山中的四季景物,那里巉岩峻峭、草木幽深、猿狖群啸、虎豹纵横,总之是一派阴森恐怖的景象。作者这样写,是为了召唤栖居山间的隐士归来。那么,这位滞留山间的隐士是谁呢?王逸《楚辞章句》说此诗是为悯伤屈原而作,则诗中的王孙乃指屈原。王夫之《楚辞通释》说此诗是刘安用以招揽山野之中的隐士,绝对没有悯伤屈原的意思。当代学者又有人猜测淮南王刘安入朝后,朝中局势险恶,祸机难测,小山之徒以此诗告诫刘安,劝他早些离京归来。比较三种说法,王逸的解释有比附的影子，王夫之的观点比较通达稳妥，第三说法以山中景物比拟朝廷则纯属主观臆测，绝不可信。

《招隐士》的意境以奇崛见称。所谓奇崛，就是不事因袭，不落俗套，风骨棱层，独自拓展一片境界。本篇在文学史上为人称道处，也正在于此。

（3）《七谏》等篇略说

《七谏》是汉武帝时东方朔咏诵屈原生平遭遇的作品。东方朔，字曼倩，是一位有着传奇色彩的奇特人物。他性好诙谐调笑，其中多寓讽谏，在他的身后留下了许多荒诞不经的传说。这样一位怪异之士，何以对屈原的遭遇如此动情？从《七谏》篇末"自古而固然兮,吾又何怨乎今之人"二句看，他是有感而发的。实际上，东方朔是借屈原因进谏忠言而遭放逐、最终沉江的不幸一生，来倾诉自己内心的郁愤不平。以悼屈之文笔，写婉转讽谏之辞章。全篇共分《初放》《沉江》《怨世》《怨思》《自悲》《哀命》《谬谏》七章，故题曰《七谏》。

庄忌的《哀时命》则是一篇抒自己发生不逢时、命运多舛的抒情诗，其中有四句说："子胥死而成义兮，屈原沉于汨罗。虽体解其不变兮，岂忠信之可化！"从全篇内容看，这种对屈原的吟咏只是将其作为古代贤者加以列举，用以抒情，本诗并不是专门为伤悼屈原而作。王逸《楚辞章句》说:庄忌哀伤屈原"受性忠贞,不遭明君而遇暗世,斐然作辞,叹而述之",这种解说其实并不十分确切。

　　王褒《九怀》、刘向《九叹》、王逸《九思》都是摹拟《九章》的政治抒情诗,都分别由九个列出标题的短章所组成。王褒,字子渊,汉宣帝时曾任谏议大夫。王逸曾解释《九怀》题意说:"怀者,思也,言屈原虽见放逐,犹思念其君,忧国倾危而不能忘也。"王逸以为《九怀》专意抒写屈原的事迹与情感,是代屈子立言,这是一种误解。从全篇看,王褒是将咏史(屈原史实)与咏怀(现实情感)融为一体的。《九怀》借屈子的事迹,抒发作者的情怀,因此王褒才是抒情的主人公。《九叹》以屈原被放逐后的思想情感为脉络,抒写诗人的坎壈遭遇、内心幽怨以及眷恋故国的深情。由于作者刘向曾整理编辑《楚辞》一书,因此《九叹》在汉代楚辞学史上也就具有了特殊的价值。《九思》的作者王逸与屈原同生楚域,诗中代屈原表明心志、指斥群小,情致跌宕,真切感人。篇末希望出现清明的政治局面,出现天下大治的盛世景象,则寄托了王逸自己的社会理想。

三 《楚辞》的文化蕴涵

　　《楚辞》有着丰厚的文化蕴涵。在悠久的历史长河里,《楚辞》成为我国历代文人的必读经典,屈原的名字家喻户晓,其作品脍炙人口,传诵不绝,《楚辞》的文化蕴涵因此而融汇入中国传统文化的浩瀚大海之中,对形成中华民族的文化传统、熔铸民族灵魂、建设民族精神,都起到了不容忽视的作用。

　　《楚辞》的文化形态相互交织、难以分割。为了阐说的方便,本书从以下五个方面加以描述,即爱国情怀、社会理想、历史文化、人格精神、宗教神话。当然,应该指出的是,这种条分缕析既未必恰当,亦未能穷尽《楚辞》的全部文化意蕴。

1. 爱国情怀

屈原有一颗坚定而又炽热的爱国心。这种爱国心，不是出自某种抽象的观念，而是源于浓郁的故国情怀。屈原的爱国，首先是热爱他的故土，热爱他赖以生长的楚国，热爱楚国的人民与文化。扩大了说，就是热爱中国，热爱生活在中华大地上的人民，热爱中华民族的历史传统与灿烂文化。这二者是统一的，不可分割的。

（1）"帝高阳之苗裔兮，朕皇考曰伯庸"

屈原的远祖，是古代传说中的颛顼，即高阳氏。高阳氏是中华民族的共同祖先——黄帝轩辕氏——之孙。在渺邈的远古时代，高阳氏的后裔逐渐由中原向南方迁移，来到荆楚大地，成了楚人。当时的楚国被认为是蛮荒之地，广袤的地域尚未被开发，自然条件极为恶劣。高阳氏的后裔与当地土著人民一起，开辟山林，建立家园，抵御外患，拓展疆域，形成了优良的民族传统。楚国的建国史就是一部艰苦奋斗的历史。这种奋斗包括两个侧面，一是战胜自然，为本民族创造生存与发展的良好自然环境；二是抵御侵略，以维护楚民族生活的和平与安宁。在这种以奋斗求生存、图发展的过程中，楚国由一个僻处荆山的蕞尔小国逐渐发展壮大，成为雄踞江汉、奄有江南，足以问鼎周室、抗衡中原的强国。

楚人有着强烈的民族意识与深厚的故国情怀。他们始居丹阳，创业荆山，建都郢城，对这一段历史念念不忘。楚国的都城虽多次迁徙，但都沿用"郢"之旧名。楚军统帅在打败仗之后，常常自杀向国人谢罪。《左传》记载：桓公十三年，莫敖屈瑕（屈原之先祖）率军出征大败后，自缢于荒谷；僖公二十八年，由令尹子玉统率的军队在晋楚城濮之战中失利，子玉自杀而死。又据《吕氏春秋》记载：楚康王时，令尹子囊率军与吴人作战，失败后"伏剑而死"。至于楚大夫申包胥在楚国危难之际前往秦国乞求援兵，依秦宫墙而哭，整整七天不饮不食，终于感动了秦哀公而为之出兵，更是楚人爱国精神的生动体现。

屈原继承了这种强烈的民族意识与爱国情感，并将它融入辞赋创作中，从而形成了《楚辞》鲜明的思想特色。

（2）"来吾道夫先路"

在《楚辞》中，屈原的爱国情怀不仅仅表现为一种情感，更主要地表现为一种坚定的志向，一种自觉的责任，一种踏踏实实的行动。在《离骚》中，屈原把自己的国家比为一辆行驶中的车子，他希望国家能够在康庄大道上顺利前进，他自己则愿意奔走前后，为之先导；他时刻担忧这辆车子会在幽隘的道路上倾覆，因此日夜焦灼不安。在屈原的作品中，读者总能感受到诗人将国家的安危、兴衰担负在自己肩头的强烈的责任感。尽管他遭到党人的谗毁与世俗之辈的嘲笑，遭到昏庸之君的轻忽与误解，他还是不改痴心，日夜眷恋着自己的国家与君王。尽管楚国政治体制的腐败不是屈原个人能够拯救的，楚国国势的衰落不是屈原个人能够挽回的，楚国风气的颓唐不是屈原个人能够更新的，但他还是忧心如焚地去极力呼吁，去筹谋改变。他怀抱着一线希望，用全部的身心精力去争取、去奋斗，因此，他的爱国心便化成了一团火焰、一束光明，永恒地照耀在炎黄子孙的心中。

屈原为振兴国家所采取的行动，一是试图革新政治，建立法度的尊严与权威。然而由于楚怀王对改革政治缺乏明确的自觉性与决心，加之党人的破坏，屈原改革朝政的计划最终只能流产。屈原试图报效祖国的又一努力是兴办教育。然而，在一种陈腐而平庸的政治氛围之中，教育的力量是何等微弱，所以他只能眼睁睁地看着自己寄予希望培育成"兰蕙"的人才一个个化为"萧艾"，一个个芜秽变质。屈原心中最大的悲痛，应该说莫过于此了。

（3）"惟郢路之辽远兮，魂一夕而九逝"

屈原担任左徒期间，曾经为振兴楚国而竭尽心力。然而由于他禀性耿介，不肯违背本心去附和世俗，因而遭到排挤，被长期冷落。他先是被贬黜往汉北之地，不久又被放逐到更为僻远的江南湘沅一带。他在汉北期间所写的《抽思》中将自己比作一只小鸟，这只小鸟尽管羽毛修美，却被从郢都驱赶到荒凉的汉北，身边没有任何伴侣，只能在孤独寂寞中打发岁月。在初夏的夜晚，屈原思绪缠绕，多次在梦中回到遥远的郢都（"惟郢路之辽远兮，魂一夕而九逝"）。梦魂怎么能认识路途之曲直呢，只能靠着天上的月亮与列星来判定南去的方位（"曾不知路之曲直兮，南指月与列星"）。他知道想要身回郢都是完全不可能的，只有梦中孤魂在途中来回奔波不止（"愿径逝而未得兮，魂识路之营营"）。这种对故国刻骨铭心、缱绻深长的情怀，几乎伴随了屈原的一生。在《哀郢》中，他又详细地描述了自己虽然身遭放逐，仍然深切地依恋故国的赤子情怀。当被迫离开郢都故居时，他愁思恍惚，不知何处才是尽头（"发郢都而去闾兮，荒忽其焉极"）；望着故国乔木他长声叹息，泪水不断就像雪珠纷纷落下来（"望长楸而太息兮，涕淫淫其若霰"）；船过了夏水口，屈原还依依不舍地回头眺望，一直到完全看不见郢都城门才停下来（"过夏首而西浮兮，顾龙门而不见"）；背对着夏水之滨，他还在思念着郢城，因为离开故都是越来越远了（"背夏浦而西思兮，哀故都之日远"）。屈原对郢都的牵挂，其重要原因之一是对故国命运的关切，一想到故都的宫殿将要成为丘墟，一想到郢都城门将会毁弃荒芜，他就忧愁不已（"曾不知夏之为丘兮,孰两东门之可芜")。在乱辞中,屈原用两句诗概括了自己的心情:鸟儿总是要飞回旧巢的,狐死之时一定将头朝着自己所出生的山丘("鸟飞反故乡兮,狐死必首丘")。无论生死都心向故国,这就是屈原的爱国情结。

在《离骚》中,屈原尽情倾诉了他对楚国朝政的忧虑与失望,决心去国远游、往观四方。然而,正当他在幻想中驭龙飞天、高驰邈邈、听歌观舞、沐浴着灿烂阳光之际,他忽然从空中俯视到自己的故国,这时屈原以及他的仆夫、马匹同时被一个情结所穿透、击中,他们顿时沉浸在浓重的悲伤和无尽的眷恋之中了。屈原最终仍然不能离开自己的故国。

(4)"知死不可让,愿勿爱兮"

屈原在《怀沙》中的这两句诗彰显了他的忠贞以及他对楚国的一片痴情。既然死是不可避免的,那么为了国家就不应吝惜自己的生命!

屈原自沉于汨罗江。他带着自己的忧伤与痛楚,带着自己的幻梦,永远地融入在汨罗澄澈的水流之中。他的生命与楚国的江河、山川、大地融为一体。他所挚爱并为之不懈奋斗的理想,永恒地留在了民族的记忆里。

屈原为什么自沉,他为什么要去死?关于这个问题,有几种不同的解释:一是死谏说,即屈深感君王受蒙蔽且沉迷不悟，导致国势危难，因而决心以死表达自己的忠贞，谏言君王；二是殉志说，即屈原的美政理想破灭，为了坚守自己的信念与人格尊严，愤而自杀；三是殉国难说，即秦军攻破郢都，屈原不忍心看着国家覆灭、人民遭殃，因而投江自尽。无论是上述哪一种解释，屈原的死都是为了他的国家，都是出自一颗真诚的爱国心。刘熙载《艺概·文概》中曾言："有路可走，卒归于无路可走"，描述的正是屈子的境遇；又说"无路可走，卒归于有路可走"，则是对庄子哲学的概括。屈原不能离开他的故国，不能割舍他对家园的深情，所以他将整个生命都奉献给了故国，这就是屈原生死不渝的爱国情怀。

2. 社会理想

屈原的社会理想是实现他心目中的"美政"，这是他用自己的生命去追求的事业。关于"美政"的内在含义，屈原虽然没有明确阐述，但是它的针对性却十分清晰。简而言之，屈原的理想旨在清除朝政的弊端，遵循法度，以实现政治清明、社会公正的局面，从而推动楚国的富强，并最终完成统一大业。

（1）"惟夫党人之偷乐兮，路幽昧以险隘"

楚国的政治,在怀王当政时已经严重腐化。《战国策·

楚策》记载，楚国的宗室大臣"好伤贤以为资"，他们盘剥百姓，过着淫逸奢靡的生活，因此被为广大民众所痛恨。王公贵族们一个个都养尊处优，高高在上。如果因为朝廷政务想要见到楚王身边的侍者，就像白日见鬼一样难；如果想见楚王，更是像朝见天帝一样难。顷襄王时朝政更糟，君王不以天下国家与民众疾苦为念，不理朝政，一味享乐腐化，整个朝政则被"党人"所垄断。所谓"党人"，是指朝廷中因为私利而勾结一气的朋党之辈。这些人并不关心国家的富强与百姓的幸福，他们关心的只是自己的腐化享乐（"惟夫党人之偷乐兮"）。他们颠倒是非，排斥贤良忠正的朝臣（"谓幽兰其不可佩"）。他们不仅自私、贪婪、无德操可言，而且思想保守、见识卑下（"夫惟党人之鄙固兮"）。因此，这些党人完全不值得信赖（"惟此党人之不谅兮"）。几个党人似乎不足为虑，然而这些人凭借权势与地位毒害了社会风气，使得楚国上下沉浸在一种平庸、猥琐、苟且，只追求眼前私利、不顾国家前途的腐朽氛围之中。这是一个是非颠倒的社会，是一个正气萎靡不振的社会，是一个百姓困苦不堪而小人猖狂的社会。世俗佞巧之辈在这种氛围中如鱼得水，正直独立之士在这种氛围中处处碰壁。昏昧的人一点也觉察不出危机即将降临，清醒者则强烈感受到国家面临的严重祸患。面对这种局面，屈原怎么能不奋起抗争呢？

（2）"举贤而授能兮，循绳墨而不颇"

在一种社会体制走到尽头之前，人们较多的是从体制内部去寻求改良它、拯救它的方略。屈原也不例外，他为楚国开出的药方，一是任用贤能，二是遵循法度。

任用贤能是春秋战国时代流行的思想主张。《论语·子路》中已有"举贤才"之说，《孟子·公孙丑上》明确主张"尊贤使能，俊杰在位"，《荀子·君子》则作出"尊圣者王，贵贤者霸，敬贤者存，慢贤者亡"的判断，以上是儒家的主张。《墨子》有《尚贤》上中下三篇，提出"尊尚贤而任使能"，认为尚贤使能是"为政之本"。选贤举能，重视人才，是一种社会理性的体现。

一般而言，主张选贤举能是对统治集团任人唯亲做法的否定，更是对世袭贵族特权的挑战。在春秋战国时代，它的对立面便是"世卿世禄"制度。屈原主张不论人们身份的贵贱高下，都应不拘一格地选用人才。在《离骚》中，屈原借巫咸之口，举出历史上傅说、吕望、宁戚的例子来说明任贤的重要性：傅说本来只是一个筑墙的工匠，商高宗武丁毫不迟疑地任用他做宰相（"说操筑于傅岩兮，武丁用而不疑"）；吕望是一个卖肉的屠夫，周文王却用他作了帝王之师（"吕望之鼓刀兮，遭周文而得举"）；宁戚是一个唱着歌喂牛的小商贩，齐桓公却用他作了辅佐大臣

("宁戚之讴歌兮,齐桓闻以该辅")。在《惜往日》中,屈原又一次咏及这一类的历史人物:百里奚曾经作过奴隶,伊尹曾经作过厨师,吕望曾经在朝歌卖肉,宁戚曾经赶着牛车贩运谋生,如果不是遇到赏识他们的君主,世上谁又能知道他们的才能与价值?

然而贤者时常会受到奸佞之辈的排挤、谗毁,受到世俗小人的嫉妒、遮蔽,难以为君主所识,所以贤者不为朝廷重用,是皇权专制时代常见的现象。至于贤者被疏远、流放、弃置草野、禁锢终生的例子,也是历代不绝于书。所以当旧体制崩溃的前夜,即使有识之士大力呼吁,掌权者也是难以真正任用贤能的。

遵循法度,是屈原提出的又一个治世良策。在《惜往日》中,屈原曾经回忆自己当年在朝廷的一番作为。那时,屈原受诏,制定法令,解释疑惑,并将之宣告于百姓("奉先功以照下兮,明法度之嫌疑")。他坚信,等到国家富强、法制健全,楚王便可以将国事放心地交给忠贞大臣们去办("国富强而法立兮,属贞臣而日娭")。屈原还打比方说:要想骑着骏马奔驰,你必须要有缰绳;要想渡越江河,你必须要有船桨。法律的作用,就相当于缰绳与船桨。可悲的是,楚王违背法度、随意行事,这与骑马而无缰绳、过河而无船桨又有什么不同呢?君主"背法度而心治"(《惜往日》),党人们便"背绳墨以追曲"(《离骚》),世人上行下效，苟且媚世，一起胡来，法律与伦理的原则崩溃了。屈原清楚地知道，在这样一个法度遭到践踏，单凭少数人心治的国家里，必然将发生重大的灾祸。因此他反复陈词，说明自己上下奔走呼号，绝不是为了一己之荣辱，而是为了国家的前途，为了人民的命运。

（3）"皇天之不纯命兮，何百姓之震愆"

尊重民众的意志，关怀民众的安危，时刻不忘民众的疾苦，是《楚辞》精神闪光的地方。《离骚》中说："皇天无私阿兮，览民德焉错辅。"这里提出了一个"民德"的观念。又说："瞻前而顾后兮，相观民之计极。"这里又提出了一个"民之计极"的问题。依照当代楚辞学者汤炳正先生的解释，"民德"就是人民所感戴者，"民之计极"就是人民所敬爱者。凡是万民所拥戴的人，皇天必设贤臣辅立之；凡是万民所敬爱的人，皇天必任用之。这是屈原的信念，亦是他的民本思想的体现。

所以，当屈原看到民众的苦难时，流露出的是真挚的同情。在《离骚》中，他为人民的苦难而叹息落泪（"长太息以掩涕兮，哀民生之多艰"）。在《哀郢》中，他为郢都父老恐惧流亡、离散相失而质问皇天（"皇天之不纯命兮，何百姓之震愆"）。在《抽思》中，诗人诉说自己内心愤激难平，然而看到民众遭受的苦难，自己又镇定下来了（"愿摇起而横奔兮,览民尤以自镇")。

正是因为屈原热爱人民、关心人民,他的形象深受人民喜爱,他的故事在民间长期流传不衰。

(4)"魂乎来归,尚三王只"

屈原经常诉说他的抱负,就是辅佐楚王建立像尧、舜、禹、商汤、周文王、周武王那样的伟业,以实现天下一统的清明政治局面。

屈原追求的是这种天下统一的事业由楚国来完成。

从春秋末年到战国前期,由于周王室势力日渐衰微,楚国乘机大幅拓展疆域,国力迅速壮大。战国中期,楚国已经成为"地方五千里,带甲百万,车千乘,骑万匹,粟支十年"的南方大国(《战国策·楚策》)。还在西周末年,郑国史伯就说过:楚国有美好的德化("昭德"),如果周王室衰落则楚国必然兴起(《国语·郑语》)。战国七雄纷争,进一步形成"横成则秦帝,纵成则楚王"的局势(《战国策·秦策》)。张仪对楚王也说:"凡天下强国,非秦而楚,非楚而秦,两国敌侔交争,其势不两立。"可知由楚国来统一天下的历史机遇,一度是存在过的。

屈原在其作品中反复推崇那些能够平定世乱、统一国家的前代先王。《离骚》中赞叹说:从前三后的美德多么纯粹啊,那时众多贤者济济在朝("昔三后之纯粹兮,固众芳之所在")！三后，一说即三王，指禹、汤、文王，一说指楚国的三位贤君，二说皆可通。《离骚》中又自述说：我愿意奔走于楚王的前后啊，辅助他赶上前王的步伐（"忽奔走以先后兮，及前王之踵武"）！这里的前王，即指"三后"。在《抽思》中，屈原又写道：辅佐君王要以三王五霸为楷模啊，行事则应以古代忠臣彭咸为榜样（"望三五以为像兮，指彭咸以为仪"）。屈原念念不忘建立如同"三王"般的业绩，这成为他终生追求的最高目标。《大招》结尾所描绘的政治局面也是如此：不仅国势强盛（"雄雄赫赫"），而且君王德化昭明天下（"天德明只"），朝廷中三公九卿共同效力，辅佐君主，致力于将国家治理达到禹、汤、文王那样的盛世境界（"尚三王只"）。可见《楚辞》中所寄寓的政治理想，是与国家统一的目标完全一致的。

（5）"既莫足与为美政兮，吾将从彭咸之所居"

《荀子·儒效》说："儒者在本朝则美政，在下位则美俗。"屈原所追求的，就是这种"美政"。这种美政的内涵大体包括四个方面：一是任用贤能，二是实行法治，三是关怀人民，四是追求统一。四者中缺乏任何一项，都不足以构成美政。

然而屈原这种对美政的追求，似乎一开始便注定了其失败的命运。这是由于楚国王室的腐败已经积累了相当长久的时间,如果从吴起变法算起,到屈原从政时已近60载。其间,楚怀王虽然一度想要有所作为,但未能持久,终于还是在沉重的历史惰性面前退缩了。楚怀王背弃了与屈原的誓约,抛弃了屈原。屈原之世,君主昏庸淫逸又被蒙蔽,党人势重又勾联成网,世风萎靡又唯利是趋。邪辟与世俗的势力结合,像洪水一样足以淹没少数头脑清醒又行为正直的人。在这种社会环境中,屈原除了在崎岖而又漫长的流放之途踽踽独行、吟咏抒怀,又岂有别的道路可走?

屈原在《离骚》结尾处表示:既然不能实现美政的理想,那就只能"从彭咸之所居"。彭咸何许人也?旧说他是殷商时代的贤大夫,因为向君王直言进谏,不被采纳,最后投水而死。清代以来又有人说他同时具有巫官与贤臣的两重身份。《悲回风》中说道:我要凌波随风而去,到那彭咸所居住的地方("凌大波而流风兮,托彭咸之所居")。汉代刘向在《九叹·离世》中也说:九年放逐不能回归故都,我将追随彭咸游于水中("九年之中不吾反兮,思彭咸之水游")。看来,屈原投水而死,应该是没有疑义的了。

3. 历史文化

人类的历史,宛如写在时间长卷上的一部永远讲述不完的文化演变史。在历史文化积淀中,可以读到关于人类社会形态、家族组合、个人人格以及学术思想等生发与变迁的全部秘密。从这个意义上说，历史文化不仅为文学准备了材料，也陶冶着文学的精神。

注重历史与文化，是《楚辞》的一大特色。在《离骚》《天问》中，几乎可以读到上古三代至春秋战国的全部历史（当然其表述是诗化的）。《楚辞》蕴涵的深厚历史文化底蕴，奠定了中国诗赋千古不易的人文传统。

（1）"汤禹俨而祗敬兮，周论道而莫差"

屈原博闻强记，明于治乱，有着丰富的历史知识。《楚辞》涉及众多的历史人物与事件，从上古传闻一直到战国时事，无不融入《楚辞》的篇章。其中圣明的君主如尧、舜、禹、商汤、武丁、周文王、周武王等，暴戾淫逸的君主如夏桀、后羿、浇、商纣等，贤正能干之臣如伊尹、皋陶、傅说、吕望、百里奚、宁戚等，忠诚受冤而死之臣如鲧、比干、申徒狄、伍子胥等，廉洁隐逸之士如伯夷、介之推、接舆、桑扈等，都在《楚辞》的篇章中有适当的描绘。

屈原吟咏这些历史人物及其事件，其意义首先在于对民族文化传统的肯定，以及对历史经验教训的确认。简而言之，就是惩恶扬善、激浊扬清。他在《离骚》中写道：唐尧、虞舜的行为正大光明，所以国事遵循正道，步入坦途（"彼尧舜之耿介兮，既遵道而得路"）；夏桀、商纣乖张狂妄，所以国运维艰、无路可走（"何桀纣之猖披兮，夫唯捷径以窘步")。这是对朝政行正道还是走邪径的对比。《天问》中,屈原进一步发问:比干何曾叛逆,为什么要将他杀害呢("比干何逆,而抑沉之")?雷开何曾忠顺,为什么要给予赏封呢("雷开何顺,而赐封之")?这是对君主在对待贤臣与佞臣时所展现出的不公与谬误提出深刻的反问。其结果是:尧舜时国运昌盛,为万世赞颂;夏桀、商纣国破身死,为万世唾弃。其中所寄寓的劝诫意义,是十分明显的。

司马迁在本传中称屈原的《离骚》"上称帝喾,下道齐桓,中述汤武,以刺世事";班固《离骚赞序》又说《离骚》"上陈尧、舜、禹、汤、文王之法,下言羿、浇、桀、纣之失以风"。他们都强调屈原作品所蕴涵的借古讽今之旨。其实,更为重要的是屈原对历史的思辨。在《天问》中,屈原就殷商王朝的兴亡发问道:天帝使殷商统一了天下,殷商有些什么德化可以传扬("授殷天下,其位安施")?后来殷商又终至亡国,它又有何罪过("反成乃亡,其罪伊何")?这里的问题是:历史发展的动力与规律是什么?其中所谓"天命"的作用何在?

只要深思历史,就会发现相互矛盾的两个方面:一方面是"天命"与人事的统一,如尧、舜、禹、商汤、周文王等圣君,因其功德在民,所以国祚绵长;夏桀、商纣荒淫暴戾,终至国除身灭。《抽思》所说"善不由外来兮,名不可以虚作",便是对这种现象的概括。与之相反的是"天命"与人事的舛忤,如王亥有美德,却被杀于有易之国("该秉季德……胡终弊于有扈");梅伯直谏却被剁成肉酱,箕子怀抱忠诚却只能假装疯狂("梅伯受醢,箕子详狂")。因此屈原不禁要问道:天命为什么反复无常,它究竟在惩罚谁又在保佑谁("天命反侧,何罚何佑")?屈原的这些思考,无疑深化了《楚辞》的历史文化蕴涵。

(2)"受命不迁,生南国兮"

在《橘颂》中,屈原用这两句诗表明自己的心志,说橘树天然的本性使它只能生长在南国,而不能迁往别的国度。这并不是说屈原不能前往别的地方,而是说他的根在楚国,他不能割断自己的根。

《楚辞》是一株深深根植于楚文化土壤中的"文学树",它的根便是楚文化。

宋人黄伯思在《校定楚辞序》中说:屈原、宋玉的作品"皆书楚语,作楚声,纪楚地,名楚物,故可谓之楚辞"。这其实只说到《楚辞》文化较浅层面的一般现象,更为重要的是《楚辞》中深刻蕴涵的精神文化特质与情感特征,它们才构成了《楚辞》的灵魂。概而言之,《楚辞》的灵魂是由世代相传的楚文化传统、历史形成的楚民间风俗,以及艰苦执着又浪漫多姿的楚民族精神所组成。它们跃动在《楚辞》的字里行间,寄蕴在《楚辞》作品的意象之内,融化在《楚辞》的情感旋律之中。它不只是一种艺术氛围,也是一个文化情结。

《楚辞》对人生的讲述,对神灵的钦敬,以及对虚幻境界的徜徉漫游,都可以视为对楚文化传统的认同与传承。因此,《楚辞》展现出了令古今无数文人为之倾倒的独特的文化个性。

(3)"及余饰之方壮兮,周流观乎上下"

在以往的研究中,曾经出现过将屈原思想简单化的倾向,即将其单一地归于某一家。其实,《楚辞》中所体现的屈原思想是多元的,而并非单一的。

屈原受到儒家思想的影响,这一点是明显的。儒家学说很早就传到了楚国。《孟子·滕文公上》记载:楚国人陈良心悦周公、孔子之道,北上中原求学,中原的儒者没有能超过他的。可知战国之世,儒家学说在楚已经有了相当大的影响。《楚辞》中对尧舜的推崇、对仁义的提倡、对美政的追求,都彰显了儒家的精神风范。另一方面,楚国又与道家思想有着很深的渊源。老子本为楚人,庄子的游踪亦多在楚地,楚国可以称得上是道家的故乡。《渔父》中"圣人不凝滞于物,而能与世推移"的说法,与《老子》所谓"和光同尘"、《庄子》所谓"圣人和之以是非"有着相同的口吻。《远游》中对道的描述("道可受兮,不可传;其小无内兮,其大无垠")与《老子》所说"道之为物,惟恍惟惚"是相通的。《远游》中说"漠虚静以恬愉兮,澹无为而自得",则完全使用了道家的语言。在屈原辞赋中,还有着糅合儒法的思想倾向,即一方面提倡仁义、德化,另一方面也倡导依法治国,遵循法度办事。在《惜往日》中,屈原十分认真地回忆了当年受诏起草法令、改革法制的情景,并明确表示反对君主"背法度而心治"的做法。这表明法家思想对屈原的影响也是存在的。

从地域上说,《楚辞》文化更是开放而多元的。《楚辞》中是否包含中国以外的异域文化成分?学术界对此意见不一。学者苏雪林女士认为《楚辞》中之《离骚》《九歌》《天问》充满了"域外文化分子"。她认为域外文化在夏代已经传入中国,混合在我们自己的文化体系之中,融汇成为一片;战国时代,域外文化又以排山倒海之势再度涌入中国,从而开始了"战国中叶波澜壮阔、光芒四射的学术文化的黄金时代"(《苏雪林文集》卷四《屈赋之谜》)。从广义文化(包括神话、历史传说、民俗等)的意义上说,域外文化对《楚辞》的影响是与其言其无、不如信其有的。即使将这一问题存而勿论,《楚辞》中包容了多元的中国地域文化成分也是显而易见的。楚文化的根基已经在前面有所论述,其他如以典章制度、礼乐、文学为主要内容的中原文化，以稷下谈士为代表、具有汍汍风度的齐文化，以及巴蜀、吴越文化，都在《楚辞》中留下了自己的印记。

《楚辞》的文化视野是开阔的。《离骚》中说：趁着我的美饰方盛，我要观乎上下、周游四方（"及余饰之方壮兮，周流观乎上下"）。这固然是一个超然的想象，但也可以认作是对多种文化理性的广泛探求与吸纳。正是在此基础上，屈原塑造了自己蕴涵内美而又独立飘逸的文化人格。

（4）"路曼曼其修远兮，吾将上下而求索"

屈原在政治舞台上是一个悲壮的失败者，在文化领域却是一个伟大的成功者，因为他用自己杰出的作品成就了不朽的《楚辞》。

《楚辞》不仅是文学的丰碑，也是文化的丰碑。屈原不断地对文化与历史进行沉思。他的思维空间是那样的广阔而深远！他对社会、人生的思考与表述，成为春秋战国思想文化更新进程的一部分。屈原对社会发展原动力的思索，对"天命"的质疑，对究竟应该由谁来管理天下的阐说，都表现出理性探求的精神。他在《离骚》中写道：皇天是没有私情偏爱的，只选择那些民众拥护的人成为君主（"皇天无私阿兮，览民德焉错辅"）；在官员任用上，《离骚》列举历史上的例证而明确主张任用贤者，即使这些人出身于屠夫、厨师、奴隶、佣工等低微阶层，也要大胆提拔，委以重要的职务；这对崇拜天命、任人唯亲的旧风气是一个大胆的否定；当然，屈原最伟大的成就还是在文学领域。他用瑰异艳丽、金相玉质的辞赋创作开创了抒情美文的传统，开创了具有南国咏叹情调的楚辞体文学，从而奠定了《楚辞》在中国文学史上的不朽地位。

《楚辞》深沉而厚重的历史文化蕴涵，对古典文学的发展产生了深远的影响。它对历史的缅怀与评说，对多元文化的求索与探寻，对人生境遇的体味与沉思，逐渐成为一种人文传统，成为中国文学情感表达的重要内容，这与《楚辞》的示范作用显然是密切相关的。

4. 人格精神

春秋战国时期，我国新兴的士大夫人格的发展呈现多元化的趋势。士大夫中有的从事理论思辨，有的参与实际的社会变革，有的办教育，有的作撰述，也有的进行科学研究。有谋略之士，有纵横之士，有史学之士，有文章之士。《楚辞》的出现，标志着其中一种富有文学色彩的士大夫人格的成熟与定型。这种新的人格以屈原为代表，以宋玉、贾谊为补充。

（1）"重仁袭义兮，谨厚以为丰"

屈原在《怀沙》中用这两句诗，表示自己要积累仁义，将之谨藏于心，以丰厚自己的人格修养。这既道出了诗人的修身原则，又展现了他的博大胸怀。这里的"仁义"不是一个空洞的概念。"仁"是要爱人，其中最重要的是爱人民。"义"是要讲道理，讲正义，尤其是对民众讲道义。与这一原则相一致，屈原又举出了好修、清白、忠信、耿介等作为立身的道德标准。所谓好修，即追求人性与人格的美好；所谓清白，即力求身心不受世俗尘垢的污染；所谓忠信，是说待人忠诚，出言行事都要讲求信义；所谓耿介，是说为人光明磊落，不用心机权术害人。内则追求人格道德的清白纯粹，外则保持立身行事的正大光明，这便是"重仁袭义"，能为人生奠定坚实的根基；否则，趋奉一时的权势，追求一己的私利，玷污纯净的本性而留下永远的缺憾，这是屈原所不愿意亦不屑于去做的。屈原在《离骚》中说：人生各有其追求啊，我独喜爱以人格高洁美好作为常态（"民生各有所乐兮，余独好修以为常"）。他又说：为了正直清白而献身啊，本来就是古代圣人所赞许的（"伏清白以死直兮，固前圣之所厚"）。

在我国古代诗人中，像屈原这样十分看重立身的道德准则与人格精神者，实不多见。屈原不仅将这些道义原则反复申言，念念不忘，而且躬自实践，持之以恒。屈原永恒的人格魅力，实基于此。

（2）"苟余心其端直兮，虽僻远之何伤"

语出《涉江》，表现了屈原有着高尚的道德自觉与卓越的人格追求。他并不是一个只知退让的谦谦君子，而是一个秉性刚烈、宁折不屈的战士。在屈原的生平事迹中，充溢、流动着抗争、奉献与自我牺牲的精神。屈原在抗争之初，对楚王还抱着一定程度的幻想，希望楚王能趁着壮岁年华，革除弊政，有所作为，即"抚壮""弃秽"。这一时期，他的批判矛头主要指向朝廷中的党人与世俗趋附权势之辈。在《离骚》中，屈原表示自己绝不向党人妥协，绝不向世俗让步，抱定献身的决心，至死不悔（"阽余身而危死兮，览余初其犹未悔"），即使身在流放途中也是如此，在《涉江》中他写道：我不能改变心志去追随世俗啊，所以我准备忧愁穷苦终生（"吾不能变心而从俗兮，固将愁苦而终穷"）；又说：我将坚守正道直行啊，即使终生蒙受苦难也不会改变（"余将董道而不豫兮，固将重昏而终身"）。这种守道不阿、终生无悔的人生态度，对后世身处逆境的知识分子是一种极大的鼓励与安慰。后世的志士仁人，莫不从中汲取力量，增强信心。

清代学者王萘曾言："吾观战国之世有三人焉：以举世皆趋势慕利之徒，而有被服仁义、守先待后、尊王贱霸，如孟子其人者焉；举世皆朝秦暮楚之辈，而有志笃忠贞、謇直不挠、沈身不去,如屈子其人者焉;举世皆同流合污之人,而有高瞻远瞩、特立独行、一国非之不顾、天下非之不顾,如庄子其人者焉。"总之,战国之世,天下纷乱变故、沧海横流之际,唯有孟轲、屈原、庄周一类具有独立思想与坚定意志的人,能依据自己的价值判断,葆有各自卓异的人格,因而,他们也就成了后代文人的榜样。

(3)"世溷浊而莫余知兮,吾方高驰而不顾"

《涉江》中的这两句诗犹如屈原的自画像,让我们看到了一个鄙弃世俗的污浊、愤然超世、特行独行的高士形象。

一提到屈原,人们的脑海中往往会浮现一位穿着奇异服装(《涉江》:"余幼好此奇服兮,年既老而不衰")、身佩长剑,头戴切云之高冠("带长铗之陆离兮,冠切云之崔嵬")的奇士的身影。他忽而远渡湘沅,流着眼泪向重华陈辞;忽而又命驾升空,周游四方。他先是指着苍天发誓,说自己的作为完全是出于一片忠心(《惜诵》:"所作忠而言之兮,指苍天以为正"),后来又责备君主受了蒙蔽,使得那一帮善于逢迎的谄谀之辈日益得势(《惜往日》:"谅聪不明而蔽壅兮,使谗谀而日得")。再看他的言辞,他在流放途中所写的《涉江》中说:燕雀、乌鸦,都在殿堂上做了巢啊("燕雀乌鹊,巢堂坛兮"),腥臊之物被任用啊,芳香之物却被疏远("腥臊并御,芳不得薄兮")。这不是把满朝的文武官员都得罪了吗,不是断了自己返归朝廷的后路吗?屈原在《离骚》中又说:当代世俗之辈善于投机取巧啊,他们背弃规矩而任意胡来("固时俗之工巧兮,偭规矩而改错")。又说:家家户户都把萧艾挂在腰上啊,都说芳香的幽兰不可佩带("户服艾以盈要兮,谓幽兰其不可佩")。这不是把世俗众人也都得罪光了吗?班固在《离骚序》中说屈原"露才扬己",是一个行为狂狷而道德超迈的人(狂狷景行之士),这话是否有道理呢?

从细节、局部分析,班固的话不为无理。然而社会恶势力对正直之士的重压与迫害,世俗之辈对品节耿介者的轻视与羞辱,时常使人不能不言却又无话可说。此时那种四平八稳、面面俱到的空话,又有几分真实可信呢?

(4)"惜诵以致愍兮,发愤以抒情"

在诗歌作品中明白地说出自己创作的心情及目的,最早是在《诗经》当中。《小雅·节南山》中载有"家父作诵,以究王讻;式讹尔心,以畜万邦",意思说上面这首诗是家父所写,目的是要探究周室祸患的根由,希望帝王能回心转意,治理好天下万邦。在《小雅·何人斯》之末,诗人写道:"作此好歌,以极反侧。"意思说写作这首歌是希望对方纠正反复无常的毛病,二人重新和好。在《小雅·

四月》结尾,诗人写道:"君子作歌,维以告哀。"意思说诗人写作这首诗,是为了倾诉内心的悲哀。

《楚辞》继承了《诗经》的这一传统,并将它进一步弘扬光大。屈原在《九章·惜诵》开篇就说明自己之写作辞赋,是因为忠言进谏反遭谗毁,内心忧伤,所以要"发愤以抒情"。在《悲回风》中又说:自己胸怀远大之志而不被理解,所以要赋诗予以表白("介眇志之所惑兮,窃赋诗之所明")。由于上述《诗经》的作者事迹不明,又不像屈原那样倾注毕生心力进行文学创作,所以屈原作为士人文学的先驱者,同时也就开创了以诗赋创作展现士人人格风貌的文学传统。

屈原在《橘颂》中形容橘的果实说:"青黄杂糅,文章烂兮。精色内白,类可任兮。"人们也可以用这几句诗来形容屈原的道德文章。屈原的人格是精纯高洁的,可以担当时代的重任;他的作品是绚丽灿烂的,有着丰富的文化蕴涵。人格美与文章美,在屈原的作品中是交相辉映,融为一体了。

(5)"贫士失职而志不平"

《九辩》中所展现的宋玉人格特质,与屈原有同有异。宋玉长期位居小臣之位,不受重用。他同屈原一样强烈地感受到政治的黑暗与社会的不平。他在《九辩》中描写朝政的状况,说是骏马闲置不用,跛足的劣马却上路拉车("却骐骥而不乘兮,策驽骀而取路");野鸭野雁在池塘中争食,凤凰却高举而远翔("凫雁皆唼夫梁藻兮,凤愈飘翔而高举")。宋玉因此问道:骏马的归宿在哪里,凤凰的栖息之所在哪里("谓骐骥兮安归?谓凤凰兮安栖")?他的心情压抑且忧伤,渴望见到楚王,然而宫门九重,尤其可恨的是,君王门前还有猛犬狂吠,使得他面见楚王陈情的希望就完全落空了("猛犬狺狺而迎吠兮,关梁闭而不通")。宋玉对百姓的遭遇、国家的前途同样表现出深切的关怀。他写道:假如农民不再耕田而四处嬉游,恐怕田园就要荒芜了("农夫辍耕而容与兮,恐田野之芜秽");当官员们纷纷钻营、假公济私时,国家就会遭遇危机、败亡了("事绵绵而多私兮,窃悼后之危败")。他表示自己不愿意"处浊世而显荣",不愿意"无义而有名",所以只能以清廉自守,即使穷困终身,乃至冻饿而死,也不愿意苟且媚世,换得温饱("食不媮而为饱兮,衣不苟而为温")。这就是宋玉人格中坚贞处世,廉洁自律的一面。

另一方面,宋玉的性格比较软弱,缺乏犯颜直谏的精神。《九辩》中,叹老嗟卑、感时伤愁的句子很多。全篇塑造的是一个富有正义感而又性格柔弱、憔悴自怜的风流才士的形象。宋玉没有参与过重大的朝廷政务,没有屈原那种"入则与王图议国事,以出号令;出则接遇宾客,应对诸侯"的经历，也没有正面直言批评楚王的道德勇气。在《九辩》中，他对楚王的态度：一是专心一意地思念君王（"专思君兮不可化，君不知兮可奈何"）；二是急切地盼望见到君王，以表白自己的心情（"心闵怜之惨凄兮，愿一见而有明"）；三是赞颂君王的德化，并祝愿楚王身体健康（"赖皇天之厚德兮，还及君之无恙"）。只要想一想顷襄王是何等的荒淫昏庸，当时的朝政是何等的昏暗颠倒，宋玉在《九辩》中的思君、颂君之举就显得皮颇为荒唐可笑。宋玉萎靡、软弱的人格缺陷，也就清楚地显现了出来。

5. 宗教神话

我国上古的神话传说，以《山海经》的载录最多，其次要数《楚辞》了。鲁迅曾说《天问》是"中国神话传说的渊薮"，其实在《楚辞》的其他篇章中这方面的内容也并不少见。屈原作品中有关上古神话与宗教的记述，不仅内容丰富，而且多姿多彩。概而言之，有与古史杂糅的神话传说，有曲折表现人类与自然斗争的神话故事，有关于日月星辰、四方神灵的幻想，有民间巫术的表现，也有不少是在神话巫术熏陶下产生的文学想象。《楚辞》总体呈现出极为瑰丽奇异的艺术风貌，与它的宗教神话蕴涵显然是密切相关的；同时，《楚辞》的非凡成就又为中国的神话文化增添了几分异彩。

(1)"遂古之初,谁传道之"

《天问》开篇就问:天地初开、万物起源,那种情景是谁将它流传下来的呢?这是对上古历史根源的探寻。在我国有文字记载以前,历史完全靠世代口耳相传而流传下来。在漫长的历史岁月里,这种口头传授的内容必然有所增减、改变。出于对祖先的崇拜,也由于无法对许多事物与现象进行合理的解释,历史逐渐被神话化,上古历史与神话传说便融成了一体。鲁迅在《中国小说史略》中说:"昔者初民,见天地万物,变异不常,其诸现象,又出于人力所能以上,则自造众说以解释之:凡所解释,今谓之神话。"又说:"神话不特为宗教之萌芽,美术所由起,且实为文章之渊源。"《楚辞》中的有关记述,正好证明了这一点。

屈原自称是高阳氏颛顼的后裔。在历史上,颛顼是黄帝之孙(一说曾孙),传说他从小辅佐少昊氏,20岁时登上帝位。在传说中,颛顼是一个充满神异色彩的人物。《大戴礼·五帝德》说颛顼曾乘龙而至四海,凡是日月所照之内的人民莫不归顺。传说共工(一说是人面蛇身的天神,一说是神农时的诸侯)与颛顼争夺帝位,共工怒而触不周之山,结果将不周山撞倒了。不周山本是擎天的柱子,天柱既然倒了,大地便发生倾斜,江河水就向东南流去了。所以《天问》中问:"康回冯怒,墬何故以东南倾?"康回指的就是与颛顼争夺帝位之战中的共工氏。颛顼后裔之中，还有一位彭祖（名铿），也是十分著名的人物。传说彭祖活到了800岁，因他曾将一种美味的野鸡汤献给天帝，天帝高兴了，便赐予他长寿。《天问》中说"彭铿斟雉，帝何飨？受寿永多，夫何久长"，问的就是这件事。

高辛氏帝喾是上古著名的帝王，《史记》中被列为五帝之一。传说高辛氏有四个妃子：元妃是有邰氏之女，名叫姜嫄，她诞下了后来成为周民族始祖的后稷；第二个妃子是有娀氏之女，名叫简狄，她生下了后来成为殷民族始祖的契；第三个妃子是陈锋氏之女，名叫庆都，她孕育了著名的帝尧；第四个妃子是娵訾氏之女，名叫常仪，她生下了帝挚。其中，后稷与契的出生最带神异色彩。据说姜嫄到野外游玩，看见地上有一个巨大的足迹，当她脚踩在这巨大足迹之上时，仿佛受到震动，回家后便怀孕了。后稷出生后历尽苦难，他曾被抛弃在寒冰之上，而群鸟却用翅膀去温暖他。《天问》曾就这件事问道："投之於冰上，鸟何燠之？"简狄生契的故事也带有传奇色彩。传说简狄与其姐妹住在九重瑶台上，饮食时都要击鼓奏乐。后来，高辛氏派去了一只燕子，留下两枚五色蛋。简狄不小心吞下了一枚，便怀孕生下了契。《天问》就此事问道：简狄住在高台上，帝喾怎么就相中了她？玄鸟（即燕子）留下鸟卵，怎么就能使简狄生下孩子（"简狄在台，誉何宜？玄鸟致贻，女何喜？"）？在《离骚》中也有由此生出的想象，其中写道：望见高耸的瑶台，我看见了有娀氏的美女（"望瑶台之偃蹇兮，见有娀之佚女"）；凤鸟已经带去了聘礼，恐怕高辛氏要比我先到一步了（"凤皇既受诒兮，恐高辛之先我"）！在《九章·思美人》中，诗人也提到了帝喾与简狄之间这一段神奇的传说，可知这一美丽的神话故事，多么受诗人的喜爱。

我国古史传说中，尧、舜都是有名的圣君。《楚辞》中的尧、舜，除了英明耿介、遵道得路的一面，还带有神话色彩。据载，尧将自己的两个女儿嫁给了舜，后来舜在南巡途中死于苍梧之野，葬于九嶷之山。舜之二妃（即帝尧之二女）非常悲伤，啼泣不已，传说她们"以涕挥竹，竹尽斑"（《博物志》），所以至今世有湘妃竹，又称斑竹。舜及二妃死后均化为神。舜为天神，可以周游天下；二妃居住在洞庭之山，经常"神游洞庭之渊，出入潇湘之浦"。《九歌》中的《湘君》《湘夫人》，有的学者认为写的就是神话传说中这一生死相恋的缠绵故事。在《离骚》中，诗人幻想南渡沅湘，向重华陈词，在《涉江》中，诗人幻想与重华同游瑶之圃，其中舜（即重华）的形象也都被天神化了。

（2）"鲧何所营？禹何所成？"

在我国先秦古籍中，多处有着唐尧之世天下洪水泛滥的记载。据说当时田地庄稼都被淹没了，五谷无收，野兽遍地，严重威胁到人类的生存。唐尧派鲧治水九年没有成功。后来禹继承其父未竟的事业，继续治理洪水，其间，禹三过家门而不入，开凿山川，疏通河道，这才根治了水患，于是鲧与禹都成了治水的英雄。然而鲧是失败的英雄，禹是成功的英雄。

　　在神话传说中，鲧治理水患时曾有猫头鹰、大龟前来相助。后来鲧又从天上偷来了天帝的"息壤"，这是一种能自己生长以阻挡洪水泛滥的神土然而鲧也因此受到了严酷的惩罚，他被天帝派人杀死于羽山之野。对于鲧的悲惨结局，屈原曾一再表示同情。他在《离骚》中写道：鲧为人刚直而奋不顾身，最后却被杀死在羽山的野外（"鲧婞直以亡身兮，终然殀乎羽之野"）；在《天问》中，屈原又问道：鲧顺从人民的愿望，治水有所成功，为什么要对他反用重刑呢（"顺欲成功，帝何刑焉"）？传说鲧死之后，尸体三年不腐，天帝派神用吴刀剖开他的腹部，从中跃出一条黄龙，这条黄龙就是大禹，而鲧的尸体又化成一头黄熊，进入羽渊之中。后来禹治水时，有应龙前来帮助他开导水路，禹也曾化身为熊。这些奇怪的传说，都在《天问》中有所记载。

　　上古传说唐尧之时十日并出，将庄稼、草木晒得全都干枯了，尧于是命令羿射下了九个太阳，只留下一个照耀人间。九日中的三足乌被射死了,羽毛纷纷坠落到地上。《天问》就此事问道:羿何以要射落太阳,日中三足乌的羽毛落向何方("羿焉彃日,乌焉解羽")?

以上鲧禹治水、后羿射日的神话传说,曲折地反映了远古初民与自然灾害的斗争,表达了人们希望战胜自然灾祸的强烈愿望。

(3)"百神翳其备降兮,九疑缤其并迎"

我国神话作为民族初祖对混沌初开之际天地万物的朦胧想象,有着丰富而奇幻的内容。自然界中的日月星辰、四方山川都一一被人格化,同时也神化了。在《九歌》中,太阳之神名叫东君,他是一个驾着龙车,载有云旗,身穿青云之衣、白霓之裳的天神。他自扶桑而出,驱除夜间的黑暗,给人们带来光明,然后向西方驶去。《离骚》中说:我让羲和停鞭慢行啊,让太阳不要急于靠近崦嵫山("吾令羲和弭节兮,望崦嵫而勿迫")。羲和是给太阳驾车的使者,崦嵫山是太阳沉没的地方,可见太阳每天巡行的路线是从扶桑至崦嵫。又传,在昆仑西极之地,有一种青叶红花的树,名叫若木,它的光华向地下照去,所以《离骚》中又有"折若木以拂日"的话。

《楚辞》中为月亮之神驾车的使者名叫望舒。当屈原在幻想中展开上下求索之旅时,望舒被派遣为其前导("前望舒使先驱兮")。又传说月亮中有玉兔（一说蟾蜍），由于月亮圆缺相续这一极富神秘性的自然现象，先民于是便产生出月亮能死而复生的幻想。《天问》中因而问道：月亮有什么美德，为何能够死后复生（"夜光何德，死则又育"）？又问道：究竟有什么利益，它要养育一只兔子（"厥利维何，而顾菟在腹"）？有人又解释说"顾菟"是月精，是一只蟾蜍。民间又广泛传说后羿向西王母请得不死之药，嫦娥服后飞奔到月亮之上，成为月精。这样一来，关于月亮的种种传说就更富有文学的意味了。

《九歌》中的大司命、少司命是一对星辰之神。《周礼·大宗伯》记载的天神地祇祭祀中，便包括有祭司命之星的内容。据《汉书·郊祀志》记载，荆巫祀"司命"，注云其为文昌第四星也。甘氏《星经》记载"司命二星在虚北"。后来，这一对星辰之神与人间联系了起来，大司命主管人间之生死寿夭，少司命则主管人间生儿育女之事。《庄子·至乐篇》有云："吾使司命复生子形，为子骨肉肌肤。"可知楚地一直有着司命之星主管人间生死命运的传说。

《楚辞》中还描绘了四方之神：东方之神名叫句芒，西方之神名叫蓐收，北方之神名叫玄冥，南方之神名叫祝融。《楚辞》还提及风神飞廉、雨神屏师、雷神（一说云神）丰隆，亦描绘了湘水之神湘君（湘灵）、黄河之神河伯（冯夷）、北海之神海若、巫山之神山鬼，还写到其他众多的神，从而构成了一幅神秘雄武、富于浪漫情调的神的世界。

与神灵之属虚幻迷离、渺忽难征相近的是鬼怪的世界。神灵的形象是弘毅、庄严的,鬼怪的世界则是恐怖、离奇的。《招魂》描写天地四方的精怪:有九个脑袋的毒蛇、专吃魂魄的长人,有体型如象的赤蚁、壶般巨大的玄蜂,有丑陋的沾着血迹的土伯、凶猛的三个眼睛的老虎。这些,开启了后世鬼怪故事幻想的先河。

（4）"吾使厉神占之兮,曰有志极而无旁"

《楚辞》中的巫术,包括祀神、降神、卜筮、占梦、招魂等多项内容。

传说在太古时代,人与神灵之间可以相通。那时的百姓性情纯厚、忠信,神灵都有美好的德化,人神之间井然有序。大约到少昊氏衰落之时,由于九黎（三苗的祖先）乱德,祀神制度受到破坏,造成宗教秩序的混乱。此时人人都可以祀神,家家都有巫史,所传达的神灵的意旨就难免相互矛盾。这就亵渎了神灵的威严,于是帝尧（一说颛顼氏）大怒,派了南正重管理天界,又派火正黎管理人间,从此天神与百姓便被隔开,宗教制度由民神相通、经历民神杂糅而走向了"绝地天通"的时代。

天地被隔开以后,在人神之间发挥沟通作用,传达神灵旨意便成为巫觋的专利了。宗教巫术构成了最原始的文化形态，巫史宗祝便是最早的知识阶层。屈原具有巫史文化的家族背景，《楚辞》中所表现的巫术也就显得十分丰富而具体了。

先说祭天与祀神。《九歌》中祭东皇太一，仪式十分隆重。由于东皇太一是最尊贵的天神，所以祭品中有兰蕙垫着的祭肉，有芳香的桂酒，有鲜花与美玉，有女巫轻歌曼舞，有琴瑟笙竽伴奏。就在这种肃穆、诚敬的气氛中，天神仿佛降临了。《礼魂》歌辞简明，是送神之曲。送神时有击鼓、传花，有轮番的舞蹈，最后齐唱"春兰兮秋菊，长无绝兮终古"，表达对神灵的祈愿。从《九歌》的体制与内容来看，它可能是一套大型的歌舞乐章，其中的歌舞词章颇有恋歌的韵味，所以迎神祭神与人间的娱乐就结合起来了。《国殇》祭祀的是为国战死者的英魂，情调悲壮慷慨，似乎是临时增加的内容。学者们认为，《九歌》是后代郊祀礼俗的雏形，因为《九歌》所祀之神灵与后世郊祀仪式中所祭祀的群神颇有渊源。

降神与卜筮都出于同一目的，即求得神灵对人间事务的指示，不过前者有迎神降临的场面，并由巫觋口头传达神灵的旨意；后者则透过观察龟策、卦象去揣测神灵的意思，以解疑惑。《离骚》中，屈原在上下求索失败之后，内心犹豫不决，于是先向灵氛请教，灵氛劝其不妨去国远游；继而，屈原又乘巫咸降神的机会，请求神灵的旨意，巫咸传达神的旨意，劝他留在楚国，等待时机。同样都是传达神灵的意旨，灵氛与巫咸的主张互不相同，这就更烘托、强化了屈原内心的矛盾，《离骚》的情节也因此而跌宕变幻，紧扣人心。在《卜居》中，屈原提出的是一个更为深沉的问题，即处世之道。最后，太卜郑詹尹只能以"尺有所短，寸有所长，物有所不足，智有所不明，数有所不逮，神有所不通"劝屈原"用君之心，行君之意"，表示龟策对此类问题无法作出回答。

占梦也是一种巫术。古代有占梦之官，其职责是"以日月星辰占六梦之吉凶"（《周礼》卷二五）。古人认为有六种梦境：一是正梦，是平安而梦；二是噩梦，是因惊愕而梦；三是思梦，是因为思念而梦；四是寤梦，是恍惚而梦；五是喜梦，是因为喜悦而梦；六是惧梦，是由于恐惧而梦。梦中的事件来去无端，情境寓意不明，所以需要专门的人来解释。《九章·惜诵》记载了一个梦境：屈原梦见自己想要登上天庭，然而灵魂行至中途却又无法前进（"昔余梦登天兮，魂中道而无杭"）。屈原于是去问占梦之官——厉神，厉神解析："吾使厉神占之兮，曰有志极而无旁。"意指屈原虽有远大的志向，却在朝中孤立无援。

《楚辞》中描写古代招魂的习俗最为具体，形象细致入微。招魂是古代丧礼中一项必备的仪式。古人认为人之死亡是因为魂魄离散，若能召唤亡魂归来，便有望使之起死回生。由于死者的身份等级不同，招魂也有不同的规定：一般的士人死后，只能由一人登上房屋东边的飞檐，手持死者平日所穿的衣服向北方高叫三声，以召唤亡魂归来；天子则有专门的官员负责招魂的事务，官名夏采。《周礼·天官》记道："夏采掌大丧，以冕服复于大祖，以乘车建绥复于四郊。""复"就是招魂复魄的意思。可知国君去世以后，要由夏采穿戴朝廷冕服，率领一批人（数目有明确的规定）前往祖庙（即大庙）招魂，然后再乘车前往四郊招魂。招魂的车上有牛尾缀饰的旗帜作为标志。至于为什么要往祖庙及四郊招魂？原因在于，这些地方是国君生前经常要去的地方。《礼记·檀弓上》说：国君死后，招魂之处包括小寝、大寝、小祖、大祖、库门、四郊。小寝、大寝是国君生活起居之所；小祖、大祖是祖庙，是国君举行祭祀典礼的地方；库门是宫室外门，是国君出入必经之地；四郊是国君郊祭及打猎的地方。这些处所，都可能有国君失散的魂魄，所以要前往招魂。在《招魂》《大招》中，读者可以看到对于招魂这一宗教仪式的生动形象而又始末完整的描述。

四 《楚辞》与民族精神

　　自产生之日起,《楚辞》作为富有艺术个性与生命活力的一种古代文学典籍,便一直对我国的传统文化起着积极的作用。它不仅是文化的参与者,更是文化交汇与融合的见证者。岁月的流逝并未冲淡《楚辞》的文化魅力,在祖国的文化艺术苑囿中,《楚辞》与其他的文化景观相映生辉,相涉成趣。《楚辞》完全融入了中华文化之中,成了它的一个有机的组成部分。《楚辞》的文化蕴涵,早已融化、凝聚在我们的民族精神之中了。

　　屈原,作为《楚辞》奠基者与代表作家,成为了千古传扬的历史文化名人。不同时代的人们纷纷撰写著作与文章,高度评价《楚辞》的成就及文化贡献,赞美屈原卓然特立的人格,并为其杰出的文学才华所倾倒。

1.《楚辞》：永恒的文学宝典

古今研究《楚辞》的著作浩如烟海，对其文化成就的赞誉是《楚辞》学术史的主流。

（1）汉代："虽与日月争光可也"

司马迁是继贾谊之后，屈原的又一个知音。在《史记》中，他撰写了《屈原贾生列传》，对屈原、贾谊的生平事迹作了记述，为后世留下了宝贵的历史资料。司马迁评价《离骚》说："其文约，其辞微，其志洁，其行廉。""推此志也，虽与日月争光可也。"（有人认为这是刘安的话，为司马迁引用）司马迁又说："余读《离骚》《天问》《招魂》《哀郢》，悲其志。适长沙，观屈原所自沉渊，未尝不垂涕，想见其为人。"司马迁为屈原的命运悲伤落泪，自然是因为屈原满怀爱国之情却遭到不公正的待遇。在《太史公自序》中又说："怀王客死，兰咎屈原；好谀信谗，楚并于秦。"这就将屈原个人的不幸遭遇与楚国的灭亡之祸紧紧地联系在一起了。

班固对屈原的评价有些前后矛盾之处。他在《奏记东平王苍》中曾说："昔卞和献宝，以离断趾；灵均纳忠，终于沉身。而和氏之璧，千载垂光；屈子之篇，万世归善。"在《离骚赞序》中又说："屈原痛君不明，信用群小，国将危亡，忠诚之情，怀不能已，故作《离骚》。"关于屈原自沉的原因，班固说是"不忍浊世，自投汨罗"，这与刘安所谓"蝉蜕于浊秽""嚼然泥而不滓"之说略同。尽管班固后来改变了上述的某些观点，但是他仍然肯定屈原的作品"弘博丽雅，为辞赋宗"，同时，他也惋惜屈原未能做到明哲保身，认为"虽非明智之器，可谓妙才者也"（见《离骚序》）。

（2）魏晋南北朝："奇文郁起"，"惊采绝艳"

魏晋南北朝时期，《楚辞》的艺术魅力受到文论家的格外重视。曹丕在《典论》中形容屈原作品的艺术风貌是"优游按衍"，也就是文笔挥洒自如，时见起伏波澜；又说屈原"其意周旋，绰有余度"（见王逸《离骚经叙》洪兴祖注），意谓《楚辞》大量使用譬喻、寄托，在技巧上达到了自然纯熟、绰约有余的境界。挚虞在《文章流别论》中说："《楚辞》之赋，赋之善者也，故扬子称赋莫深于《离骚》。"挚虞将内在的精神情感看作是辞赋的灵魂，认为《楚辞》为这方面的榜样。南朝文学家颜延之为人好酒而疏放，在朝中时常冒犯政要。当他出任始平太守道经汨罗时，写了一篇《祭屈原文》以寄托情思。文中高度评价《楚辞》的成就："声溢金石，志华日月"。他将屈原作品的光华比为香草的芬芳，比为龙章凤彩的自然呈现，认为屈原作品之获得巨大的声誉，如同芳草之发芽、生长、结实，是自然不过的事情。

特别应该提出的是刘勰《文心雕龙》中的《辨骚》，它对《楚辞》的艺术成就作了系统而精到的论述。尽管刘勰对《楚辞》的某些方面不无委婉的批评，但总体上是充分肯定、热情赞美的。刘勰称赞《离骚》的问世是"奇文郁起""惊采绝艳"，说《楚辞》"虽取熔经意，亦自铸伟辞"。作者在篇末用充满情感的笔调写道："不有屈原，岂见《离骚》？惊才风逸，壮志烟高。山川无极，情理实劳。金相玉式，艳溢锱毫。"刘勰对《楚辞》成就的高度评价，还不仅仅表现在对《楚辞》具体篇章的赞扬与艺术风采的欣赏方面，更为重要的是，他从《楚辞》中提炼出了一个重要的创作原则，即"酌奇而不失其贞，玩华而不坠其实"。也就是说，《楚辞》创作正中有奇，华中有实，亦正亦奇，亦华亦实。这种以正驭奇、华实结合的创作方法具有普遍的意义，这正是《楚辞》高超的艺术成就之所在。

（3）唐代："气质高丽，雅致清远"

唐初思想文化保持相对开放的状态，仰慕、追踪屈原道德风范的文章成为当时的社会风尚。唐太宗李世民在《金镜》一文中曾列举古代人臣忠奸之例说："孑身而执节，孤直而自毁，屈原是也。"孑身、孤直，就是为人正直，不拉帮结伙，最后为一种节义原则牺牲了自己。魏征等人撰写的《隋书·经籍志》中，称赞屈原的作品"气质高丽，雅致清远，后之文人，咸不能逮"。另一位朝廷大臣令狐德棻主持修撰的《周书》，也称赞《离骚》"宏才艳发，有恻隐之美"。如果说初唐、盛唐时期，人们主要关注的还是《楚辞》的审美价值，那么中唐以后，人们越来越重视的则是它的社会认识价值。韩愈在《送孟东野序》中提出"大凡物不得其平则鸣"的观点，他将《楚辞》与《诗经》《尚书》相提并论，认为它们都是特定时代的产物，是时代不平之鸣的反映。裴度在《寄李翱书》中也说："骚人之文，发愤之文也，雅多自贤，颇有狂态。"不平之鸣、发愤之文，特殊的社会现实激发了屈原的情感，使他在作品中反复称许自己崇高的理想、高洁的情操与耿介的志节，这在世俗人的眼中也就是一种"狂态"了。

（4）宋明："六经变《离骚》，日月争光明"

宋明是理学昌盛的时代，《楚辞》文化也被披上了一层理学的光辉，对《楚辞》的解读出现了新的视角。首先是将《楚辞》说成是对六经的继承与模仿。宋人周密在《浩然斋雅谈》中引用当时的一种说法，认为《离骚》祖述三颂，《九歌》模仿国风，《九章》取绪二雅。有的人直接说《楚辞》就是变风变雅之属。明代人将这种说法加以阐发，认为屈赋是从《诗经》中生长出来的，所以用诗六义之一的"赋"为名。徐师曾在《文体明辨序说》中云："《楚辞》者，《诗》之变也。……屈平后出，本《诗》义以为《骚》，盖兼六义，而赋之义居多。厥后，宋玉继作，并号《楚辞》。"《诗经》有十五国风，其中没有《楚风》，是不是孔子有意删掉了呢？明代学者王世贞认为不是的，他说：《离骚》纵然不敢同《周颂·清庙》相比，难道会在《齐风》《秦风》篇章之下吗？因此，他的结论是："孔子而不遇屈氏则已，孔子而遇屈氏，则必采而列之楚风。"今天读到这段话，感到它是如此的牵强、可笑，因为《离骚》的成就远远超过《清庙》。《清庙》是《周颂》的首篇，旧说是周公为咏文王之德而作，全诗仅有八句，与气势奔放、篇制宏伟的《离骚》相比，差距明显。再说用假设的孔子采《离骚》入《楚风》来论证《楚辞》的文学价值，也是出自守旧的文化心态，即以圣人之是非为是非。但是在当时的文化氛围中，将《楚辞》提升到六经的地位，无疑又是对其文化地位的极大肯定。与此同时，宋明学者也将屈原进一步圣贤化了。如果说在汉魏人眼中，屈原的性格还有几分狂狷、对君王还有几分怨怼，行为也还有些谲怪的话，到宋明学者眼中，这一切都已被汰洗干净，完全改观了。先是宋人晁补之说："原之敬王，何异孟子？"（《续楚辞·序》）接着洪兴祖又说："屈子之事，盖圣贤之变者。使遇孔子，当与三仁同称焉。"（王逸《离骚经叙》补注）朱熹在《朱子语类》卷一三七中也发挥说:"屈原一书,近偶阅之,从头被人错解了。……看来屈原本是一个忠诚恻怛爱君底人,观他所作《离骚》数篇,尽是归依爱慕、不忍舍去怀王之意,所以拳拳反复,不能自已,何尝有一句骂怀王?亦不见他有褊躁之心,后来没出气处,不奈何方投河殒命。而今人句句尽解做骂怀王,枉屈说了屈原。"总之宋人眼中的屈原,已是忠诚爱君的"亚圣",跟孟子没有区别了。到了明代,屈原更被奉为纯粹忠臣的典范。黄文焕《楚辞听直》说:"千古忠臣,当推屈子为第一。"李陈玉《楚辞笺注自叙》也说:屈原笔下所写都是"纯忠至孝之言,出于性情者"。这一时期,《楚辞》的内容被重新解读了。

(5)清代:忧国忧民,千古独绝

清朝是我国固有学术的集大成时代,也是文化思潮迅速转变的时代。王国维曾经指出清代学术有三次大的变化:清初是第一次变化,乾隆、嘉庆年间是第二次变化,道光、咸丰以后是第三次变化。就《楚辞》研究而言,清初的学者多为明代遗老,他们提倡以文明道、以文救世。他们目击了一个封建王朝的覆灭与另一个封建王朝的建立,经历了天崩地坼的社会变迁,晚年或遁迹空山,或隐沦田野,在从事《楚辞》研究时,他们便自然地将家国时局以及个人身世之感融会其中了。在他们的笔下,屈原是一个崇尚气节的民族志士。随着清政权的稳固及对程朱理学的倡导，一部分正统的"理学名臣""醇儒"也开始涉足楚辞学领域。这些理学醇儒在解说《楚辞》时，偏重阐发性理道德的观念，提倡清白廉洁的节操。在他们的笔下，屈原的形象被进一步改塑，屈原的行为被伦理化，屈原的精神也悄悄糅入了性理的成分。清代中叶，以严谨朴实的学者态度从事文化探讨成为主流，这一时期的《楚辞》研究体现的是求真的原则，较少掺杂政治寄托。清末，《楚辞》研究呈现出求新求变的趋势，与思想界公羊学说的兴起相呼应，《楚辞》学界亦兴起了一股疑古求异的风气。有的学者刻意穿凿，务为新说，流于谲诡，遂多失误，虽然一时足以耸动人听，然而终究难以令人折服。

尽管不同阶段的《楚辞》研究表现出不同的学术倾向，反映了各自时代文化精神的差异性，然而对屈原行为的赞扬、对屈原精神的倡导依然是主流。王夫之认为屈原不忍离国而去，乃是"千古独绝之忠"。汪瑗推崇屈原的自沉就是孔子所说的"杀身成仁"。林云铭说《楚辞》是"一部忠臣爱国文字"，说屈原的全副精神"总在忧国忧民上"，"念念都是忧国忧民"。戴震肯定屈原的人格精神，说"其心至纯，其学至纯，其立言指要归于至纯"。沈德潜由衷地赞叹："有第一等襟抱，第一等学识，斯有第一等真诗。……古来可语此者，屈大夫以下数人而已。"尽管清末出现了对屈原其人其事的怀疑与否定，但是并不为多数人认同，影响甚微。

（6）近代："逸响伟辞，卓绝一世"

20世纪以来，西方的新文化、新思想、新学说像潮水般涌入中国，古老的神州大地进入了又一轮学术文化巨变的时代。作为传统学术分支的《楚辞》研究，在这种文化的激荡、交汇与蜕变中也发生了深刻的变革，研究视野从传统的文字校勘、名物训诂以及儒家目光拓展到地域文化的研究、宗教民俗的探求、文化心理的分析与中外文学的比较。学者们从《楚辞》中采掘出更多的文化宝藏：刘师培倡导"南北文学不同论"，从地域文化的差异探讨《楚辞》的特质；王国维引进西方的学说，用美学与心理学的方法来研究屈原的作品；闻一多则致力于从神话与民俗学的角度开拓《楚辞》研究的新路子。一时之间，学者们或评析旧说，或糅合新知，既有继承，亦有引进与开创，共同造就了《楚辞》研究繁盛的局面。刘师培说："屈、宋《楚词》，忧思深远，上承风雅之遗，下启词章之体，亦中国文章之祖也。"鲁迅则评价《离骚》之作"逸响伟辞，卓绝一世"，并指出"较之于《诗》，则其言甚长，其思甚幻，其文甚丽，其旨甚明，凭心而言，不遵矩度"（《汉文学史纲要》）。他们对《楚辞》在中国文学中的地位与特色都作出了简明扼要的分析。此外，梁启超从人类情感的角度说屈原是"一位有洁癖的人为情而死"，称赞"屈子盖天下古今惟一之情死者"；刘永济从学识修养的角度肯定屈原"学术之正大、情感之深厚、及其志气之刚毅、力量之雄伟"，赞美说"其人真千古第一等人，其文亦千古第一等文"。他们从不同的切入点来分析评价屈原的生平行事，都寓意丰厚，足以发人深思。

2. 屈原：不朽的文化巨人

学者们从理性的高度去评价《楚辞》的深厚内蕴，诗人们则以心灵的感受去寄托对屈原人格的钦仰与同情。历代吟咏屈原的诗歌总数有数百首之多，其间或者抒发思古之幽情，或者寄寓身世遭遇之感慨，古今感会，异代同悲，亦从一个侧面表现出文人心路的坎坷不平。

（1）汉晋："嗟乎二贤，逢世多疑"

汉人歌咏屈原生平事迹者甚多，然而采用的都是骚体的形式。如刘歆《遂初赋》云：

> 彼屈原之贞专兮，
> 卒放沉于湘渊。
> ……
> 扬蛾眉而见妒兮，

> 固丑女之情也。
> 曲木恶直绳兮,
> 亦小人之诚也。

扬雄《太玄赋》云:

> 屈子慕清,
> 葬鱼腹兮。

王逸《九思·遭厄》云:

> 悼屈子之遭厄,
> 沉玉躬兮湘汨。
> 何楚国兮难化,
> 迄于今兮不易。

在这些悲悼屈原的声音中,应该说同时也融入了作者们的身世之感的。

晋代诗人陶渊明在《读史述九章》中则留下了一首吟咏屈原与贾谊的短诗,其词曰:

> 进德修业,将以及时。
> 如彼稷契,孰不愿之?
> 嗟乎二贤,逢世多疑。
> 候詹写志,感鵩献辞。

诗意说:谁不愿意像稷、契那样及时地建立起盛大的德化与功业呢？然而像屈原、贾谊二位贤者生逢一个混乱多疑的时代，他们便只能分别在《怀沙》《鹏鸟赋》中抒发自己的胸臆了。

（2）唐代："屈平词赋悬日月"

仰慕屈原的文采风流，同情他的不幸遭遇，是唐代诗人发自内心的歌咏。李白《江上吟》中说："屈平词赋悬日月，楚王台榭空山丘。"意思说：屈原的作品流传人间，如同日月光照天下，然而楚王宫室却消逝无迹了。《楚辞》永恒的文学价值与稍存即逝的功名富贵在这里形成了鲜明的对照。

李白的诗中有对屈原的衷心赞美，也有对社会的愤激之情。戴叔伦的《过三闾庙》则犹如一幅意象幽深的风景画，诗曰：

沅湘流不尽，屈宋怨何深。
日暮秋烟起，萧萧枫树林。

长流不息的湘沅水，日暮的秋烟，萧森的枫林，其中寄蕴的难道只有屈原、宋玉的悲愁与怨恨？

与戴叔伦诗情调相仿的有会昌诗人刘威的《三闾大夫》，诗曰：

三闾一去湘山老，

> 烟水悠悠痛古今。
>
> 青史已书殷鉴在,
>
> 词人劳咏楚江深。
>
> 竹移低影潜贞节,
>
> 月入中流洗恨心。
>
> 再引离骚见微旨,
>
> 肯教渔父会升沉。

这首诗大意说：自从屈原投江之后，连湘江山水都为之悲伤哀痛不已，因为屈原的本心，为的是使自己的祖国避免亡国之祸，然而他却只能将自己的满腔忠诚写入辞赋之中。眼前竹影摇曳，使人仿佛感受到屈原坚贞的节操；月照江水流波，仿佛要洗去屈原心中的幽恨。末二句，诗人自诉要继承《离骚》的精神，不走渔父独善其身的道路。

到了晚唐时代，这种思古之幽情中更增添了愤激的声音。陆龟蒙有诗咏《离骚》道：

> 天问复招魂，无因彻帝阍。
>
> 岂知千丽句，不敌一谗言！

在君主主宰天下的时代，一介书生的真情歌吟，怎么敌得过阿谀之徒的谗言如簧呢？

(3)宋代:"离骚未尽灵均恨,志士千秋泪满裳"

陆游《哀郢》中的这两句诗,可以代表宋人悼念屈原时最重要的心理感受。这种感受,是打通古今间隔之后才出现的,因此在现实情感之外,又寄寓了一份历史的哲理。陆游又有《楚城》诗道:

> 江上荒城猿鸟悲,
> 隔江便是屈原祠。
> 一千五百年间事,
> 只有滩声似旧时。

面对着流水、荒城、隔江的屈原祠堂,陆游想起了1500年前的屈原。在这当年依稀的水拍江滩声中,有着多么沉重的历史苍茫感啊!

这种沟通古今的心灵感会在朱熹的笔下,却另有一幅意象。朱熹有《戏答杨廷秀问讯〈离骚〉之句二首》诗道:

> 昔诵离骚夜扣舷,
> 江湖满地水浮天。
> 只今拥鼻寒窗底,
> 烂却沙头月一船。
>
> 春到寒汀百草生,
> 马蹄香动楚江声。

> 不甘强借三峰面,
> 且为灵均作杜蘅。

作为理学家的朱熹不仅有着道与气的理念世界,也有着由高天明月、湖面波纹以及春日百草所组成的形象世界。《楚辞》则是照进这个世界的一束圣洁的光芒,是朱熹种在心田中的一株杜蘅(香草)。朱熹对屈原作品的喜爱,一直保持到他生命的最后一刻。

再看宋代词人的创作。张孝祥在《水调歌头·泛湘江》一词中写道:

> 濯足夜滩急,晞发北风凉。吴山楚泽行遍,只欠到潇湘。买得扁舟归去,此事天公付我,六月下沧浪。蝉蜕尘埃外,蝶梦水云乡。
>
> 制荷衣,纫兰佩,把琼芳。湘妃起舞一笑,抚瑟奏清商。唤起九歌忠愤,拂拭三闾文字,还与日争光。莫遣儿辈觉,此乐未渠央。

这首词是宋孝宗乾道二年(1166),张孝祥在湘江上泛舟时所作。当时他因受人谗毁而被免去官职,正在由桂林北归的途中。词的上阕说自己"买得扁舟归去",表达了自己要蝉蜕尘埃之外,悠游水云之乡的意愿,这是被谗去职后的反话正说。下阕赞美屈原及其不朽篇章,通过融合屈原作品的语意,构建了一幅清逸旷远的境界,展现了作者与屈原情趣相合,心心相印。

(4)明清:"杜蘅几度为谁采,作赋难招万古魂"

这是明末清初周蓉咏屈原的诗句。明清时期,屈原忠君爱国的形象已经深入人心,诗人多借咏颂屈原以抒发自己的爱国之志,如明末少年爱国诗人夏完淳《吊屈左徒》诗云:

江汉有美人,泛舟游极浦。
缓歌发清商,萧瑟悲激楚。
药房辛夷室,冥冥湘灵语。
渺渺苍梧间,帝子空延伫。
弦绝响更悲,曲罢泪如雨。

这首五言古诗描绘的是《九歌》中湘夫人的形象,实际上,这位江汉美人又是屈原的化身,诗歌抒发了屈原忠君爱国的一腔深情。诗中描写这位美人泛舟江上、悲歌哀怨的情景,她用白芷、辛夷布置居室,却终究只能徒然等待。这位江汉美人的遭遇正是屈原的遭遇。在对屈原的伤悼中,诗人自己的爱国情怀也就融入其间了。

清初宋琬咏屈原诗亦云:

竟掩重华袂,难招万古魂!

屈原逝去的魂魄是难以招回了,他的忠正高洁、忧国忧民的形象却永恒地矗立在中国人的心中。清末爱国志士谭嗣同《洞庭夜泊》诗中描写道：

> 船向镜中泊，水于天外浮。
> 湖光千顷月，雁影一绳秋。
> 帝子遗清泪，湘累赋远游。
> 汀洲芳草歇，何处寄离忧。

诗中描写了夜泊洞庭所见到的景色：湖面平展如镜，水天连成一色，月光波影交相辉映，还有大雁排列成行向南飞去。当此之际，诗人不禁想到湘夫人（即帝子）思恋的泪水，想到屈原（即湘累）远游求索的辞章。屈原的忧伤、诗人自己的忧伤相互交织，共同汇成了跨越千年的伤心情怀了。

自汉魏以来，随着《楚辞》的广泛传播，屈原的事迹与形象日益为民众熟知。《楚辞》中所蕴涵的社会理想、人生态度与行为方式亦渐次渗透而深入人心，对传统的民族精神产生了深远的影响。

3.《楚辞》文化与民族精神

民族精神是指特定民族在漫长的历史进程中所形成并为广大成员所接受的深层次的文化积淀，是凝聚为群体心态型的文化。它包括民族的价值观念、人生理想、道德规范、思维方式、审美情趣等。

《楚辞》因其文化的丰富性与解读的多义性，以及在中国传统文化中的特殊地位(《楚辞》居于集部之首),对中国文化产生了立体的、多角度、多层面且影响深远的作用。对普通民众来说,他们可能会通过戏曲、小说、民间传说故事或者游览文化古迹来感知屈原,或者只是在五月端午吃粽子、观看龙舟竞赛时谈到屈原。然而,对于知识阶层而言,他们则可以在对《楚辞》作品的潜心涵泳及古今感会中获得更深层次的内心体验。

因此,《楚辞》的影响是综合的,而不是单一的;是潜移默化的,而不是强制灌输的;是民族的,而不是阶级的。《楚辞》所蕴涵的爱国志向、忠君情结、献身精神与耿介人格,陶铸了我们民族的灵魂。

(1)爱国志向

国家是一个复合的历史概念:首先,它指那片我们生长于斯、歌哭于斯、聚族于斯的国土,这是地域意义上的国家,或曰乡国。其次,它是一定的社会与政治结构共同体,在古代中国,君主是这种社会共同体的代表,这是政治意义上的国家,或曰君国;同时,它又是特定历史、人文与民俗的结合体,这是文化意义上的国家,或曰祖国。屈原之爱国,既是爱他的乡国,也是爱他的君国,更是爱他的祖国,这一点应该是没有疑义的。

爱国的观念不能超越历史。随着历史境况的变更,国家的内涵也相应有所变化。受战国时代具体条件的限制，屈原所爱的主要是楚国；然而从历史文化的层面上看，屈原仍将中原与四周各国视为同体，追求着祖国的统一；随着统一王朝的出现，爱国自然也就扩大为对整个中国的热爱了。屈原之爱国，以热爱家乡故国为出发点，以追求整个中国的统一、富强、政治清明为归宿，这正是千百年来民族精神的集中体现。一个人如果不爱自己的家乡，对养育他生长的那一方水土与人民无动于衷，又何谈爱国呢？当然爱国绝不是要固步自封，老死故土。一个人为了工作、事业、家庭以及其他种种的需要，常常要离开故里，远走他乡，甚至长年生活在国外。然而，中国人无论走到哪里，心中总怀有一份割不断的乡情。故乡的山水、建筑、口音、风俗，总能唤起他们心头一缕温馨的回忆。当祖国处于和平时期，人们祈求民生幸福、国家昌盛；当祖国遭遇危难之际，总有无数志士仁人竭力帮助、拯救自己的祖国，乃至慷慨赴难，为国捐躯。正是屈原那种强烈祈请为王先驱、奔走前后的意志，激励一代又一代的人们去建功立业，报效祖国。从曹植"捐躯赴国难，视死忽如归"（《白马篇》）的边塞游侠儿，到陈子昂"感时思报国，拔剑起蒿莱"（《感遇诗》）的慷慨文士，在他们身上，我们都可以感受到这种爱国精神的折光。从陆游"秋夜挑灯读《楚辞》"（《秋夜怀吴中》），到魏源"我有苍茫万古愁，欲起灵均诉澧茝"

(《送李希莲、陈云心、何积之归郴州》),唱出的都是这种高亢而悲壮的爱国之音。

(2)忠君情结

忠君,是中国皇权时代知识分子最常见的心态。

孔子在《论语·八佾》中有"臣事君以忠"的说法,不过孔子并不主张臣下无条件地服从君主。孟子多了几分士人的风骨,他说:"君之视臣如手足,则臣视君如腹心;君之视臣如犬马,则臣视君如国人;君之视臣如土芥,则臣视君如寇仇。"(《离娄》下)孟子又说:"无罪而杀士,则大夫可以去;无罪而戮民,则士可以徙。"也就是说,如果君主不义、无道、杀士、戮民,士人就可以离开而前往别的国家。战国之世,许多士人周游列国以寻求任用,大体上也是遵循了这一原则。不过屈原不是这样,他一遭疏远,再遭放逐,长年流浪,终于沉江,始终不肯离开自己的国家。那么,屈原是不是如同宋明理学所推崇的那样,是忠君的楷模呢?

在屈原身上,的确有一种忠君恋君的情结。他在《惜诵》中反复地表白自己"事君而不贰""先君而后身""唯君而无他""忠诚以事君"。他最迫切的希求是让君王信任自己,他最大的痛苦是君王不了解自己的一片赤诚,他最大的怨恨是党人蒙蔽了君王。从政治的角度上说,这是一种臣妾心态。当然,屈原对楚王的态度不仅仅是对楚王个人的,也是对国家的;在是非、曲直、正邪、清浊的选择上,屈原有自己的鲜明爱憎与价值判断。在《楚辞》中,屈原对楚王的态度是始则忠爱眷恋,继则深含幽怨,最后就干脆呼之为"壅君"。"壅君"就是受到蒙蔽、不辨是非的糊涂君主,屈原就这样直接指责了楚怀王的过失。所以,将屈原当作绝对忠君的典范,其实并不准确。明清学者并不是看不到这一点,他们只是为了现实的需要而有意误解屈原与《楚辞》。

《楚辞》中的忠君思想对后世的影响于是有了两个不同的方面:一是正面的,为了国家的利益而忠言进谏,忠心报国,这是耿介之忠;二是负面的,对君主不问是非而绝对顺从,这是愚忠。唐初政治清明,君主提倡臣下直言谏诤。李世民认为"臣苟顺者,不得为忠",如果臣下表面顺从、口是心非,那是谄而不是忠。他指出忠臣的榜样:"孑身而执节,孤直而自毁,屈原是也。"(见《金镜》)他又曾对侍臣说:"朕观前代谗佞之徒,皆国之蟊贼也。或巧言令色,朋党比周。若暗主庸君,莫不以之迷惑,忠臣孝子所以泣血衔冤。故丛兰欲茂,秋风败之;王者欲明,谗人蔽之。"(《贞观政要·杜谗邪》)李世民的这一段话,简直就是对屈原一生遭遇的概述。贞观年间多谏诤之臣,与太宗推崇屈原精神是密不可分的。

然而在皇权专制的政体里，君王握有对臣下生杀予夺的权力，犯颜强谏者，招致的时常是轻则贬官斥逐，重则杀身诛族。臣下的人身没有保障（所谓"伴君如伴虎"便是这种生存境况的形象描述），思想受到钳制，精神遭到压抑，心态被扭曲，于是绝对顺从君主的愚忠思想勃然兴起。在长期的皇权社会里，主流文化要求臣下对君主唯言是听，绝对服从，不能有丝毫怀疑与保留，理解的要执行，不理解的也要坚决执行，而不能问其正确与否。忠君成为了皇权专制政治文化的核心理念，成了历史因袭的精神负累，成了束缚士人心灵的无形罗网。《楚辞》中屈原忠君爱国的积极精神被歪曲了，被导向了愚忠。

（3）献身精神

《楚辞》中所表现的献身精神，是与屈原的社会理想、爱国抱负密切联系在一起的。一般而言，世人大多有其对社会的憧憬，亦多热爱自己的国家，然而矢志靡他，愿意为之献出自己宝贵生命的毕竟是少数。多数人受现实的压迫或者利禄的诱惑，在理想抱负难以实现之时，往往随波逐流、顺应时局，以换取个人欲望的满足。

屈原的献身精神表现为相联系的三个环节：一是坚持理念，二是积极抗争，三是杀身成仁。屈原的理想，如前所述，乃在于追求实现美政，进而达到国家富强与统一的目标。这在当时具有积极进步的意义。然而楚国朝政弊端甚多,上层衮衮诸公思想僵化,生活糜烂,因循守旧。屈原的努力必然损害当权者的利益,因而受到党人的攻击,也失去了君王的信任。于是屈原便积极抗争,上叩帝阍、周游求女等都是这种努力抗争精神的艺术投影。他的文学创作也是这种抗争的一部分。这些作品有可能在当时便流传开来,并产生了社会影响。当这一切努力都未能奏效时,他便决心结束自己的生命。屈原的死,是一种以身殉道、为理想而献身的行为。

在《楚辞》中,有对比干、申徒狄的赞美,有对伍奢(一说伍子胥)的肯定。比干、申徒狄、伍奢等人,都因为对君王直言进谏,有的被杀,有的自杀,加上自沉汨罗的屈原,以及后世无数为理想、为国家而慷慨献身的人,他们共同构成了中华民族的"脊梁"。清末爱国志士谭嗣同就是深受《楚辞》影响走上改造社会的道路而为国捐躯的优秀代表。谭嗣同自幼胸怀大志。他熟读《楚辞》,所作《桃花夫人庙神弦曲》《怪石歌》等,有《楚辞》之风调。他在《武关七绝》诗中写道:"我亦湘中旧词客,忍听父老说怀王!"诗中隐然以屈子自喻。在新旧政治与文化转换的关键时刻,谭嗣同坚决参加了戊戌维新运动。运动失败,光绪皇帝遭囚禁,康有为住处被抄。此时有人劝谭嗣同出走避难,他回答说:"各国变法,无不从流血而成。吾中国数千年来未闻因变法而流血者,此国之所以不昌也。有之,请自嗣同始。"从这件事看,谭嗣同是自觉地为理想而牺牲,为国家而献身,是要用自己的一腔热血,去唤醒迷梦之中的中国人。他临终前说:"有心杀贼,无力回天。死得其所,快哉快哉!"屈原自沉汨罗,谭嗣同杀身报国,其精神是一脉相传的。鲁迅《自题小像》一诗说:"灵台无计逃神矢,风雨如磐暗故园。寄意寒星荃不察,我以我血荐轩辕。"这可以说代表了当代中国志士仁人决意献身祖国的心声。

(4)耿介人格

对于中国人来说,人格乃是指个人所具有的品格、特质,包括先天之禀赋与后天之习性。春秋战国之世,士人人格呈现了多元化的风貌。在当时巍然耸峙的文化巨人群中,屈原以其独特的人格个性成为后人瞩目的焦点。

屈原的人格是一种出自本性、耿介正直的人格,是一种艺术的人格。这里所说的艺术,不仅指辞章表现的技巧,更重要的是,屈原把它当作生命存在与灵魂栖迟的方式,当成一种人生态度。它是超越现实、脱离个人功利的,是屈原人性及情感的自然显露与奔泻。追求进步的社会理性,巫官文化的奇姿异态,诗人奔放至于迷狂的激情,以及追求美好名声("修名")的士人意识,共同熔铸了屈原的灵魂,造就了他独特的人格。

表现在超现实幻想中的强烈自信心，是屈原人格的一个重要品质。屈原总是与神灵交游，他周游四方时场面之盛大，折射出他人格之伟大非凡。猥琐、卑微、灰色、苟且的心态，永远与屈原沾不上边。屈原有《天问》之作，一连问了170多个问题，那是对天命的质疑，对历史的反思，对现实的忧伤，是一种变相的抒情。在《卜居》中，屈原又一口气问了正反相对的18个问题。这些问题的是非、曲直，对于一个清醒的士人是一目了然、不言自明的。可见，《卜居》实际上是屈原内心独白的艺术化的表现。

这不是说屈原没有困惑，没有痛苦。《楚辞》真实地记录了屈原内心的矛盾、痛苦与忧伤，然而在经历每一次的困惑与痛苦之后，屈原总是更坚定了自己的信念，表示绝不后悔，决不改变自己的初衷。在《离骚》中屈原说：虽然自身处境危险，但是并不为当初的选择而后悔（"阽余身而危死兮，览余初其犹未悔"）；在《涉江》中又说：我不能改变初衷以顺从流俗，所以将愁苦终生（"吾不能变心而从俗兮,固将愁苦而终穷"）。这就是后世钦仰的屈原——一个坚定自信、超越世俗、追求高洁人格的杰出诗人。

《九章·橘颂》中"独立不迁""深固难徙""苏世独立，横而不流"的形象，可以作为屈原耿介人格的象征。屈原这种独立的人格精神，坚定的人生态度，对后世仁人志士产生了深远的影响，并融入民族的性格之中。

五 《楚辞》与中国文人风范

在先秦文学的地平线上,屈原的作品犹如一座拔地而起的山峦,以其雄奇秀逸的景色展现出一种新的风采。屈原之前,在诗歌苑地留下姓名的作者寥若晨星。《诗经》多数是民间歌谣与无名文人之作,有少数几篇虽然写明了作者姓名,但是由于资料的缺乏,难以对其作出进一步的探究,实际与无名作者并无差别,因此,《楚辞》的出现便具有了特殊的文化价值。

屈原作为一位有着新型人格的士大夫,他的作品中蕴涵着新的文化气质,体现了新的文化人格,因此,《楚辞》的出现标志着新兴士人文学的崛起。

在中国社会中,文人(包括在朝的文官与在野的文化人)是一个特殊的社会群体。《楚辞》对这一群体的影响尤为深远,表现亦丰富多端。从文化意义上说,《楚辞》

为后世文人营造了一种特殊的精神世界，培养了一种潇洒不羁的人生风度，确立了一种独立不移的文人生活范式。可以这样说，《楚辞》所蕴涵的人生理想、情感心态已经融入后世文人的血液之中了。

1. 以天下为己任

"以天下为己任"的思想，是中国源远流长的士大夫意识。儒家主张士人要超越个人的利害考虑，完全献身于社会，屈原则用自己的生命践行了这一人生信条。屈原有一种强烈的参政意识与任道精神，始终把改革朝政、振兴楚国、进而统一中国这一历史的重任放在自己的肩上。即使在长年遭流放、生活极为困苦的情况下，他还是希望能有机会再见楚王，实现自己的美政理想。这种以道自任、唯道是从的宽阔胸怀，感染了一代又一代的文化人。

（1）司马迁："究天人之际，通古今之变，成一家之言"

汉代司马迁为屈原作传，说他读到屈原的《离骚》等作品后，"悲其志"。后来司马迁到长沙，又到屈原自沉之处现场凭吊，"未尝不垂涕，想见其为人"。司马迁对屈原胸怀爱国之志而身遭谗毁的经历极为同情，这种真挚的同情心因为司马迁个人的悲剧而有了更深刻的内涵。司马迁出生于一个世代史官的家庭，先世"典天官事"。司马迁继承史官职务后,对汉武帝忠心耿耿。正是出于一片拳拳的忠心,使他秉公直言而遭李陵之祸,受了宫刑。所以,司马迁的悲剧与屈原的遭遇颇有几分相似,他们都是因为忠言直谏而遭不幸,不同的是前者受宫刑,后者被放逐。

司马迁受宫刑之后,多次提到屈原。在《报任安书》中,司马迁将"屈原放逐,乃赋《离骚》"与"文王拘而演《周易》;仲尼厄而作《春秋》","左丘失明,厥有《国语》;孙子膑脚,《兵法》修列"相提并论,来阐述自己撰写《史记》的动因。司马迁著《史记》,一是身有所感,发愤而作,这与屈原"发愤以抒情"的心态相似;二是要借此探求天地、自然、社会、人事的哲理与规律,也就是"究天人之际,通古今之变,成一家之言",这与屈原《天问》的精神也是相通的。《史记》的创作,实际上成了司马迁在特定条件下表达天下之志的一种方式。

鲁迅在《汉文学史纲要》中,说司马迁"发于情,肆于心而为文",因此《史记》是"史家之绝唱,无韵之《离骚》",算是一语道破了《史记》的精神实质。

(2)曹操:"不戚年往,忧世不治"

在一般人的心目中,很难将曹操与《楚辞》联系起来,因为曹操与屈原的确不是同类的人物。他们一个是统率千军万马的实际君王,一个是遭谗被逐的怨臣;一个性格谲诈，善于谋略，一个禀性耿介，上下求索；一个浑身霸气，一个满腔幽怨；一个成就了帝王之业，另一个只能自沉明志。然而在曹操身上仍然可以感受到《楚辞》的某些影响。《三国志》裴松之注引《魏书》说，曹操统军三十余年，"手不舍书，昼则讲武策，夜则思经传。登高必赋，及造新诗，被之管弦，皆成乐章"。这说明曹操身上保留着一些文人的气质。再看他的作品，如其《精列》诗中说"愿螭龙之驾，思想昆仑居"，与《涉江》中"驾青虬兮骖白螭""登昆仑兮食玉英"有着相似的想象。他的《陌上桑》中"拄杖桂枝佩秋兰"与屈原笔下"结桂枝兮延伫"（《九歌·大司命》）、"纫秋兰以为佩"（《离骚》）可以相通。曹操《求贤令》中说"昔伊挚、傅说出于贱人……皆用之以兴"，与《离骚》中求贤用贤的咏叹完全一致。曹操在《敕王必领长史》的令文中说，"舍骐骥而弗乘，焉遑遑而更求哉"，简直就是对《九辩》"国有骥而不知乘兮，焉皇皇而更索"的引用。由此可知，曹操读过《楚辞》，《楚辞》亦对曹操产生了积极的影响。

　　曹操有强烈的用世之志，在诗文中也常常表现出对民众遭受苦难的同情。他在《秋胡行》中说"不戚年往，忧世不治"，意思说不为自己年老而伤怀，却为国家未治理好而深感忧虑。这两句诗吐露了曹操的心声。

（3）李白："东山高卧时起来，欲济苍生未应晚"

李白是一个有着非凡抱负与浪漫气质的杰出诗人。他的性格与遭遇，和屈原颇有几分相似之处。

李白自幼遍读百家之书。自25岁他"仗剑去国，辞亲远游"后，便一直做着"愿一佐明主，功成还旧林"的梦。用他在《代寿山答孟少府移文书》中的话，就是要"申管晏之谈，谋帝王之术。奋其智能，愿为辅弼，使寰区大定，海县清一"，先将国家治理好，然后归隐山林，"浮五湖，戏沧洲，不足为难矣"。在李白的身上，既有着儒家积极进取、兼济天下的人生理想，又有着道家潇洒不羁、超越世俗的艺术精神，他还从墨家继承了轻财好施、济困扶危的侠义品质。他不屑于爬台阶，做小官，他的人生榜样是姜尚、诸葛亮、谢安石那般的人物。姜太公是周文王之师，诸葛亮是刘备三顾茅庐请出山的，谢安石为天下苍生而东山再起，他们的声名都超越了帝王。李白歌咏姜太公80岁时仍然在渭水钓鱼时说"宁羞白发照清水……风期暗与文王亲"（《梁甫吟》）；歌咏诸葛亮说"鱼水三顾合，风云四海生"（《读诸葛武侯传》）；歌咏谢安石事迹说"东山高卧时起来，欲济苍生未应晚"（《梁园吟》），"但用东山谢安石，为君谈笑静胡沙"（《永王东巡歌》）。这些诗句都委婉地吐露了他的心声。他始终盼望着这一天的到来，为此而激动不安:"有时忽惆怅,匡坐至夜分。平明空啸咤,思欲解世纷!"(《赠何七判官昌浩》)他又特别自信,相信这一天一定会到来:"蜀主思孔明,晋家望安石。时人列五鼎,谈笑期一掷!"(《赠友人》)他认为一旦自己像诸葛亮、谢安石一样得到君王的信用,便能在谈笑之间治理好国家,实现"长风破浪会有时,直挂云帆济沧海"(《行路难》)的人生理想了。

显然,李白比屈原更浪漫,更带诗人气质。李白得到过唐玄宗的青睐,后来又被"赐金还山"了。对此变故,他感到失望,在诗中写道:"早怀经济策,特受龙颜顾。白玉栖青蝇,君臣忽行路!"(《赠溧阳宋少府陟》)所谓"白玉栖青蝇"就是受人谗毁,就好像青蝇玷污了白玉一样,他的雄心遭到打击,但还是幻想能东山再起。后来李白坐了牢,被判长流夜郎,即使此时,他仍然以谢安石、贾谊自比,在《赠常侍御》诗中写道:"安石在东山,无心济天下。一起振横流,功成复潇洒。……登朝若有言,为访南迁贾。"在《赠张相镐》中他又自抒怀抱:"抚剑夜吟啸,雄心日千里。誓欲斩鲸鲵,澄清洛阳水。"这种建功立业的抱负,贯穿了李白的一生。

李白在《拟恨赋》中写道:

  昔者屈原既放,迁于湘流。心死旧楚,魂飞长楸。

> 听江风之裹裹，闻岭狖之啾啾。永埋骨于渌水，怨怀王之不收。

在李白所述屈子之恨中，可以强烈地感受到作者对这位前辈的深切同情。

（4）柳宗元："投迹山水地，放情咏离骚"

柳宗元是唐代杰出的文学家与思想家。他所生活的中唐时代，地方藩镇割据，朝中宦官用权，社会弊端丛生，朝政呈现江河日下之势，尤其是宦官威权日炽，发展成为唐代政治肌体上的一大恶性肿瘤。唐顺宗李诵继位后，意欲清除社会痼弊，消弭宦官之祸。他信用王叔文等人开展"永贞革新"，一时"人情大悦"。然而顺宗痼疾在身，在位只有短短的七个月。唐宪宗李纯监国后，受到顺宗重用的王叔文被贬斥，次年被赐死，支持这一场短命革新运动的人都被流放到荒僻之地。

柳宗元便是积极参与"永贞革新"而遭到放逐的悲情人物之一。柳宗元参与永贞革新，受到顺宗的信任，与屈原任左徒时的情况稍有相似。宪宗监国后，包括柳宗元在内的"二王八司马"被贬逐僻远州郡，其遭遇与顷襄王时期屈原的境遇略相仿佛。柳宗元被贬之地——永州——又与屈原遭流放之地相接。柳宗元想到千载之上的屈原因忠被祸、慷慨沉渊，再反观自己的身世遭遇，与屈原何其相似！这种上下千古的心灵感会，使柳宗元自然地涌起强烈的情感震荡。他在《吊屈原文》开篇写道："后先生盖千祀兮，余再逐而浮湘。求先生之汨罗兮，揽蘅若以荐芳。"文中描写了楚国朝政善恶颠倒、混乱不堪的情景，表面上说的是楚国的政治腐败，实际上隐射中唐朝廷上下阴阳舛错、美丑颠倒、善恶不分的现状。文中还批评了世俗的一种意见，即认为屈原面对朝中奸佞当权，应该隐忍不言，而不应特立独行。柳宗元代替屈原回答说：

> 委故都以从利兮，
> 吾知先生之不忍。
> 立而视其覆坠兮，
> 又非先生之所志。
> 穷与达固不渝兮，
> 夫唯服道以守义。

屈原既不忍心离开楚国、远走他乡，又不能眼睁睁地看着祖国覆灭、皇舆败绩，他便只剩下一条路，就是服道守义、固守穷困。这是说屈原，也是在说柳宗元自己。

身在朝廷则以天下为己任，身遭贬逐则坚守道义而不迁，这是中国古代志士仁人共同的立身准则。

（5）苏轼："终其身企慕而不能及万一者，惟屈子一人耳"

苏轼，字子瞻，号东坡居士，北宋著名文学家。其人才高一世，名满天下，却又一生坎坷，屡遭贬逐。在"乌台诗案"中，他被逮捕，饱受牢狱之苦，后又一贬黄州，二贬惠州，三贬儋州，一直被放逐至天涯海角。苏轼的思想融合了儒、道、佛三家之精髓，他虽然身处逆境，却既能坚持原则，又能随缘自适，向民俗风情、山林景物以及庄禅义理之中寻求心灵的憩息，表现出一种超然旷逸的情调。

苏轼终生仰慕屈原的文章风采。他曾经评价说："《楚辞》前无古，后无今。"又说："吾文终其身企慕而不能及万一者，惟屈子一人耳"（引自《七十二家评楚辞》）。他在《答谢民师书》中说："屈原作《离骚经》，盖风雅之再变者，虽与日月争光可也。"在《屈原塔》一诗中，他又赞美说："屈原古壮士，就死意甚烈"，"名声实无穷，富贵亦暂热。大夫知此理，所以持死节！"他感叹眼前世风颓靡，士人附和世俗，改方就圆，纷纷放弃立身的准则。他在《屈原庙赋》中写道："惟高节之不可以企及兮，宜夫人之不吾与！"意思说：只因屈原崇高的节操不可企及，所以世人不与之同道就很自然了。

苏轼一生所受《楚辞》的影响，主要表现在两个方面：一是为人的品节，二是为文的风格。苏轼一生贯通儒、佛、道，博学宏通，不凝滞于物，其一生大节光明磊落，绝无猥琐苟且之嫌。诚如有的学者所指出的："苏轼过人之处，不仅在于才华，更在于他的为人大节，不同乎世侩庸人。他有经世济民的抱负，有独立的政治见解，耿直敢言，黑白分明，内外如一。而生活于派系倾轧严重、朝政反复无常的北宋后期，仍要激流勇进，卓然自立，这就不能不蒙受政治风险，因而既不见容于元丰，又不得志于元祐，更受摧折于绍圣，一生升沉不定，备历险难"（刘乃昌语，见山东大学文史哲研究所主编《中国历代著名文学家评传》卷三）。简要地说，苏轼一生坚持葆有独立的人格，而不肯加盟于当权之"党人"，这是他的人生悲剧的根由。关于为文的风格，苏轼曾经形容自己的文章"如万斛泉源，不择地而出"，"及其与山石曲折，随风赋形，而不可知也"（《文说》）。黄庭坚说："东坡文章妙天下，其短处在好骂。"（《答洪驹父书》）"不择地而出"也好，"好骂"也好，都是东坡真性情的表现，也就如同屈原的"发愤以抒情"，所以尽管时代不同，表现互异，而苏轼与屈原为人为文的精神却是千古一脉，可以相通的。

（6）龚自珍："我有灵均泪，将毋各样红"

龚自珍，号定庵。在中国近代史上，龚自珍是开一代文化风气之先的杰出人物。他的杰出之处彰显于两个方面：当世人还沉溺于泱泱大国的幻梦之中时，他已经强烈地感受到这一世界必然要衰亡；当士大夫还在乾嘉诸老的文化余威下亦步亦趋、皓首穷经时，他已经敏锐地质疑旧学并着手新文化的探索了。

龚自珍不愧是新社会、新文化的先觉者。他的这种先知先觉当然不是自天而降的。探讨起来，有两个人对龚自珍的精神世界造成了深刻的影响，这就是庄子与屈原。龚自珍在《自春徂秋偶有所触拉杂书之漫不诠次得十五首》诗中说："名理孕异梦，秀句镌春心。庄骚两灵鬼，盘踞肝肠深。"意指《庄子》与《楚辞》中所寄寓的美好理想与秀丽词句，深深地影响了自己的内心世界。他赞美屈原"郁郁文词宗，芳馨闻上帝"（《夜读番禺集书其尾》），又说"六艺但许庄骚邻，芳香恻悱怀义仁"（《辨仙行》），甚至在诗中以屈原自比："我有灵均泪，将毋别样红"，意思说自己忧伤国事的满腔血泪也如同屈原的眼泪，呈现鲜红的颜色。由以上诸例，可知龚自珍所受《楚辞》的熏陶是何等地浓重！

龚自珍青年时期就有远大的志向。他广泛涉猎各家学说，关心国家事务。23岁时所写的《明良论》中，就对当时士风及朝政的腐败作了犀利的批评。他直指"士不知耻，为国之大耻"，"士无耻，则名之曰辱国"。他指出官员从年轻时入仕，要经过30至35年才能成为朝廷宰辅，这时人也老了，精神也疲惫了。这些人因久历官场而顾虑重重，因顾虑重重而不敢进取，因不敢进取而尸位素餐，他们留恋职权，顾恋子孙，暮气沉沉，国家何以有望呢？龚自珍后来的一系列文章，都贯穿了这种要求革新政治的强烈愿望。他认为皇权专制社会的最大弊端是对人才的摧残，用各种方法去摧残那些有"能忧心、能愤心、能思虑心、能作为心、能有廉耻心、能无渣滓心"的有才之士。因此，他大声疾呼："一祖之法无不敝，千夫之议无不靡，与其赠来者以劲改革，孰若自改革？"（《乙丙之际箸议第七》）龚自珍的思想对晚清社会产生了巨大的影响，梁启超在《清代学术概论》中曾说："晚清思想之解放，自珍确与有功焉。光绪间所谓新学家者，大率人人皆经过崇拜龚氏之一时期。初读《定庵文集》，若受电然。"其感动人心的力量可以想见。

龚自珍有诗云："浩荡离愁白日斜，吟鞭东指即天涯。落红不是无情物，化作春泥更护花。"这首诗写于清道光十九年（公元1839年）龚自珍辞官离京之际，诗中，他既为清王朝国势如夕阳西下而叹惜，也为自己的壮志未酬而悲伤。他把自己的身世比为落花，以落红化泥更护花寄托自己对国家的一腔忠贞挚爱之情。

从屈原到龚自珍，他们都把国家的兴衰、民众的福祉时刻放在心上,为之呐喊,为之奋斗,为之倾注全部的心力,这成了中国知识分子千年不易的人文传统的重要内容。

2. 忧患与殉志

忧患意识,是中国士人精神的重要组成部分。这种人生意识的根源在于中国士人以天下为己任的历史责任感、救世济民的雄伟抱负,以及对"三不朽"(立德、立功、立言)的执着追求。

古人曾经指出,六经、诸子都可谓忧患之书。《周易·系辞下》中说道:"作《易》者,其有忧患乎!"因为忧患而著述,字里行间深蕴忧世之情,《周易》是如此,《尚书》是如此,《论语》等亦莫不如此。《庄子·骈拇》云:"今世之仁人,蒿目而忧世之患。"《荀子·王霸》云:"忧患者,生于乱国者也……暗君必将急逐乐而缓治国,故忧患不可胜校也。"《孟子·告子下》则干脆说:"生于忧患,而死于安乐也。"

《楚辞》将这种忧患意识进一步形象化、情感化了。《离骚》中"恐皇舆之败绩"是对国事的忧伤;又说"老冉冉其将至兮,恐修名之不立",这是对事业无成的忧伤;又说"哀众芳之芜秽",这是对士风萎靡、人才变质的忧伤。《九章》中"心不怡之长久兮,忧与愁其相接"(《哀郢》),《抽思》中"心郁郁之忧思兮,独永叹乎增伤"和"忧心不遂，斯言谁告兮"，则是屈原忧国忧民而又无处可诉的心情之抒发。

《楚辞》这种附诸形象、诉诸情感的忧患意识陶冶了后世文人的情怀，它对后代士人，尤其是诗人墨客的精神世界构建与文学创作实践都产生了深远的影响。

（1）贾谊：国事堪哭

文人的心灵是敏感的，其忧虑常常是超前的，这在西汉贾谊的身上得到有力的证明。贾谊生在西汉建国初期，当时社会还处在发展上升的时期，各种矛盾的酝酿远未达到威胁政权稳固的地步，然而贾谊通过洞察与分析，却对各种社会矛盾的存在深表忧虑。他在《陈政事疏》中慷慨陈辞："臣窃惟事势，可为痛哭者一，可为流涕者二，可为长太息者六。若其他背理而伤道者，难遍以疏举。"他批判当时流行的"社会已经安定、已经得到治理"的说法"非愚则谀"，并形象地比喻说：当时的国势就好像将火种安放在堆积的干柴之下而让人睡于其上，大火虽然还没有烧起来，但能说是安全吗？他又将汉王朝比为一个浮肿的病人，小腿肿得像腰一样粗，脚趾肿得像大腿一样粗，平时连双腿都伸不直，这还不够危险吗？他指出诸侯国的强大终将对汉王朝造成威胁，这是要为之悲伤痛哭的事；匈奴侵掠西北之郡而不预防，在京城数百里以外的地方朝廷的政令便失去了作用，这是要为之伤心流涕的事；其他背理伤道，值得为之叹息的事情就更多了。

在当时一班权高势重的大臣眼中，年轻的贾谊不过是危言耸听。然而历史的发展证明，贾谊的目光是敏锐的，贾谊的忧虑是深刻的。后来匈奴对汉朝的侵犯及吴楚七国的叛乱，无不证明贾谊的忧虑绝不多余。在贾谊《新书》中，这种深重的忧患意识无时无刻不在字里行间流露出来。贾谊指出：天下之民不从事生产、背本趋末，这是"天下之大残"；淫佚奢靡的风俗日益严重，这是"天下之大贼"。他悲叹："残贼公行，莫之或止；大命泛败，莫之振救。"（《无蓄》）这还不够危急吗？寻常年岁，就有穷人挨饿；灾荒之年，有人就要卖儿卖女以求生存了。百姓生活如此艰难，当权者不应该好好想一想吗？

贾谊为朝政焦急，为百姓忧伤，却因此受到政坛老臣的嫉恨与谗毁，最终竟被疏离、外放，年仅33岁就哀伤而死。

纵观贾谊的一生，忧虑与感伤构成了其情感的基调。贾谊渴望在政治上有所建树，所遇汉文帝刘恒也还比较清明，大臣周勃、灌婴等人也并非奸佞之辈，然而贾谊仍然不能实现自己的政治理想与抱负。其表面的原因，固然可以归咎于贾谊的政治手腕不够老练，性格也有疏阔的一面，犹如苏轼在《贾谊论》中所说："为贾生者，上得其君，下得其大臣，如绛、灌之属，优游浸渍而深交之，使天子不疑，大臣不忌，然后举天下而唯吾之所欲为，不过十年可以得志。"然而实际上，事情绝对没有苏轼所设想的那样简单，其中有文化冲突的原因，所以贾谊的一生，只能是忧患、悲剧的一生。司马迁将屈原与贾谊合传，不就是因为他们的性格命运与文章才调都颇有几分接近吗？

（2）阮籍："夜中不能寐，起坐弹鸣琴"

阮籍是一个苦闷的象征，因为他的心灵深处怀着深重的"忧生之嗟"。

"忧生之嗟"，是对生命自身的忧叹。阮籍不像屈原那样锋芒外露，不像贾谊那样年轻气盛，但是他有着屈原一样的抱负、贾谊一样的才华。《晋书·阮籍传》记载说：阮籍曾经登上广武旧战场，凝视当年刘邦、项羽作战之地，然后叹息说："时无英雄，使竖子成名！""竖子"是对人的鄙称，如同说"这个小子"，可知阮籍自信其经世的气概与才能是不在刘、项之下的，至于他的文章才情，更是倜傥不群，超出一世。然而正如李善注《文选》所说：阮籍身仕乱朝，常恐罹谤遇祸，因兹发咏，故每有忧生之嗟。《咏怀诗》首章写道：

> 夜中不能寐，起坐弹鸣琴。
> 薄帷鉴明月，清风吹我襟。

> 孤鸿号外野,翔鸟鸣北林。
> 徘徊将何见,忧思独伤心。

是什么使得诗人因忧伤而夜不能寐呢?阮籍并未明白地说出,读者也难以实在地指明。在《咏怀诗》中,这样的诗句经常出现:

> 感物怀殷忧,悄悄令心悲。(其一四)
> 素质游商声,凄怆伤我心。(其九)
> 殷忧令志结,怵惕常若惊。(其二四)
> 终身履薄冰,谁知我心焦?(其三三)

从心理上说,阮籍心中深重的忧患("殷忧"),既是由于现实政治的压迫,也是源于他对生命的感悟。《咏怀诗》中经常写到死亡对人生的威胁:有的人为追求荣华富贵而死,他们的死令人深思、反省;有的是因为品行高尚不容于世而被杀害,他的死令人凄怆、酸辛。"岂知穷达士,一死不再生"(其一八),"愁苦在一时,高行伤微身"(其三四),"生命无期度,朝夕有不虞"(其四一),这些诗句,写出了诗人对生存危机的真切感受。这种生存的危机感郁积在诗人的心头,遇事辄发,那么紧迫,那么强烈,令人心神震惊。《咏怀诗》(其三)写道:

> 嘉树下成蹊,东园桃与李。
> 秋风吹飞藿,零落从此始。

> 繁华有憔悴，堂上生荆杞。
> 驱马舍之去，去上西山趾。
> 一身不自保，何况恋妻子！
> 凝霜被野草，岁暮亦云已。

诗中以桃李春日的繁茂与秋天的零落作比较，揭示了盛衰变化的不可抗拒。自然如此，人事亦如此。当年的宫廷殿堂，富贵荣华，而今安在？时隔不久，那里就长出了野草，呈现一片荒芜、衰落的景象。赶快走吧，舍弃一切，立刻驱马前往西山。自己的性命都管不了，哪里顾得上妻子儿女呢？如若不然，寒霜骤然降临，野草凋零，那就晚了。

忧生惧祸，感伤世情的险恶与人生的短暂是《咏怀诗》的基调。这是一个正直的知识分子在黑暗重压之下心灵痛苦的婉转呻吟。诗人在抒发他个人生命感伤的同时，更将他对社会暴力的批判及忧患意识也都融入其中了。

（3）江淹："忧与忧兮不忘"

在中古的文学园地中，有这样一位作家：当他的生命中浸透了忧患之思时，他的才华如同泉涌，他的作品真切感人；然而当他满足于高官厚爵、荣华富贵之中，心中消解了忧患之思时，他便再也写不出富有激情的文章。人们便纷纷传说他"才尽"了。

这个人就是南朝的江淹。

江淹，字文通，历仕宋、齐、梁三朝。他自幼家境贫穷，13岁时父亲去世。入仕以后，他长期充任幕僚，郁郁不得志，甚至在建平王刘景素门下时，还一度被诬入狱，后被贬黜到偏僻的山区。个人的不幸使他深切体会到人生的痛苦，进而使他对人生理想的追求产生了渺忽与失落之感。在此前后，他的创作深受《楚辞》的影响，写有《山中楚辞五首》《应谢主簿骚体》《刘仆射东山集学骚》等楚辞体的作品，他的《遂古篇》模仿屈原的《天问》，他的许多辞赋作品浸染了浓厚的《楚辞》情调。在上述作品中，江淹反复倾诉了他对人生的迷惘与失意。在《应谢主簿骚体》中描写道：

芝原寂少色，
筠庭黯无光。
沐予冠于极浦，
驰予佩兮江阳。
吊秋冬之已暮，
忧与忧兮不忘。
使杜蘅可翦而弃，
夫何贵于芬芳。

作品中呈现的是秋冬时节的景色：芝兰、杜蘅零落少色，连庭间的翠竹也显得黯然无光。作者感叹说：假如香草（比喻贤者）遭到弃置，那么不是失去芬芳（比喻美德）的价值了吗？作品中的沐冠、驰佩，与《楚辞》中"沧浪之水清兮，可以濯吾缨""捐余玦兮江中，遗余佩兮醴浦"意境相通，是有所寄托的。

江淹在《爱远山》中又写道：

非郢路之辽远，

实寸忧之相接。

欸美人于心底，

愿山与川之可涉。

这篇作品中描写的是一片野兽出没的荒僻深林，然而其中却生长着竹、兰、芝、香蒲、红莲。他想到远方的美人（隐喻君王），便止不住内心的忧伤，希望能渡越山川，重新与之相会合。《哀郢》中说"心不怡之长久兮，忧与愁其相接。惟郢路之辽远兮，江与夏之不可涉"，上面所录四句即承此而来。

这种绵绵不尽的忧伤虽然是由于作者仕途失意所引发的，然而他却将个人的遭遇提升并融入了对人生普遍忧患的深刻思考之中了。这种对人生感伤的共鸣，在他的名作《恨赋》《别赋》中得到了生动的展现。

在《恨赋》中，江淹描述了各种各色怀恨而死的人物：有以武力削平天下、不可一世的秦始皇，有心念旧恩却名辱身冤的李陵，有罢归田里、赍志以殁的冯衍，有风度潇洒、不为世所容的嵇康，有远嫁异域、心系汉宫的王昭君。这些人都有着不同的遗憾与怨恨。《恨赋》的结尾写道：

> 春草暮兮秋风惊，
>
> 秋风罢兮春草生。
>
> 绮罗毕兮池馆尽，
>
> 琴瑟灭兮丘垄平。
>
> 自古皆有死，
>
> 莫不饮恨而吞声。

总之，江淹认为：人的生命是有限的，而遗憾与怨恨则是人类共有的情感，这就是《恨赋》的主题。

《别赋》则铺陈了各式各样的离别：有壮士剑客之别，有戍边战士之别，有达官贵人之别，有求仙访道者之别，有夫妻情侣之别。赋中描写情侣之别道：

> 春草碧色，春水渌波。送君南浦，伤如之何！至乃秋露如珠，秋月如珪，明月白露，光阴往来。与子之别，思心徘徊。

赋中的形象摇曳多姿，情景真切动人，它是高度概括的，又是高度抒情的。赋中并不载明具体的人物，而是用凝练的笔法，抒发人类共有的离情别恨。

然而，江淹的晚年却再也写不出上述感人肺腑的作品了。随着他在朝中地位的攀升,养尊处优的生活逐渐消蚀了江淹心中的忧患之思,同时也扼杀了他的文学生命。据钟嵘《诗品》记载:建武五年(公元498年),江淹由宣城太守任上返回建康,途中寄宿冶亭,夜梦一人自称是郭璞(晋代著名文人),对他说:"我有一支彩笔放在你处多年了,现在还给我吧!"江淹便从身上取出五色笔还给了郭璞,从此以后,江淹的笔下就写不出佳句了。另据《南史·江淹传》所述:江淹从宣城还都途中,夜宿禅灵寺,梦见张协(西晋文人,字景阳)说:"从前曾将一匹锦寄存,请归还!"江淹从怀中掏出几尺锦递给张协。张协见后,不高兴地说:"你怎么将我的一匹锦快剪裁完了呢?"张协回头看见了丘迟(南朝文人,年纪比江淹略小),便说:"余下的几尺锦对我也没有用处,就送给你吧!"从此往后,江淹便写不出好作品了。这里的五色笔、一匹锦,都是美妙文思、动人秀句的象征。江淹失去了他对社会、人生的忧患之心,便失去了"五色笔",也只能将所余的"锦缎"转交给较年轻的作者了。

(4)杜甫:"独立万端忧"

唐代杰出诗人杜甫所处的时代与所走过的人生道路,与屈原相比有着显著的差异,然而他们忧国忧民的情怀却是一脉相承的。

杜甫出生在一个世代"奉儒守官"的家庭。他的十三世祖杜预为西晋名将，更精通《左传》。他的十世祖在东晋初年迁来襄阳，所以又说他祖籍襄阳。他的曾祖曾任巩县令，杜甫本人则出生于巩县（今河南省巩义市）。尽管杜甫出生时，他的家族已经渐趋衰落，然而在他的血液中仍然流动着强烈的"精英意识"。

杜甫敬仰千古之上的屈原，赞美屈原的文章才调。他在诗中多次提到屈原、宋玉与贾谊，一则曰"窃攀屈宋宜方驾"（《戏为六绝句》），再则曰"迟迟恋屈宋，渺渺卧荆衡"（《送覃二判官》），三则感叹曰"中间屈贾辈，谗毁竟自取。郁没二悲魂，萧条犹在否"（《上水遣怀》）？他赞美别人"有才继骚雅"，自许则是"气劘屈贾垒"。他自己的创作更是以屈原为榜样，终生以忧国忧民为情感的主调。

天宝十四载（公元755年）十一月，安史之乱前夕，杜甫由长安出发前往奉先县探家，他将自己沿途的见闻感受都写在《自京赴奉先县咏怀五百字》中。诗中说自己整年为百姓担忧，为民众的遭遇而激动、叹息，"穷年忧黎元，叹息肠内热"，然后描写道：

> 彤庭所分帛，本自寒女出。
> 鞭挞其夫家，聚敛贡城阙。
> ……

> 朱门酒肉臭，路有冻死骨。
> 荣枯咫尺异，惆怅难再述。

杜甫的意思是说：朝廷的财物，不都出自百姓辛勤劳作，且往往通过严苛的手段，靠着皮鞭压迫，从百姓手中聚敛上去的吗？然而一面是达官贵人尽情地奢侈享乐，一面却是民众饥寒交迫，冻饿而死！咫尺之间，穷富如此悬殊，一荣一枯是两个截然不同的世界，叫我怎么再说下去呢？

杜甫为百姓的遭遇而感伤、而呼吁，然而他自己的处境也好不到哪里去。当他回到奉先县的家中时，他的幼子已因为饥饿而夭折。诗中写道：

> 入门闻号咷，幼子饥已卒。
> 吾宁舍一哀，里巷亦呜咽。
> ……
> 默思失业徒，因念远戍卒。
> 忧端齐终南，澒洞不可掇。

面对着亲生幼子饿死这一惨剧，杜甫自然感到悲痛与自责。然而他更推己及人，想到那些失业的贫民与戍边的战士。杜甫的忧思像终南山般巍峨，像江海般浩瀚无垠。

在杜甫的诗篇中，这种深沉博大的忧国忧民之情几乎随处可见：

>天机近人事,独立万端忧。(《独立》)
>
>向来忧国泪,寂寞洒衣巾。(《谒先主庙》)
>
>乾坤含疮痍,忧虞何时毕。(《北征》)
>
>百年从万事,故国耿难忘。(《遣闷》)

杜甫的理想是"致君尧舜上,再使风俗淳",所以他上忧其君,下忧其民。他为朝政而焦虑,为人民而痛苦。他由自己的苦难想到百姓的苦难,由自己的茅屋破漏想到"天下寒士",即使自己漂泊流离、体衰多病、衣食无着,他还是以一颗纯挚的心关怀着他人,牵挂着国家的命运。然而世间是如此纷扰不宁,百姓的苦难是那么深重,杜甫那副衰老、疲惫的双肩怎么担当得起这一切呢?

大历五年(公元770年)冬天,杜甫在从长沙到岳阳的一条破船上永远离开了人间。这里距离屈原自沉的汨罗江相去不远。

(5)范仲淹:"先天下之忧而忧"

范仲淹,宋代著名的政治家、文学家,古代士大夫中的佼佼者。

范仲淹的一生,就是一部坚持气节、坚持廉洁为公、坚持勤政爱民的奋斗史。在他两岁时,父亲去世,母亲改嫁。他在艰苦的环境中刻苦读书。冬天,读书疲倦了,就用冷水浇在脸上;饿了,就一日两餐,稀粥充饥。别人认为难以忍受，范仲淹却不以为苦。即便做官以后，他的生活还非常俭朴，并用节约下来的俸禄救济穷苦的读书人。在那个士风萎靡的时代，范仲淹却崇尚气节，成了士林中的榜样。

宋仁宗天圣六年（公元1028年），范仲淹入京任秘阁校理。在此后的几年中，他因为直言进谏而三次遭到贬黜。然而无论受到怎样的排斥打击，他始终不消沉、不气馁，总是将朝政的得失、百姓的疾苦放在中心的地位。明道二年（公元1033年），江淮、京东一带发生了虫灾与旱灾，范仲淹得知后，立即上疏请求朝廷派使者前往巡视。面对宋仁宗的迟疑，范仲淹直言反问："如果宫中半日无食，皇上又会怎么办呢？"宋仁宗于是立即派范仲淹前往灾区视察。他到灾区后，开仓救济灾民，还将饥民所食野草带回来给皇帝看。他在出任苏州知州时，带领百姓疏通河道，治理水患。西北边境告急时，他自请担任延州知府，一边加强防卫，一边安抚那里的少数民族，使得"羌汉之民相踵归业"（《宋史·范仲淹传》）。

边塞生活更加磨砺了范仲淹的气节，陶冶了他的沉郁雄阔的胸怀。他的《渔家傲·秋思》词道：

塞下秋来风景异，衡阳雁去无留意。四面边声连角起。千嶂里，长烟落日孤城闭。

> 浊酒一杯家万里，燕然未勒归无计。羌管悠悠霜满地。人不寐，将军白发征夫泪。

这首词意境苍凉，格调悲壮，气概雄健。戍边将士建功立业的理想和沉重的历史责任感，在"燕然未勒归无计""将军白发征夫泪"中得到了形象的展现。

庆历三年（公元1043年），范仲淹回到朝廷任枢密副使，复任参知政事。范仲淹建议朝廷明黜陟（官员任用要公正公开）、抑侥幸（杜绝以不正当手段谋求官职）、精贡举（科举考试要严格，禁止作弊）、择长官（官员任命要有序）、均公田（外官收入要公平，不能差距太大）、厚农桑（发展农业，兴修水利）、修武备（由州府募集壮丁，亦农亦兵）、推恩信（朝廷要恩及百姓）、重命令（法度不能随意变更）、减徭役（减轻农民劳役负担）。经过仁宗批准后，上述措施付诸实行，即"庆历新政"。然而不到一年，新政受到守旧派官员的强烈反对，宣告失败。范仲淹被外放为河东、陕西宣抚使，后又改任邓州知州。

在邓州时，范仲淹应友人滕子京之请写了著名的《岳阳楼记》，该文阐说了他理想中的志士仁人的胸襟：

> 不以物喜，不以己悲。居庙堂之高，则忧其民；处江湖之远，则忧其君。是进亦忧，退亦忧，然则何时而乐耶？其必曰"先天下之忧而忧，后天下之

乐而乐"欤!

从此之后,"先天下之忧而忧,后天下之乐而乐"成了历代有志之士修身立命的准则,也成了中国士大夫忧患意识的精当表述。

3.隐逸与避世

《楚辞》中的屈原,是中国皇权时代知识分子心目中的一尊偶像。从不同的角度去看,屈原的形象可以有不同的定位。他是一个"苏世独立,横而不流"(《橘颂》语)的爱国者,是一个与邪恶势力奋勇抗争的战士,这构成了屈子人格的主导面。同时,屈原的形象中又闪烁着隐逸之士的光芒。屈原为了坚持自己的理想而甘愿流放于荒凉的山中,其行为本身便与隐逸之士的形象相契合。屈原在《涉江》中这样描写山中景色:那里深林幽暗,是猿猴群居的地方;高山遮住了阳光,雨雪纷纷,云气可以一直飘进屋内。这不是隐者的生活环境吗?他还表示自己决心坚持真理、正道自行,决不变心从俗,所以只能"幽独处乎山中"。这不是隐者的心境吗?所以王逸《楚辞章句》认为,汉代淮南小山《招隐士》中所招的隐士就是屈原。

《渔父》中的渔父则是一位标准的隐士,他"避世隐身,钓鱼江滨,欣然自乐"(王逸《渔父叙》)。渔父的人生态度是和光同尘、与世推移,与屈原之坚持理想、甘愿牺牲的精神完全不同。然而渔父并不是作为屈原人格的对立面而出现的。明代李贽在《焚书》卷五中说:"渔父之见,原亦知之,原亦能言之,则谓为屈原假设之词亦可"。王夫之在《楚辞通释》卷七中则说:"江汉之间,古多高蹈之士,隐于耕钓,若接舆、庄周之流,皆以全身远害为道,渔父盖其类也。"渔父是一个隐逸的高士,是屈原的诤友,从某种意义上说,渔父的形象是对屈原人格的补充,反映了屈原内心的困惑。

《楚辞》中的隐逸思想对中国知识分子产生了深远的影响。不仅那些追求积极有为的人钦仰屈原的人格,那些隐逸山林的高士同样从屈原身上汲取了精神的力量。事实上,《楚辞》中的隐逸思想是与追求完美的人格、高尚的情操密切联系在一起的。

(1)梁鸿:《五噫》出帝京

梁鸿,字伯鸾,是东汉著名的高士。他出生于一个没落的官僚家庭,虽然家境贫穷,却崇尚气节。在太学读书时,他便博览群书,然而不为章句之学。他的人生准则是自食其力,不追求荣华富贵。他的高尚节操在家乡享有盛名,不少人家想嫁女给他,梁鸿未作答应。同县有个名叫孟光的女子与他志趣相合,二人结为夫妻,共同隐居在霸陵山中。他们男耕女织、弹琴咏诗，还为"商山四皓"以来的24位隐逸高士写过颂辞。

有一次，梁鸿因事路过京城，写了著名的《五噫之歌》，其辞曰：

> 陟彼北芒兮，噫！顾览帝京兮，噫！宫室崔嵬兮，噫！人之劬劳兮，噫！辽辽未央兮，噫！

这首歌的意思其实很明白，译成白话就是：我登上高高的北邙山啊，噫！回望帝王之都洛阳城啊，噫！皇殿宫阙崔巍壮观啊，噫！这都靠百姓的辛勤劳累啊，噫！百姓的苦难没有尽头啊，噫！这五句诗每句都有一个"兮"字，又有一个表示强烈感叹的"噫"字，加重了郁愤的抒情力度。传说汉章帝看到了这首诗，非常不高兴，于是梁鸿、孟光这一对夫妻只好改名换姓，从霸陵山又逃到齐鲁之间隐居起来。

后来梁鸿又前往吴地。出发前，他写了一首骚体歌诗，诗中批评现实政治"竞举枉兮措直"，又描述自己的心情：

> 哀茂时兮逾迈，
> 愍芳香兮日臭。
> ……
> 口嚣嚣兮余讪，

> 嗟恇恇兮谁留。

这几句的意思，是叹息岁华流逝，那些芳草也都变了质；四周的小人都纷纷指责、毁谤自己，使自己常怀恐惧的心情，那么又何必留下呢？

从上述诗句看，梁鸿受屈原与《楚辞》的影响是显而易见的。然而梁鸿又不同于屈原，作为在野的处士，他不可能具有屈原那种对朝廷社稷的强烈的责任心，他的性格更为孤傲，态度更为决绝。梁鸿临死前留下遗嘱，要求不要将自己的灵柩送回家乡，于是人们将他安葬在古代著名烈士要离的坟墓旁，说：要离是英烈之士，梁鸿是清高之士，可以让他们在一起。

由此可见，奋勇捐躯的烈士与清高不仕的隐士在精神上是可以相通的。

（2）陶潜：高歌归去来

陶潜，字渊明，又字元亮，私谥靖节，是我国中古时代最卓杰的田园诗人，被尊奉为"古今隐逸诗人之宗"（钟嵘《诗品》语）。

陶潜生活在一个动乱频仍的时代。他的一生有过三次出仕的经历，但都为时不久就都辞官归去了。第一次是他29岁时，因"亲老家贫，起为州祭酒"，然而，官场生活让他难以忍受，不久就自己解官归去了。他在《饮酒》

诗中说：

> 畴昔苦长饥，投耒去学仕……是时向立年，志意多所耻。遂尽介然分，拂衣归田里。

这里所叙述的便是这一次的经历。大约35岁时，陶潜第二次为生活所迫前往荆州作官。这一次的出仕，他的心中同样充满了矛盾与自责。在《辛丑岁七月赴假还江陵夜行涂口》诗中写道：

> 闲居三十载，遂与尘事冥……如何舍此去，遥遥至西荆！

不久，因母丧，他再次辞官归家了。第三次是陶潜40岁时，他又因为生计窘迫而出仕，先任建威参军，后为彭泽令，最后终于决心不为五斗米折腰，解绶挂冠而去，并赋《归去来辞》。这首作品开篇便写道：

> 归去来兮，田园将芜胡不归？既自以心为形役，奚惆怅而独悲！悟已往之不谏，知来者之可追。实迷途其未远，觉今是而昨非。

这篇作品笔致轻快，情溢于辞，表现了作者摆脱世俗罗网而重获自由后内心的欣喜之情。从此之后，陶潜便一直躬耕田园，过着自力更生的隐逸生活，再也没有出仕作官了。

其实陶潜在青年时代也有过雄伟的抱负，然而在专制与暴力交相为虐的时代,普通士人实现进步理想、改造社会的道路实际是完全被封杀了的。加上当时是一个"真风告逝,大伪斯兴"的时代,有正义感与廉耻心的士人想要保持自己独立的人格,除了去过隐逸的田园生活,恐怕也没有更好的出路。陶潜回到了乡间,亲自参与劳作,并且认识到劳动是人生安身立命的重要方式。他在46岁时所作《庚戌岁九月中于西田获早稻》一诗中说:"人生归有道,衣食固其端。孰是都不营,而以求自安?"又说:"田家岂不苦?弗获辞此难……但愿长如此,躬耕非所叹。"陶潜与农民保持着亲密的友谊,从中体悟到生活中纯真的乐趣。他在《移居二首》(其二)诗中写道:

> 春秋多佳日,登高赋新诗。过门更相呼,有酒斟酌之。农务各自归,闲暇辄相思。相思则披衣,言笑无厌时。

这是一种多么亲切自然的人际关系!陶潜与农民在一起饮酒("班荆坐松下,数斟已复醉。父老杂乱言,觞酌失行次。"——《饮酒》),在一起闲谈("时复墟里人,披草共来往。相见无杂言,但道桑麻长。"——《归园田居》),也在一起欣赏艺文("邻曲时时来,抗言谈在昔。奇文共欣赏,疑义相与析。"——《移居》),过着朴素、自然、淳厚、率真的田园生活。

陶潜始终坚守着独立的人格，不向权势倾倒。他是当地著名的隐逸高士，在地方享有很高的声誉。江州刺史王弘想结识他，却一直没有机会。有一次陶潜去庐山，王弘安排一个叫庞通之的人（庞是陶的旧友）在中途预备好酒菜，邀请陶潜饮酒。陶潜与庞通之饮酒正高兴的时候，王弘假装恰好碰上，顺势加入其中。通过这种精心的安排，王弘才算与陶潜见了一面。陶潜家境贫寒，他曾经自述说"弱年逢家乏，老至更长饥"（《有会而作》），"夏日抱长饥，寒夜无被眠"（《怨诗楚调示庞主簿邓治中》），甚至一度落魄到向人乞食的地步。有一次，当地刺史檀道济前往拜访，彼时陶潜又病又饿，已经卧床不起多日了。檀道济看到这种悲惨的境况，便劝说道：贤者处世，天下无道则隐，有道则仕；如今文明之世，先生何必要如此受苦而不出来作官呢？陶潜回答说：我怎么敢当贤者呢？我没有那种志向啊！檀道济给陶潜送去了粮食与肉类，却被他挥手谢绝了。

屈原在《涉江》中写道："吾不能变心而从俗兮，固将愁苦而终穷。"陶潜的行为，正是对屈原这一人生信念与理想的践行，所以后世有人认为屈原与陶潜的精神品质、处世原则乃至对生死的态度其实都是相同的。处在屈原的境况中，陶潜的作为会同于屈原；而处在陶潜的境况中，屈原也会隐逸于田园。这虽然只是假设推想之辞，但是值得人们深思。

（3）王维："望青山兮不归"

晋代王康琚在《反招隐诗》中说："小隐隐陵薮，大隐隐朝市。"将王维生命的后期视为隐于朝市，也许并不离谱。

王维是盛唐著名诗人，他的一生都与朝政有关。唐玄宗开元二十四年，以贤明著称的张九龄罢相，随后被贬为荆州长史，这一年王维36岁。王维是同情张九龄的，他在《寄荆州张丞相》诗中，表示要退出官场，"方将与农圃，艺植老丘园"。当然他并没有真的辞官归农，而是从此转入消沉，半官半隐。安史之乱中，王维因为接受伪职而获罪，得降职处分。从此之后，他更加逃于佛门以安顿自己的心灵。据《旧唐书·王维传》记载，王维在京城时，每天饭僧十数名，以玄谈为乐，居家之中无所有，唯有茶铛、药臼、经案、绳床而已，焚香独坐，以禅诵为事。所以在唐代文坛上，王维有"诗佛"之称。

虽然王维的诗歌风貌与《楚辞》有很大的区别，然而从中仍然不难感到《楚辞》光彩的照耀。王维在《赠徐中书望终南山歌》中写道：

晚下兮紫微，

怅尘事兮多违。

驻马兮双树，

　　　　望青山兮不归!

诗的意思说:当自己在暮色中眺望终南山时,禁不住感叹世俗尘事束缚住了自己的身心。"驷马",是仕途奔波碌碌的标配;"双树"又称双林,传说是释迦牟尼佛游憩说法之地,是佛法的象征。诗人的理想是告别官场,皈依佛门。因此,他为自己不能归隐青山而感到无限的惆怅。

王维在《送友人归山歌二首》中,也有如下的诗句:

　　其一:
　　山寂寂兮无人,
　　又苍苍兮多木。
　　……
　　悦石上兮流泉,
　　与松间兮草屋。
　　……
　　誓解印兮相从,
　　何詹尹兮可卜。

　　其二:
　　平芜绿兮千里,
　　眇惆怅兮思君。

这首诗将归隐山林的心情寓于送别友人的诗语中。山中有流泉、青松、草屋，那里景致幽寂而清美，那是友人栖居的地方。诗人发誓总有一天自己要解印归山，然而内心的痛苦又能够对谁言说呢？

王维又有《双黄鹄歌送别》，其中有以下的诗句：

> 天路来兮双黄鹄，云上飞兮水上宿。……几往返兮极浦，尚徘徊兮落晖。……鞍马归兮佳人散，怅离忧兮独含情。

诗中双黄鹄的分飞、鞍马佳人的离散，都是写别离的。上述作品的语言与意境继承了《楚辞》的风格，迹象甚明。在《送友人归山歌二首》中，王维甚至隐然用屈原的痛苦来自比，问"何詹尹兮可卜"（詹尹是《卜居》中的人物），这就更值得人们回味了。

由于时代不同，王维内心痛苦的表现形式与屈原有所差异，他们消解痛苦的方式也不相同：屈原用的是求女、苦恋与远逝自疏，而王维用的是体悟禅意与布置画境。所以屈原作品给人们的感受是如光、如电、如激流奔泻千里，而王维后期诗歌给人的感受则是隽永的禅趣以及"诗中有画，画中有诗"的意境。

（4）王冕："三闾已矣唤不起"

元末时，浙江诸暨出了一个著名的诗人与画家，他就是《儒林外史》开篇所说品格嶔崎、行为磊落的一代名士王冕。

王冕，字元章，一生颇具传奇色彩。他幼时家中贫穷，不能点灯，就跑到寺院在长明灯下通宵苦读。后来替人放牛，仍然勤奋自学，最终满腹经纶，能诗善画。他参加过一次进士考试，落第后当即焚烧应试文章，然后"读古兵法，着高檐帽，被绿蓑衣，履长齿木屐，击木剑，或骑黄牛，持《汉书》以读。人咸以为狂生"（钱谦益《列朝诗集小传》甲前集）。王冕北游燕都时，曾经预言天下将乱，之后，隐居会稽九里山，广植梅花千株，过着"山中煮石乍归来，满树琼花顷刻开。仿佛暗香生卷里，夜寒明月与徘徊"的生活，所以别号"煮石山农"，又号"梅花屋主"。

王冕的梅花画得既多又好。传说他曾经用胭脂作"没骨体"，再用朱色点画红梅，作品艳丽非凡，前来求画的人络绎不绝。有一个"长安贵人"向他索画，王冕不仅拒绝，还自绘一幅高挂在堂中，并题句曰："冰花个个圆如玉，羌笛吹它不下来！"这后一句显然是对入主中原的蒙古统治者的讽刺，表现了他决不为统治者效力的决心。这位"长安贵人"大为恼火，要派人前来抓他，王冕只得连夜出逃。

王冕画得最多的是墨梅，他有《墨梅》诗曰：

　　吾家洗砚池边树，
　　朵朵花开淡墨痕。

>　　不要人夸好颜色，
>
>　　只留清气满乾坤。

这是他在一幅梅花图上的题诗。传说晋代王羲之临池学习书法，池水尽黑，这就是洗砚池的由来。"吾家洗砚池边树"实指画幅上的一树墨梅。这用淡墨勾画的梅花虽然色彩并不艳丽，然而透过那逼真的形态，仿佛飘流出淡雅的清香哩！诗的后二句显然有所寓意：在恶势力面前，不以柔媚的颜色取悦权贵，只以玉肌铁骨自拔于流俗，这就是"不要人夸好颜色"；自抱初衷，固守品节，坚持高洁的行止及美好的情操，这就是"只留清气满乾坤"。

王冕之植梅、画梅、咏梅，与屈原之种植兰蕙、吟颂兰蕙，其心理感受是完全一样的。

王冕《题画兰卷兼梅花》诗中有下列的句子：

>　　湘江云尽湘山青，
>
>　　秋兰花开秋露零。
>
>　　三闾已矣唤不起，
>
>　　荔茘萧艾春娉婷。
>
>　　……
>
>　　幽人脱略境色外，
>
>　　竟坐不读《离骚》经。
>
>　　……

西湖昨夜霜月明,

梅花见我殊有情。

……

酒阑兴酣拔剑舞,

忽觉海日东方生。

透过上述诗句,可以感到王冕虽然貌似超然物外,但内心仍然强烈地关怀着世事。王冕追思屈原,感叹屈原已逝不能复生,他所叹赏的兰花也在秋风中零落凋残了,而蒋(一种毒草)、莸(一种臭草)、萧艾(被认为是臭草、贱草)之类的植物却生长得很茂盛,很得意!身处隐逸的王冕只能以赏梅来抒发情致,然而他内心的愤懑不平却借着通宵不眠、拔剑起舞表现出来了。

隐逸的高士王冕,其实是最富激情、最执着于人生的,不过这种激情主要是通过画梅题兰的艺术实践表现出来罢了。

(5)王夫之:"萧森天放湘累客"

王夫之,字而农,号姜斋,明末清初著名的思想家。他晚年隐居于湘西之石船山,自称船山老人,学术界因此称他为船山先生。

王夫之的一生,大体上可以分为两个时期:前期即32岁以前,这是他求学与从政的时期;后期即33岁到74

岁去世，这是他隐居避世、著述立言的时期。前期，他曾与友人共同组织过抗清的武装起义，失败后投奔南明桂王政权。桂林陷落后，他逃回家乡。为了躲避清廷的搜捕，王夫之一度改变姓名与衣服，自称瑶人，在深山中以授徒为生。他"知事不可为，乃退而著书"，而"故国之戚，生死不忘"。他的著作总数有上百种之多。

王夫之生活的时代，距离屈原已经有了近 2000 年的岁月，然而由于历史的示范效应，王夫之始终在体味着屈原的心境，并且有意将自己的身世遭遇与屈原进行对照。王夫之在 67 岁高龄著成《楚辞通释》14 卷，又写作《九昭》附于其末。他在《九昭序》中写道：

> 有明王夫之，生于屈子之乡，而遘闵戢志，有过于屈者。……聊为《九昭》，以旌三闾之志。

其实，王夫之所谓的"以旌三闾之志"，在某种意义上就是抒发他自己的情感与志向。从身世经历看，屈原与王夫之都曾致力于挽救自己国家的危亡。王夫之曾在南明政权任职，而那僻处一隅、苦苦挣扎的永历朝廷，与灭亡之前的楚国形势差可仿佛。屈原受到党人的排挤，而王夫之在永历朝也因内部党争而受到迫害。王夫之隐居湘西荒山，这与屈原流放江南的经历也有相似之处。王夫之在《离骚》注释中说："李杜戮而党锢兴，赵朱斥而道学禁，盖古今之通恨也。""李杜"是指东汉末年的李膺、杜密,均死于党锢之祸。"赵朱"是指南宋的赵汝愚、朱熹。赵汝愚是宋朝的宗室大臣,在政治斗争中遭罢斥,朱熹等人亦因牵连遭诬被贬。王夫之以李杜、赵朱的遭遇寄托自己的感慨,认为这是"古今之通恨"。他还分析说,谗邪小人盘踞要津,上下勾结,使得正人君子不能进取以施展其抱负,这在古今并没有什么两样。他又结合自己的心理感受,认为"忠贞之士,处无可如何之世,置心澹定,以隐伏自处;而一念忽从中起,思古悲今,孤愤不能自已"。这里所抒发的贞士失志,隐伏山林的孤愤心情,融汇了古今,吐露了他内心的郁勃不平。

王夫之有《和程奕先长沙怀古》诗写道:

> 渺渺枫树林,屈子悲神弦。
> 云中君不见,意志如孤烟。
> 引声动清歌,幽细咽湘川。
> ……
> 悠悠江潭水,千载重昭鲜。
> 长佩纤缱绻,兰芷相周旋。

这里所描写的景物、所抒发的情感都与《楚辞》相通。哲人已逝,风物依旧,意志相感。在王夫之的文学作品中,经常可以读出他对古人的深深追思与缱绻、思慕的情怀。

王夫之隐遁深山，用笔墨著作进行着另一种人生的跋涉，另一种积极的战斗。

4. 狂狷与任诞

"狂狷"一词，出自《论语·子路》。篇中记述孔子的言论："不得中行而与之，必也狂狷乎！狂者进取，狷者有所不为也。"所谓"狂"，意指高傲、激进的意思；所谓"狷"，就是守节自持的意思。二者似乎都各有偏颇，后来泛指偏激的性格表现。"任诞"一词，出自《世说新语》，其卷二三为《任诞篇》。所谓任诞，就是任性、行为怪诞的意思。可见狂狷与任诞的人，在处世态度上就显得不同流俗，他们洁身自好、孤高自处，在日常生活中常有荒唐不经、与众不同的行为。

追溯历史，庄子与屈原的生平行事都有狂狷、任诞的成分。这里且不论庄子，只说屈原。屈原坚决不与党人妥协，坚决不向世俗低头，他不听女嬃的劝告，决心不改变自己的主意，这就被认为有些狂狷了。再看屈原的举止，他头戴着崔巍的高冠，身佩着陆离的长剑，四处奔忙，自信时傲视一切，伤心处泪水涟涟，这就又给世俗以荒唐放肆、行为怪诞的印象了。

中国的一般文人，除了乡愿式的好好先生，大约经常是要表现出若干狂狷与任诞的习性的，其形态又可以分为两类：一类是真性情的自然流露，因为世俗之人时常伪装自己，所以当看见真性情流露时，反而会感到惊讶，将其视为狂狷了；第二类是因为现实的缘故，真性情受到束缚，于是借着荒诞的言行来发泄心中的郁愤。在中国古代文人的群体中，上述两方面都有着丰富的表现。

（1）祢衡：傲视权贵

祢衡，字正平，东汉末年著名文人。此人博闻强记，风度潇洒不羁。他从小就与大名鼎鼎的文学家孔融结下不解之缘，当时孔融已经50岁，而祢衡才20岁左右。孔融十分欣赏祢衡的风度、才调，特向朝廷上表推荐祢衡。在荐表中，孔融说祢衡"淑质贞亮，英才卓跞，初涉艺文，升堂睹奥"，这是称赞他的文章才华出众；又说祢衡"目所一见，辄诵于口，耳所暂闻，不忘于心"，这是称赞他有超常的记忆力；还提到祢衡"忠果正直，志怀霜雪，见善若惊，疾恶若仇"，这是称赞他对待善恶是非分明。得益于孔融的大力揄扬，朝廷百官都希望见到这位年轻的才子。

但是祢衡十分自负，不将朝中权贵放在眼里。当他来到许昌时，不前往拜访朝中公卿，相遇时也不称呼他们的官职，而一律呼之为"阿某"。有一次百官聚集，祢衡双眉紧皱，表情悲怆，不断叹息。有人讽刺他说："今天英俊豪杰之士欢乐聚会，不该是悲伤叹气的时候啊！"祢衡打量着四周众多的官员，回答说："处身在这些行尸走肉之间，正人君子怎么能不悲伤呢？"这说明祢衡对那些贪图富贵的官员们是何等的藐视！

曹操听说后，想要见祢衡一面。祢衡推辞说有病而不前往，并且发表了一通对曹操不敬的言论。曹操十分愤怒，于是想当众羞辱他。曹操召祢衡为鼓吏，百官聚会之时，祢衡当着曹操的面脱去旧服装，裸身而立，然后从容换上鼓吏的衣裳，表演了一通《渔阳三挝》的鼓曲，"渊渊有金石声，四坐为之改容"（《世说新语·言语》）。曹操笑着对四周的人说："本来我想羞辱祢衡，却让祢衡当众羞辱了我。"

后来祢衡离开许昌，到了荆州，依旧目空一切，对刘表身边的官员都不放在眼里，引起这些人的愤怒。刘表于是又将祢衡送往夏口（今汉口）。当时的江夏太守黄祖以上宾之礼款待他。祢衡又与黄祖之子黄射相交甚笃。然而，祢衡依旧保持狂放恣肆、傲视权贵的性格，最后被黄祖所杀。

祢衡在一次宴会上，曾经创作了流传千古的《鹦鹉赋》。赋中描写鹦鹉道："惟西域之灵鸟兮，挺自然之奇姿。""性辩慧而能言兮，才聪明以识机。"然而这只性情聪慧的灵鸟却命运多舛，它远离家乡，经历重重险阻，"音声凄以激扬，容貌惨以憔悴"。在这只流落异乡的鹦鹉身上，映射着古今才人怀才不遇的悲伤的身影。后人为了纪念这件事,将当年祢衡作《鹦鹉赋》的地方命名为鹦鹉洲。祢衡的事迹,被后代文人编为戏剧,广为流传。

祢衡的悲剧在于:虽怀着超世的才华,却不善于处世及自处,又要与他所鄙视的人们交往,这就难免陷于危险的境地。祢衡的被杀,可以说是一种难以逃脱的结局。

(2)嵇康:与世俗绝交

宣布与世俗某人绝交,始于东汉末年的朱穆,而以嵇康《与山巨源绝交书》最为著名。大抵交友之道,如同孔子所说:"友直,友谅,友多闻,益矣。友便辟,友善柔,友便佞,损矣。"(《论语·季氏》)意思说:结交了正直、诚恳、博识的朋友有益于人,结交了品行不端、逢迎谄媚、花言巧语的朋友则对人有损害。一般人交上了坏朋友,一旦醒悟后多是逐渐疏远,终至不来往而已。而像朱穆、嵇康那样写信宣布绝交,并将书信公布于众的,却并不多见。

朱穆,字公叔,南阳郡宛人。他从小孝敬父母,成年后学通五经,任官正直不阿。当时正值东汉末年,朝政黑暗,社会风气颓坏,小人勾结成党,趋附权势,以谋私利。朱穆于是断绝与世俗之人的往来,不见宾客,众人交谈时他也不搭腔。他起初与刘伯宗相交为友,后来不满此人富贵骄慢,认为两人志趣不同,于是写了《与刘伯宗绝交书》

并附一首诗,诗中将刘伯宗比为鸱鸮,而以凤凰自喻,表示既然二人志趣不同,当然只能分手。

魏晋易代之际,又有竹林名士嵇康,先后写下《与山巨源绝交书》《与吕长悌绝交书》两篇奇文。嵇康,字叔夜,曾任中散大夫,故世称嵇中散。在他的诗文创作中,不难发现其受《楚辞》的影响,他的《思亲诗》乃是骚体文学作品,《卜疑》一文则完全模仿《卜居》。他与山涛(字巨源)同为"竹林七贤"的杰出代表,一度情感相合,意气相投。后来山涛在朝廷担任尚书吏部郎,想要举荐嵇康代替自己的职务,嵇康于是借机发泄自己对当时政治的强烈不满,并宣布与山涛绝交。吕巽,字长悌;其弟吕安,字仲悌。吕氏兄弟原来与嵇康相交游,然而吕巽此人品质恶劣,阴险狡诈,不仅投靠司马氏,还陷害其弟吕安,嵇康也因为受到牵连而入狱。嵇康于是写信,宣布与吕巽绝交。

《楚辞》对世俗风气持强烈批评的态度。大抵世俗之病,一为结党而嫉贤,二为阿世而媚俗,三为逐利而附势。当然这些并不是一般纯朴大众的行为,而是党人及其群体的做法。小人结帮为所欲为,君子有所秉持因而孤立无援,世风之萎靡因此变得不可收拾,这就是"绝交书"得以产生的社会原因。

（3）阮籍：穷途之哭

《楚辞》在描绘悲伤情绪时，常常说到痛哭流涕之事。《离骚》中说"揽茹蕙以掩涕兮，沾余襟之浪浪"，《哀郢》中说"望长楸而太息兮，涕淫淫其若霰"，《抽思》中说"望北山而流涕兮，临流水而太息"，《惜往日》中说"思久故之亲身兮，因缟素而哭之"，《悲回风》中说"涕泣交而凄凄兮，思不眠以至曙"。人因悲伤而落泪、哭泣，这是正常的情感表达方式。然而在现实中，也有因为受到沉重的压迫而不能够哭泣，也不能够言说的时候，积压既久，就难免引发怪诞的举动了。

"竹林七贤"中的阮籍，就是长期压抑而出之任诞的典型人物。《晋书·阮籍传》说阮籍为人"志气宏放，傲然独得，任性不羁"，"当其得意，忽忘形骸，时人多谓之痴"，这就颇有几分屈原的风调。不过屈原是将内心的一切思绪都尽情宣泄出来，阮籍则是将一切的思考都藏在心底。《晋书·阮籍传》说：阮籍本有济世之志，遇到魏晋改朝换代之际，名士少能保全自己的生命与声誉，阮籍于是不议论人物，不发表对于时事的意见，放浪于形骸之外，而喜怒不形于色。

于是就有了阮籍种种任诞的行为。据《晋书·阮籍传》记载："时率意独驾，不由径路，车迹所穷，辄恸哭而反。""兵家女有才色,未嫁而死。籍不识其父兄,径往哭之,尽哀而还。"这两件事,初看起来都很怪诞,其实背后有着深刻的寓意。"穷途之哭"这一行为的根源,在于阮籍内心本有欲哭之事,这种内心的痛苦源自现实人生无路可走的深刻矛盾。阮籍独自驾车出游且不遵径路,又暗示他不愿意受制于世俗的束缚,而率意任性为之。可见阮籍是将平时感到无路可走的心灵痛苦,借着穷途之哭这一形式,进行了一番艺术的表现。"哭兵家女"一事亦有其象征的意味。美女未嫁而死象征士人有才华却未能施展于世,因此,哭兵家女便寄托了阮籍对士人有才难用、有志难酬的深切同情,其中可能还蕴涵着对自身境遇的一份感伤。

(4)刘伶:醉酒人生

在士人的狂狷与任诞风气中,酣饮是最普遍、最重要的表现形式。对于饮酒的看法,儒道两家不尽相同。儒家大致认为饮酒可以成礼,也可以败德,所以酒席上要遵循礼仪行事,而不能滥饮醉酒。道家认为饮酒可以养生全性,所以应当尽情。《庄子·达生》中提到:醉酒的人从奔驰的车上坠落,即便受伤也不会丧命,因为他的精神是凝聚在一起的,此时生死惊惧都无法侵扰他的内心,所以他虽然坠车却内心无惧。基于这种认识,魏晋南北朝时期名士饮酒之风盛行。据《世说新语·任诞》记载,当时的名士王忱（字佛大）曾经叹息说："三日不饮酒，觉形神不复相亲！"又载王孝伯说："名士不必须奇才，但使常得无事，痛饮酒，熟读《离骚》，便可称名士。"将痛饮酒与熟读《离骚》列为名士的必备条件，虽然是皮相之论，但是也可以借此窥见当时士林风气之一端了。

竹林名士刘伶是醉酒人生的代表。刘伶，字伯伦，自幼丧父，家境比较贫穷。《晋书·刘伶传》说他"容貌甚陋，放情肆志，常以细宇宙齐万物为心"。所谓"细宇宙"，就是说天地之间太狭小了；所谓"齐万物"，就是说贫富、贵贱、荣辱等各种物象其实是一样的，没有什么差别。据记载：刘伶常常乘鹿车，携一壶酒，并让人扛把铁锹跟随在旁，他说："我醉死了，就随便掘地埋掉。"（《世说新语·文学》刘孝标注引《名士传》）《世说新语·任诞》记载：刘伶醉酒之后，在屋内裸体而处。有人讽刺他，刘伶回答道："我以天地为栋宇，房屋为衣裤，诸君怎么进到我的裤子中来了？"刘伶纵酒的行为怪诞到了这种地步，自然足以惊世骇俗了。

《世说新语·任诞》又记载说：刘伶有次醉酒之后，他的妻子将酒具都砸了，流着眼泪劝告他说："你饮酒太过量了，这样有害你的健康。你一定要戒酒！"刘伶回答道："很好。只是我不能说戒就戒，必须在鬼神之前发誓才能戒除。你快些准备祭鬼神的酒肉吧！"妻子备好了酒肉，安放在神龛前，要刘伶跪下发誓戒酒。刘伶跪下后，祝祷说："天生刘伶，以酒为名。一饮一斛，五斗解酲。妇人之言，慎不可听！"说完之后，刘伶便饮酒吃肉，一会儿又酩酊大醉了。

《晋书·刘伶传》载刘伶著有《酒德颂》，寄托他饮酒的情怀。文中描述了一位被称为大人先生的人物，将永恒的天地视为一朝，将千年万载看作一瞬，将日月当作门窗，将八荒视为庭衢之间，所以他任性而为，整天饮酒，而不管其他世间的事务。这时来了两个人，一是贵公子，一是士大夫。他们二人对酒醉中的大人先生怒目切齿，还喋喋不休地在一旁陈说礼法之是非。可是这位大人先生呢，却照常饮酒不止，"无思无虑，其乐陶陶。兀然而醉，豁尔而醒"。当这位大人先生沉醉在酒中时，即使雷霆轰鸣于耳畔，他也浑然不觉，即使泰山矗立于眼前，他也视而不见，至于人间的炎凉变化、利欲冲突，他更是无动于衷了。文末提及，在大人先生眼中，纷扰的万物就像江海中的浮萍，两位礼法之士就像蜾蠃一样渺小。《酒德颂》的基本思想是讽刺礼法之士，并称颂酒的好处，因为酒可以麻醉自己，使自己忘记现实。

前人称许刘伶善于"闭关"，意思是说他虽然对于现实有着深刻的认识，却善于将这些掩藏起来。然而这种沉醉终日、淡漠世事的生活方式缺乏振奋人心的精神力量，故而无益于世。

（5）李白："一生傲岸苦不谐"

李白有着以天下为己任的远大志向，这一点，已经在前面作了介绍。李白的性格，始终是伟岸恣肆、桀骜不驯的。他一方面立志承担起拯救天下的重任，另一方面又鄙弃世俗的权势，这二者便构成一对矛盾、一个死结。清人龚自珍曾说："庄、屈实二，不可以并。并之以为心，自白始。"他认为李白的内心世界融合了庄子、屈原两家的思想成分，这个评价是非常深入的，大体上也是正确的。

屈原眷恋朝廷，追求积极的作为，而庄子则视荣华富贵为腐鼠，不愿意受爵禄的羁绊。在李白的身上，这两种情感像波峰与波谷，相互追逐，相互转换，相互衔接。李白特别看重个人人格的尊严与平等，在权贵面前他无丝毫奴颜媚骨的表现。李白在《古风》（十二）中写道："松柏本孤直，难为桃李颜。"又曾在《雉子斑》诗中说："乍向草中耿介死，不求黄金笼里生。"李白在《鸣皋歌送岑征君》中写道："鸡聚族以争食，凤孤飞而无邻。蝘蜓嘲龙，鱼目混珍。嫫母衣锦，西施负薪。"意思说：成群的鸡在争食，凤凰却孤独地飞去；蜥蜴嘲笑卧龙，鱼目与珍珠混而不分；丑陋的嫫母穿着华贵的锦衣，美女西施却在背负柴草。这显然是影射朝中奸佞党人得势，正直贤者遭受排挤的情境。

这一段话与屈原《涉江》的乱辞及贾谊《吊屈原赋》的意思是完全一样的。李白独立不群、傲岸不屈、不肯与权贵周旋妥协的个性，使得他在政治上既不能得势，更难以成功。

李白以酒仙诗人的身份而闻名于世。杜甫《饮中八仙歌》描写道："李白一斗诗百篇，长安市上酒家眠。天子呼来不上船，自称臣是酒中仙。"透过这些诗句，李白倜傥不羁的形象跃然纸上。李白创作了大量关于饮酒的诗篇，有些话似乎说得很颓废，如《行路难》曰"且乐生前一杯酒，何须身后千载名"，《襄阳歌》曰"百年三万六千日，一日须倾三百杯"，《月下独酌》云"穷愁千万端，美酒三百杯"，《将进酒》云"五花马，千金裘，呼儿将出换美酒，与尔同销万古愁"等。在这些诗句中，尽情挥洒的是诗人的才情，寄寓的却是人生的苦痛，这种愤激的悲吟比起任何空洞的套话更加真实可信，也更能激起人心的共鸣。

同屈原相比，李白的个性更加自由奔放，对人格独立与尊严的追求更加迫切，展现出更为强烈的傲岸不羁和倔犟的气质，然而他们内在的精神实质却是一致的。

（6）金圣叹："仆本《离骚》客，心怜幼妇词"

金圣叹是明末清初著名的文学评论家，一生计划评点《庄子》、《离骚》、《史记》、杜甫诗、《水浒传》、《西厢记》六部著作，合称为"六才子书"。但是，他在完成了评点《水浒传》《西厢记》及部分杜甫诗后，就被清政府杀害了。

金圣叹是一个孤高自负、狂放不羁的"怪人"。先说他的名字。他名喟字圣叹，是因为《论语·先进》记载孔子曾经"喟然叹曰：吾与点也"。点指曾晳，是孔子的弟子。可见金圣叹的名字中，就包含了以圣哲自命的意味。金圣叹多次参加科举考试，却不肯写规范的八股文，多次因为文章怪诞而落选。清朝建立后，他的行为愈益放纵。据传，他能连续饮酒三四昼夜而不醉，在席间调笑曼谑毫无倦意。闲暇之时，他喜欢到水边林下玩赏，一旦提笔评点文章，又"奋笔如风，一日可得一二卷"。他平时以游戏的态度对待人生，遇酒徒则大碗喝酒，遇诗人便低吟浅唱，遇剑客则跳跃舞剑，遇棋客就布局对阵，遇道士时显得鹤气冲天，遇和尚又仿佛有莲花绕座，遇能言善辩之士时他口若悬河，遇到玄默好静之人时他又能终日无语。金圣叹不仅多才多艺，更是一个富有生活情趣的人。

实际上，金圣叹的个性是被古今才子之书（自然其中也包括《楚辞》）熏陶出来的。平时他尽情地展现着个人的性情与才华，用艺术的态度来面对现实的人生；

在关键时刻他又嫉恶如仇，敢于挺身而出，担当社会责任。顺治十八年，苏州爆发了群众性的抗粮哭庙事件。事件的起因是清地方官员的贪污（侵吞公粮）、残暴行径（酷刑逼税而打死百姓），这些行为激起了公愤，民众请愿，要求官府惩办贪官污吏。金圣叹也参与了这场民众自发的反暴政、反贪官的斗争，结果是官府将金圣叹列为主犯，以震惊先帝（恰逢顺治皇帝驾崩不久）和聚众倡乱的罪名将他腰斩于南京，其妻子与孩子被流放至宁古塔（一说流放辽东上阳堡）。几位秀才与群众因对吏治腐败不满而前往文庙集会哭泣，向官府请愿要求惩办贪官酷吏，竟也被无端杀害，说明皇权专制的残暴到了何等地步！

金圣叹被杀了，但是他在临死之前还不改幽默怪诞的性情，临刑前曾下家书说："杀头，至痛也；籍没，至惨也；而圣叹以无意得之，不亦异乎！"字里行间，还带着调笑的味道。他有一首绝命诗道：

鼠肝虫臂久萧疏，

只惜胸中几本书。

虽喜唐诗略分解，

庄骚马杜待何如？

这首诗的意思是说：我已经早将生死置之度外不去想它了，

只是可惜所评点几部才子书尚未完成；虽然对唐诗已略有解说，《庄子》、《离骚》、《史记》、杜甫诗尚未评说又怎么办呢？

可知金圣叹并不是一味怪诞，他在生死关口想到的还是著述。

六 《楚辞》与中国文学

自《楚辞》结集以来,它对中国文学的发展造成了极为深远且广泛的影响。这部文学巨著就像是一座能量巨大的光源,照彻了中国文学的各个领域;它又像一条支脉纵横的江河,滋润了广袤的中国文学原野。正如近代学者郑振铎所概述的:屈原作品的影响"像水银泻地,像丽日当空,像春天之于花卉,像火炬之于黑暗的无星之夜,永远在启发着、激动着无数的后代的作家们,特别是在大变动的时代,像唐代的天宝之乱,南北宋的末期,明帝国的覆亡,发出'楚'声,写出类似的不朽的作品出来。他们虽不袭用屈原的形式和格调,但那悲愤,那牢骚,那穷愁的号呼,那忠贞正直的不屈的心,那爱国、爱人民的真挚的感情,那嫉恶如仇、独立不移的精神却是上下二千年,一直是一脉相通,绵绵相继的"(《郑振铎:《古典文学论文集》)。

这是从总体上说的。具体而论,《楚辞》对不同体裁文学的影响是不同的:首先,继承《楚辞》的体貌,直接形成了骚体文学这一特殊的韵文形式;其次,赋的产生与《楚辞》有着千丝万缕的联系,《文心雕龙·诠赋》说赋"拓宇于楚辞",已经得到学术界的公认;再则,《楚辞》被认为是诗坛的丰碑,它对诗歌的影响更是不言而喻的;同时,作为一种蕴藏巨大能量的"文化元",《楚辞》不断地向外辐射"光"与"热",渗透进其他文体之中,从而促进不同文体之间的融合与交流,其艺术精神,可以说已经深深融入中国各体文学之中了。

1. 骚体文学

随着《楚辞》影响的日益加深,历代文人仰慕屈原的道德人格与文章风流,纷纷摹拟其辞章。他们借此抒发怀古之幽思,亦从中寄托现实之情怀,于是拟骚之作日多。这种直接继承《楚辞》精神与风貌而形成的文学样式,便是骚体。

骚体包括楚歌与骚赋。楚歌是歌吟体的短章,其形成受到《楚辞》与楚民间歌谣的共同影响。骚赋则是楚辞体式赋化后的产物,通常篇幅稍长,与《离骚》《九章》《九歌》的风貌接近。它们共有的特征有二:其一是以《楚辞》中的作品为摹拟的范式,其二是"兮"字句的大量运用。后者构成了骚赋区别于其他作品的最鲜明的外在标志。在古代文学领域,这是一个体式与风貌都较为确定的、容易识别的特殊文体。

(1)汉代:风起云飞

在这一时期的骚体作品中,首先应该提到的是项羽的《垓下歌》与刘邦的《大风歌》。《垓下歌》唱道:

> 力拔山兮气盖世,
> 时不利兮骓不逝。
> 骓不逝兮可奈何,
> 虞兮虞兮奈若何!

《大风歌》唱道:

> 大风起兮云飞扬,
> 威加海内兮归故乡。
> 安得猛士兮守四方!

这两位楚汉相争中的霸主,都不约而同地用楚歌的形式,唱出了他们心中慷慨激越的声音。项羽是一个失败的英雄。当兵败垓下、四面楚歌之际,他痛切地感到大势已去、败局已定,纵然当年有拔山的勇力与盖世的气魄,然而时运不济,骏马不能再前进了,身边只有虞姬相随,又该怎么办呢?对比之下,刘邦则是一个成功的英雄。经历了风起云飞、群雄竞逐的场面,他已经夺得王位,成了开国帝王,已经"威加海内"了。所以他所思虑的,就是怎样把到手的江山安定下来,怎样找到猛士为他守卫住四方疆域。

到汉武帝时,江山已经很稳定了,经过"罢黜百家,独尊儒术"之后,对思想文化的钳制也已经收到了成效。然而,此时的汉武帝,却又感到生命的短暂。他的《秋风辞》唱道:

> 秋风起兮白云飞,
> 草木黄落兮雁南归。
> 兰有秀兮菊有芳,
> 怀佳人兮不能忘。
> 泛楼船兮济汾河,
> 横中流兮扬素波。
> 箫鼓鸣兮发棹歌,
> 欢乐极兮哀情多,
> 少壮儿时兮奈老何!

据《文选》卷四五载其序说:汉武帝巡视河东,祀后土,顾视帝京,内心欣然。他与群臣泛舟中流,饮酒赏乐,心情愉悦至极,于是创作了这篇《秋风辞》。它的首二句描写汾河上泛舟时所看到的秋天景色:风起云飞、草木黄落、大雁南去。次二句是怀人：面对秋天的兰草、菊花，不禁想起了那位佳人。这二句与《湘君》《湘夫人》的情调颇为相似。又次二句是记事，写君臣乘着楼船在汾河中流游赏，看着河水扬起白色的波向前流淌。末三句是抒情，看见河水流逝，听着音乐，汉武帝不禁想到人生短暂，老之将至，在欢乐之中又有几分悲凉了。

这首楚歌将汉武帝复杂的内心世界表现得生动细致，它的情调清新流丽，有一唱三叹之妙。明谢榛《四溟诗话》说：汉武帝的"兰有秀兮菊有芳，怀佳人兮不能忘"是化用了《湘夫人》"沅有茝兮醴有兰，思公子兮未敢言"，这说明"汉武读书，故有沿袭"。从这个例子中，也可以看到楚歌所受《楚辞》的影响。

汉代人所写楚歌中，较为著名的还有相传为司马相如所作的《琴歌二首》、李陵的《别歌》、乌孙公主刘细君的《悲愁歌》、息夫躬的《绝命辞》等，这些作品都各有其特色，展现了汉代人对楚歌这一文学形式的喜爱。

汉代骚赋作品甚多，如贾谊的《鹏鸟赋》《吊屈原赋》，司马相如的《长门赋》《大人赋》，班婕妤的《自悼赋》，扬雄的《太玄赋》，班彪的《北征赋》，班固的《幽通赋》，张衡的《思玄赋》等，历来也都受到学界的重视。

（2）建安：重塑风骨

刘熙载《艺概·赋概》中说："《楚辞》风骨高，西汉赋气息厚，建安乃欲由西汉而复于《楚辞》者。"

汉代的某些辞赋的确能给人"气息厚"的感觉，然而从总体上看，汉赋作者个人的身世感遇在作品中相对模糊，对社会的批评也相对淡化，典雅的文风代替了瑰奇的想象，润色鸿业的铺陈代替了个人的坎壈咏怀。从某种意义上说，形式化解了内容，意识形态稀释了文学的个性。所以，建安赋（这里主要说的是骚体赋）的创作成了对《楚辞》风骨的回归。

《登楼赋》是王粲流落荆州时创作的一篇骚体赋。这篇赋以"登兹楼以四望兮，聊暇日以销忧"开篇，引出自己登楼所看到的自然景物。"遭纷浊而迁逝兮，漫逾纪以迄今"以下，抒写自己的怀乡之情。"惟日月之逾迈兮，俟河清其未极"至赋末，则表达了作者对社会及人生的忧惧。《登楼赋》写作于一个动荡的时代，它所抒发的恋乡怀土之情反映了流落异乡者普遍的忧思，加上它所传达的情感是如此真切、如此典型，所以"王粲登楼"也就成了文坛上的一个典故，这篇作品也被推崇为"魏晋之赋首"。

曹植的《愁思赋》写的则是对生命的感伤。这篇赋中所描写的景色是：

> 原野萧条兮烟无依,
> 云高气静兮露凝玑。
> 野草变色兮茎叶稀,
> 鸣蜩抱木兮雁南飞。

秋天的景物是萧条的,草木凋落,万物衰飒,鸣蝉凄切,大雁南飞。在这种自然的氛围中,作者感到了人生的短暂。作品中写道:

> 居一世兮芳景迁,
> 松乔难慕兮谁能仙?
> 长短命也兮独何怨!

因为青春易逝,作者转而想到求仙。然而意识到要修炼成像赤松子、王子乔那样的神仙不过是幻想之后,作者便归之于命了。处在建安那个动荡不安的时代,每一个生命随时都可能遇到各种各样的威胁,因此,曹植这篇作品中的忧伤绝不是无病呻吟。

相比之下,蔡琰的骚体《悲愤诗》则通过作者的亲身经历来描写战争给百姓带来的苦难,就显得更为真切感人了。诗中这样描写作者被俘虏往胡地的情景:

> 身执略兮入西关,
> 历险阻兮之羌蛮。

> 山谷眇兮路漫漫,
>
> 眷东顾兮但悲叹。
>
> 冥当寝兮不能安,
>
> 饥当食兮不能餐。

蔡琰,字文姬,是东汉末年著名文学家蔡邕的女儿。在董卓之乱中,蔡琰被掳掠,押往胡人聚居的边疆地区,沿途的苦难真是惨不忍睹。蔡琰在胡地十二年,生育二子。因为曹操是蔡邕生前的好友,闻讯后便用金璧将蔡琰赎回。虽然蔡琰可以回到她所思念的故土,但她必须割舍下自己的两个孩子。她在作品中写道:

> 家既迎兮当归宁,
>
> 临长路兮捐所生。
>
> 儿呼母兮啼失声,
>
> 我掩耳兮不忍听。

这种生离死别、去留两难的痛苦,令人刻骨铭心,不忍卒读。所以,骚体与五言体《悲愤诗》具有同样不朽的文学价值。

魏末向秀的《思旧赋》是另一篇杰出的骚体文学作品。魏晋易代之际,向秀与嵇康、吕安为友,后来嵇康、吕安因在政治上反抗司马氏,被借故杀害。向秀途经友人旧居,心中有话要说,却又不能明说,只能将情感婉转地寄托在这篇作品中。赋前有一段小序,说自己的这两个朋友都有不羁之才,只是嵇康"志远而疏",吕安"心旷而放",其后各"以事见法";然后又说嵇康丝竹特妙,受刑之前,顾视日影,索琴而弹之。这篇小序给人的感觉是心情压抑,欲语还休。作品中写道:

> 践二子之遗迹兮,
> 历穷巷之空庐。
> 叹《黍离》之愍周兮,
> 悲《麦秀》于殷墟。
> 惟古昔以怀今兮,
> 心徘徊以踌躇!

中间二句说到的"黍离""麦秀"都是抒发亡国之痛的典故,为什么要用来悼念旧友呢?因为当时正值魏晋改朝换代之际,这两句就委婉地道出了嵇康、吕安被杀乃是由于政治原因。作品接下去又说:

> 悼嵇生之永辞兮,
> 顾日影而弹琴。
> 托运遇于领会兮,
> 寄余命于寸阴。

嵇康临刑之前弹奏一曲,将自己的最后时光寄托在琴声之中,不禁让人思考他是否感悟到什么人生的哲理呢?

胡国瑞在《魏晋南北朝文学史》中曾说过："总括从建安到魏末的抒情小赋言，可说是远承楚词的。……就内容言，它们表达了忧生念乱之情，而其形貌也是楚词体的继续，因此，才能获致易于感人的艺术效果，这就是这一时期抒情小赋的艺术特色，为后世所不可企及的所在。"这一结论，是对建安至魏末时期骚体文学的准确概括与评价。

（3）唐代：骚人情怀

两晋南朝时期，创作骚体赋者不乏其人，但成就亦参差不齐，不能一一细述。

唐代诗风大盛，律诗进入黄金时代，吸引了文人的主要心力。骚体创作至中晚唐亦渐次复苏，成为文人抒发情志的重要手段之一。

这一时期的骚体作家，当推韩愈、柳宗元、皮日休为代表。

韩愈，字退之，世称韩昌黎，是唐代文坛的大家。他是一个思想正统、富有才力又有独立个性的文人。因为思想正统、才力雄放，所以后世有崇高的声誉，被誉为"文起八代之衰"；又因为有独立个性，所以处世不顺，一再遭到贬谪。既然与世龃龉，就难免心怀郁愤，用骚体来抒发内心的郁愤便十分自然了。他在《复志赋》中写道：

> 考古人之所佩兮,
> 阅时俗之所服。
> 忽忘身之不肖兮,
> 谓青紫其可拾。

耿介文人大多仰慕前贤,有志继承传统的美德,以报效社会,在行为上遵守道义、有章可循,在世俗中却时常陷于孤立无援的境地。韩愈在《闵己赋》中又写道:

> 虽举足以蹈道兮,
> 哀与我者为谁。
> 众皆舍而己用兮,
> 忽自惑其是非。

看见世俗是非颠倒,正直守道的人被孤立,自私阿世的人反而处处得意,连韩愈自己也不禁困惑了,但他仍然决心坚持立身的原则,在《闵己赋》的结尾写道:

> 君子有失其所兮,
> 小人有得其时。
> 聊固守以静俟兮,
> 诚不及古之人兮其焉悲!

与韩愈比较起来,柳宗元遭受的打击更为悲惨。因为参与永贞革新,他被长期放逐在荒僻的江南之地,先是贬为永州司马，后来改任柳州刺史，年仅47岁就去世了。柳宗元的骚体作品，如《招海贾文》《惩咎赋》《闵生赋》《梦归赋》《吊屈原文》《吊苌弘文》《吊乐毅文》《憎王孙文》等，都是他流放江南时写成的。

宋代严羽在《沧浪诗话》中称赞："唐人惟柳子厚深得骚学。"应该说，柳宗元深得骚学与大量创作骚体作品是由其人生经历与个性所促成的。柳宗元的生平遭际与屈原颇为相似，其作品亦与《楚辞》情调相接近。柳宗元有一组骚体文字，分别悼念古代先贤苌弘、屈原、乐毅。苌弘是周代的贤大夫，传说他蒙冤而死，其血三年后化为碧玉。《吊苌弘文》中赞美道：

> 古固有一死兮，
> 贤者乐得其所。
> 大夫死忠兮，
> 君子所与。

乐毅是战国时燕国的名将，曾任燕昭王的亚卿，有大功于燕国。后来燕王中了敌国的反间计，乐毅被迫出走，最终死于赵国。《吊乐毅文》中写道：

> 大厦之骞兮，风雨萃之。
> 车亡其轴兮，乘者弃之。
> 呜呼夫子兮，不幸类之。
> ……

> 惜功美之不就兮，俾愚昧之周章。

可以认为，柳宗元对苌弘、屈原、乐毅的缅怀既是情感的寄托，也是心志的表白，是作者坚守理想信念的自誓之词。

在《惩咎赋》《闵生赋》中，柳宗元则直接抒发了他对人生的忧伤和对永贞革新的失败而悲叹，其中写道：

> 哀吾党之不淑兮，
> 遭任遇之卒迫。
> 势危疑而多诈兮，
> 逢天地之否隔。
> ……
> 进与退吾无归兮，
> 甘脂润乎鼎镬。

这几句的意思，翻译过来就是：值得哀伤啊吾党的处境困难，猝然受任啊情况急迫。朝中危机四伏啊形势多疑，天地相隔如此之远啊，没有办法连接起来。……进退两难啊无从归去，我愿意不顾生命啊甘心受刑。从上述句子中，不难感受到那种牺牲自我、献身理想的生命意志与奋斗精神，而这与《楚辞》的精神内涵又是紧密联系在一起的。

如果说柳宗元赋骚主要是抒发由个人身世遭遇所引发的忧伤，那么晚唐诗人皮日休的赋骚则主要倾泄了他对黑暗社会的满腔愤激之情。在《九讽·舍慕》中，皮日休指责世俗社会说：

> 以郑姬为丑兮，
>
> 以子产为愚。
>
> 以鲍焦为贪兮，
>
> 以孔圣为诬。
>
> ……
>
> 将飘飘以高逝兮，
>
> 亦何必怀此奸邪之故都！

郑姬是郑国的美女，反以为丑；子产是思想杰出、成就卓著的政治家，反以为愚；鲍焦是天下著名的廉洁之士，他耕田而食，妻织而衣，反而被说成贪浊；孔子圣人，所讲述的是朴实的至理名言，反以为诬罔不实。总之，一切美丑、贤愚、廉贪、真假都颠倒了。在这种社会里，有着正义与良知的人怎么能生存下去呢？他只能在幻想中飘然高逝，离开这个奸邪者的故都了。

（4）宋至清：幽思如缕

宋代以后，写作骚体作品者仍然不乏其人。仅据姜亮夫《楚辞书目五种》第三部《绍骚偶录》的记载，这一时期写作骚体作品的就有50人，约110题，共计作品300余篇。这些还并不是这一时期骚体创作成绩的全部。

然而从文学发展的规律来看，这种古老的文体已经走向了衰落。这主要取决于以下三个方面的原因：首先，它的文学风貌已趋于定型了，其表现题材亦受到一定限制，所以即使新创作的骚体作品，也给人一种拟古的似曾相识的感觉；其二，它早已褪去了南方歌谣的地域特色，成为古代文学中一种特殊的文体；其三，从抒情功能说，骚体文学受到诗与赋两方面的夹击，作为自然的趋势，它也就被诗赋逐渐地融合与替代了。

以下略举数例说明这一时期骚体文学的概况。

宋代文同《超然台辞》描写的是仲春时节作者登上超然台的联想，赋中，作者骋目远望，俯视九州，仿佛看到了下面的形象：

> 有美一人兮在东方，
> 去日久兮不能忘。
> 凛而洁兮岁而长，
> 服忠信兮被文章，
> 中飚飚兮外琅琅。
> 兰为襟兮桂为裳，
> 俨若植兮奉圭璋。
> 戢光耀兮秘芬芳，
> 贾世用兮斯卷藏。
> 游物外兮肆猖狂，

> 余将从之兮遥相望，

这位"有美一人"显然是作者心中理想人格的具象化。他节义凛然、品质高洁，像屈原一样头戴高冠，身佩长剑；忠信、文章是他的服饰，兰桂香草点缀他的衣襟；他的内心耿介光明，行为符合礼仪；他不追求世俗的荣华，而肆意逍遥于物外。这位美人的形象其实是用各种概念整合起来的，有道气而无激情。

明人李攀龙摹拟《秋风辞》曰：

> 秋风萧萧兮白云晶晶，
> 草木黄落兮鸿雁于征。
> 兰可佩兮菊可餐，
> 遗佳人兮汾之干。
> 挟飞龙兮下中流，
> 横大波兮放远游。
> 灵偃蹇兮瞖日来，
> 憺容与兮纷徘徊，
> 顾帝京兮何壮哉！

作品摹拟的辞藻整饬，若有壮采，然而汉武帝原辞的真情与自然却消失了，所以不能说是成功之作。

明清之际，王夫之有《祓禊赋》曰：

> 谓今日兮令辰,
> 翔芳皋兮兰津。
> 羌有事兮江干,
> 畴凭兹兮不欢。
> 思芳春兮迢遥,
> 谁与娱兮今朝?
> 意不属兮情不生,
> 予踌躇兮倚空山而萧清。
> 阒山中兮无人,
> 蹇谁将兮望春?

作者写作这篇作品时,正避难于深山之中。赋中抒写内心的孤单与忧伤,并盼望芳春的来临,情感真实,意蕴深长。然而寄托太过遥深,一般的读者难以体会到其中的精妙与深邃。

骚体文学虽然衰落了,《楚辞》的文学传统与艺术精神,却在中国古代文学中获得了永生。

2.《楚辞》与赋

关于汉赋的形成,前人有过许多的论述。从大的方面说,汉赋与《诗经》的传统、战国诸子的文风以及纵横家排比论辩的气势都不无关系,然而其最重要、最直接的渊源是"楚辞"。可以说，赋是从"楚辞"中生长出来的一种文体，其蕴涵的文学精神、所呈现的艺术风貌以及它的题材类型又都与"楚辞"有着不可分割的联系。

（1）赋体出于"楚辞"

赋体出于"楚辞"。这里所说的"楚辞"，是指在战国时代以屈原为代表的新的文学体式，也指《楚辞》结集之前流传于世的屈原、宋玉等人的辞赋作品。

"赋"字的本义，是吟诵、咏读的意思。《国语·周语》上记载：天子处理政务，要让公卿至于列士献诗，盲乐官献上乐曲，史官献上典籍，少师献上箴言，再让盲艺人吟咏讽谏之诗（即瞍赋、矇诵）。所以《汉书·艺文志》中有"不歌而诵谓之赋"的说法。《诗经》中的作品一般篇制短小，又多重章叠韵，可以配上音乐歌唱。而屈原的作品篇幅较宏大，结构复杂，除了少数作品（如《九歌》），要配乐歌唱不是容易的事情。然而，屈原的作品却适于被吟诵，因此，汉代人称其为"屈原赋"。可见，"赋"最初是指用特定的声调、讲求节奏与韵律以吟诵作品的方法，后来逐渐代指这种适于吟诵的文体。

这种难以歌唱却适于吟诵的文体又称为"诵"。在《楚辞》中，屈原称自己的作品为"诵"，《抽思》中说"道思作颂，聊以自救兮"（"颂"通"诵"），便是明证。宋玉也曾经称之为"诵",《九辩》中说"自压按而学诵"亦为明证。"诵"与"赋"意思相近,可以相通。大约从宋玉开始,较为固定地称自己的作品为"赋"。昭明太子《文选》所收录的作品中,就有题名为宋玉作的《风赋》《高唐赋》《神女赋》。汉代人沿用这种称谓,并将这一文体的创作推向十分兴盛的境地,于是就形成了赋体。

汉赋直接继承"楚辞"而来的又一个证据在于其句型方面。这里主要体现在两点:一是全部或大部是运用骚体句的作品,通常称之为"骚体赋",这在前面"骚体文学"部分已经作了论述;二是大量运用散句的"散体赋","散体赋"最初是"诵"的变体,后来却成了"赋"的正格。然而"散体赋"在抒发情感或描写自然景物时,经常顺手插入一些骚体句以增强文章的流动美,如枚乘《七发》在铺述琴声之美时,就插入了一段楚歌:

> 麦秀蕲兮雉朝飞,
> 向虚壑兮背槁槐,
> 依绝区兮临回溪!

又在描绘广陵八月潮时,用一长串骚体句抒发情感,增强气势,其词曰:

> 怳兮忽兮,聊兮栗兮,混汩汩兮,
> 忽兮慌兮,俶兮傥兮,

> 浩汙溁兮，慌旷旷兮。
> 秉意乎南山，通望乎东海。
> 虹洞兮苍天，极虑乎崖涘。
> ……
> 汩乘流而下降兮，或不知其所止。
> 或纷纭其流折兮，忽缪往而不来。
> 临朱汜而远逝兮，中虚烦而益怠。
> 莫离散而发曙兮，内存心而自持。

张衡《南都赋》中描绘了暮春时节青年男女在郊野游玩歌舞的场面，并且在这段描述中插入了骚体句：

> 于是齐僮唱兮列赵女，
> 坐南歌兮起郑舞，
> 白鹤飞兮茧曳绪。

在散体赋中穿插骚体句，后来成为赋家的一种修辞手法，如宋代苏轼的《前赤壁赋》，在写景之后，苏子扣舷而歌：

> 桂棹兮兰桨，
> 击空明兮溯流光。
> 渺渺兮予怀，
> 望美人兮天一方。

这些骚句的插入，使得文势发生了起伏跌宕的变化，更增添了新的意趣，同时也暗示着赋与楚辞之间存在着血脉的联系。

（2）赋心通于"楚辞"

司马相如认为："赋家之心，苞括宇宙，总览人物。"在这一点上，它与"楚辞"是相通的。

"楚辞"不同于"国风"。一般来说，风诗的作者可以是普通的百姓。当人们唱着自己的欢乐、唱着自己的期望、唱着自己的辛酸、唱着自己的愤怒与忧伤时，这些情感因真实而具有动人的力量。"饥者歌其食，劳者歌其事"，"国风"着眼点便在一个"真"字。"楚辞"不同，它所反映的固然有个人的遭遇，然而主导思想是对国家命运的思考，主导情感是忧国忧民的满腔热忱，主要的探求是国家兴盛的途径。可见"国风"是民众的文学，"楚辞"则是士人的文学。从形式上看，"国风"活泼、短小、朴素自然，"楚辞"典雅、瑰丽、惊采绝艳。从内涵上看，"国风"主要表达个人的情感，"楚辞"则蕴涵了关于天地自然、人类历史的广泛信息与深入思考。"赋"与"楚辞"相通，除了文体上的继承关系，最重要的就是这种文心的相通。

一般说来，屈原、宋玉的作品是一种绝对抒情的、个性化的文学，为了抒情的需要常常大笔淋漓、肆意铺陈，上天入地、交游鬼神、浓彩重色、夸张声情，结构宏伟且变化纷纭。汉赋大体上继承了这一特色，从枚乘的《七发》到司马相如的《子虚赋》《上林赋》，其结构规模之宏大，气势奔走之雄健，场面描写之壮观，正与其文心广大的艺术构思相得益彰。

（3）"赋"之题材与"楚辞"

在"赋"的创作中，有一种值得注意的倾向，这就是题材的因袭性与创作的类型化。"赋"的主要题材似乎是约定俗成了的，构思的方法也多有可循之规。作者可以从中寄托自己的情感，或者点缀一些声色、增减一些描写的场面，但是题材与基本构思常常没有大的改变。这就是赋体创作的类型化倾向。这种类型化是源于对前代文学作品的模仿所致。由于"楚辞"提供了最典丽优雅的摹写榜样，所以"赋"的题材与描写手法有许多是从"楚辞"发展而来的。清代刘熙载在《艺概》中提到：枚乘的《七发》源自《招魂》，司马相如的《大人赋》源自《远游》《长门赋》源自《山鬼》，王粲《登楼赋》源自《哀郢》，曹植《洛神赋》源自《湘君》《湘夫人》。这些虽然并不完全准确，但是值得发人深思。

大体而言，抒发士人失志牢骚之赋受《离骚》及《九章》诸篇的影响很大。其中篇制较大者，多数是模仿《离骚》;篇制较小者,则效仿《九章》中的《涉江》《怀沙》诸篇。又有一类专门表现士人失志的抒情小赋,如董仲舒的《士不遇赋》、司马迁的《悲士不遇赋》、扬雄的《逐贫赋》、赵壹的《刺世嫉邪赋》等,这类小赋继承了"楚辞"的批判精神,对于现实之正邪颠倒、贤愚不分的现象采取嘲讽与抨击的态度,因而受到后人的喜爱。

美人之赋(其中多有写人神恋爱之作)肇端于《离骚》求女的情节以及《九歌》中的相关描写,宋玉有《高唐赋》《神女赋》,张衡有《定情赋》,曹植有《洛神赋》,阮籍有《清思赋》,陶潜有《闲情赋》,江淹有《水上神女赋》等。这一类作品多写男女思慕、阻隔、遇合之事,其中或写爱情,或寓寄托,不能一概而论。

描写城市宫殿苑囿之美、游乐之盛的赋肇端于《招魂》《大招》中的有关描写,司马相如有《子虚赋》《上林赋》,班固有《两都赋》,扬雄有《甘泉赋》,张衡有《二京赋》,王延寿有《鲁灵光殿赋》,何晏有《景福殿赋》,左思有《三都赋》等。这类作品都极力夸张宫殿建筑的巍峨,尽力描写其华美的装饰,展现其壮丽的外观与飞动的气势,是赋中最具代表性的作品。

咏物之赋则源自《橘颂》。后世咏植物者有傅玄的《李赋》《桃赋》,鲍照的《芙蓉赋》,江淹的《莲花赋》《金灯草赋》等;描写动物者有祢衡的《鹦鹉赋》,张华的《鹪鹅赋》、阮籍的《鸠赋》、颜延年的《赭白马赋》、鲍照的《舞鹤赋》等。这些作品都各有所寄托。

描写自然物色、借景抒情的赋,大都受到《九辩》的影响。这一类的作品,有题名宋玉的《风赋》、潘岳的《秋兴赋》、谢惠连的《雪赋》、谢庄的《月赋》、欧阳修的《秋声赋》等。这一类的赋中,多有脍炙人口的名篇。

"楚辞"对赋体的影响已经大体如上所述。郑振铎《屈原作品在中国文学上的影响》一文中曾经说道:"这些大赋和小赋,格调虽然是套用了屈原的,但其所叙写的、所表现的、所蕴蓄的内容与情绪,已经不是屈原的同调了。他们另外走上一条道路,这条道路未必是很宽敞的,但还走得通,走得很远。他们记录了他们那个时代的生活,也抒写了他们自己的情感和所要说的话,甚至在恣意地呈现出他们的绝代才华和广博的知识,在极力地施展出他们的优美的写作的技巧。这些由附庸蔚为大国的赋,是有其好的、而且是有用的一面的。"这种评价,应该说是公允的了。

3.《楚辞》与诗歌

在中国文学史上,"楚辞"被认为是一种新诗体,屈原被认为是伟大的爱国诗人。《楚辞》开辟了诗歌创作的新时代,成为我国诗歌史上与《诗经》并峙的一座诗的丰碑,这一点应该是毫无疑问的。

《楚辞》与诗歌有着血脉相承、不可分割的联系，这可以从以下几个方面来看：首先，《楚辞》打破了《诗经》以四言为主、重章叠韵的体式，为诗歌的发展开辟了广阔的道路；其次，《楚辞》丰富了诗歌的题材，拓展了诗歌的表现领域，例如招隐诗、游仙诗是直接从《楚辞》中孕育出来的，政治咏怀诗受《楚辞》的影响也很大；最为重要的是，《楚辞》在诗坛开创了一种文学传统，被今人称为"浪漫主义"诗风的一派，无一例外地从《楚辞》中汲取精神与艺术的滋养，成了它的"苗裔"。

（1）五七言诗的产生

《诗经》的篇章以四言为主。这种形式适应了当时的文学需要，促成了诗坛的空前繁荣。当时的人们用四言记事、抒情、状物，将目中所见、心中所思、手下所做的事情一一歌唱出来，留下了许多优秀的篇章。但是四字一句的形式较为单一，容易流于平整，乃至失于板滞，所以屈原的作品出现以后，四言诗的主导格局便完全被打破了。屈原的作品开创了一种句式富于变化、长短参差不齐的新格式，完成了我国诗体的第一次大解放。据当今学者的研究考证，《离骚》及《九章》中的大部分诗篇，若将"兮"字不计算，基本是六言诗，而掺杂有纯粹的五言句、七言句及带"兮"字的八言、九言、十言等句式。《九歌》中的大部分诗篇,若不计"兮"字,基本上是五言诗,而掺杂有带"兮"字的七言、八言句式。这就是说,屈原的作品之中已经孕育了后世五言诗、七言诗的胚胎。

《诗经》中的七言句,如《邶风·式微》"式微式微胡不归"、《王风·黍离》"知我者谓我心忧"等,仅有十多句,所占比例极少。而《楚辞》中,这种七言句式则不胜枚举、连篇成章了。《离骚》中写道:

> 步余马于兰皋兮,
> 驰椒丘且焉止息。
> 进不入以离尤兮,
> 退将复修吾初服。

《少司命》中写道:

> 入不言兮出不辞,
> 乘回风兮载云旗。
> 悲莫悲兮生别离,
> 乐莫乐兮新相知。

还有一种七言与六言交互穿插的情况,例子就更多了。如《离骚》中写道:

> 览相观于四极兮,
> 周流乎天余乃下。

> 望瑶台之偃蹇兮,
> 见有娀之佚女。

又如:

> 朝饮木兰之坠露兮,
> 夕餐秋菊之落英。
> ……
> 虽不周于今之人兮,
> 愿依彭咸之遗则。

《涉江》中有:

> 余将董道而不豫兮,
> 固将重昏而终身!

《九辩》之五中有:

> 凫雁皆唼夫梁藻兮,
> 凤愈飘翔而高举。

只要将两句之间的"兮"字省去,它们也就成为七字句。正是《楚辞》中大量七字句的存在,为七言诗的产生准备了条件。

五言诗的产生也大体上是这样的。《九歌》中已有不少的五言句,如以下诗句:

《湘君》中有:

  桂櫂兮兰枻，斲冰兮积雪。

  ……

  石濑兮浅浅，飞龙兮翩翩。

《湘夫人》中有：

  芷葺兮荷屋，缭之兮杜衡。

《少司命》中有：

  秋兰兮麋芜，罗生兮堂下。

又如《河伯》的首尾两段，如果将其中的"兮"字省略，就成了下面的形式：

  与女游九河，冲风起横波。
  乘水车荷盖，驾两龙骖螭。

  子交手东行，送美人南浦。
  波滔滔来迎，鱼隣隣媵予。

这种情况距离成熟的五言诗还相距甚远，然而《楚辞》中这种句式的大量存在，却为新诗体的产生积累了材料，准备了必要的条件。

  （2）游仙与招隐诗

  《楚辞》中有关乘龙驭凤、凌空飞升、交游神人的描写孕育了后世的游仙诗。

屈原的作品最早用文学的笔触，勾勒了凡人心目中那个无限神秘而又美好的神仙世界，描写了白日飞升空与神仙交游的浪漫旅行，这就为后世垂示了一个永恒的范例，使屈原成为游仙诗之祖。《离骚》中描写道：

> 为余驾飞龙兮，
> 杂瑶象以为车。

又描写道：

> 驾八龙之婉婉兮，
> 载云旗之委蛇。

这种驾飞龙、载云旗的空中遨游，是以前的文学作品中从未有过的；而这种遨游场面之盛大、声势之显赫、空间之广阔、情节之奇幻，又都是常人难以想象的。尤其是与神人同登仙山，共游仙境，更令人羡慕不已。《涉江》中描写道：

> 驾青虬兮骖白螭，
> 吾与重华游兮瑶之圃。
> 登昆仑兮食玉英，
> 与天地兮同寿，
> 与日月兮同光。

《远游》则开门见山地说，由于现实的压迫，使得自己希

望离开人世,去与神仙交游。它写道:

> 悲时俗之迫阨兮,
> 愿轻举而远游。
> ……
> 轩辕不可攀援兮,
> 吾将从王乔而娱戏!

这种游仙的想象抒发的是慷慨悲放的声音。魏晋的游仙诗,几乎都是继承了《楚辞》的这种思路。简而言之,首先由于世俗的压迫而想象出世飞升,然后在飞升中得遇神仙并与之交游,最后脱去凡骨,成为仙人,从而永远过上那种自由自在、逍遥适意的生活。魏晋游仙诗构思的思路大体如此,如曹植《远游篇》写道:

> 远游临四海,俯仰观洪波。
> ……
> 仙人翔其隅,玉女戏其阿。
> 琼蕊可疗饥,仰首吸朝霞。
> 昆仑本吾宅,中州非我家。
> 将归谒东父,一举超流沙。
> 鼓翼舞时风,长啸激清歌。
> 金石固易弊,日月同光华。
> 齐年与天地,万乘安足多!

曹植《游仙诗》写道：

> 人生不满百，戚戚少欢娱。
> 意欲奋六翮，排雾陵紫虚。
> 蝉蜕同松乔，翻迹登鼎湖。
> 翱翔九天上，骋辔远行游。
> 东观扶桑曜，西临弱水流。
> 北极登玄渚，南翔陟丹丘。

郭璞《游仙诗》则描写道：

> 翡翠戏兰苕，容色更相鲜。
> 绿萝结高林，蒙笼盖一山。
> 中有冥寂士，静啸抚清弦。
> 放情陵霄外，嚼蕊挹飞泉。
> 赤松临上游，驾鸿乘紫烟。
> 左挹浮丘袖，右拍洪崖肩。
> 借问蜉蝣辈，宁知龟鹤年？

上述三诗中的主人公都能飞升，得以翱翔空中。他们脱去凡骨（"蝉蜕"）后，餐琼蕊，饮朝霞，与赤松子、浮丘公、洪崖等仙人一起游玩。这里有三种对照的关系：一是神仙世界的广阔与人间的逼仄相对照，二是神仙生活的适意与人间生活的苦闷相对照，三是神仙生命的永恒与人生的短暂易逝相对照。神仙世界愈广阔、自由、美好，便愈突显出人间的狭窄、猥琐与黯淡。这是魏晋游仙诗的文学追求，与《楚辞》的精神相通。

《楚辞》中有淮南小山所作之《招隐士》一诗，描写山中景物荒凉、环境险恶的状况，以招唤隐士出山，回到人间来。晋代人多有以《招隐诗》为题的作品。这些作品有的继承淮南小山《招隐士》的思路，招隐士归来，如闾丘冲《招隐诗》写道：

> 大道旷且夷，蹊路安足寻？
> 经世有险易，隐显自存心。
> 嗟哉岩岫士，归来从所钦！

诗的大意说：世上的道路平坦又安全，为什么要到山中经历危险呢？再说或显或隐全在于个人的心情，何必要去深山岩岫间呢？这是一种思路。也有的作品与淮南小山的命意恰巧相反，是批判世俗、赞美隐逸的，如左思《招隐诗》二首第一首描写道：

> 杖策招隐士，荒途横古今。
> 岩穴无结构，丘中有鸣琴。
> 白云停阴冈，丹葩曜阳林。
> 石泉漱琼瑶，纤鳞或浮沉。
> 非必丝与竹，山水有清音。

>　何事待啸歌，灌木自悲吟。
>　秋菊兼餱粮，幽兰间重襟。
>　踌躇足力烦，聊欲投吾簪。

请看：山中有飘动的白云、红色的野花，有清澄的泉水与时浮时沉的小鱼。微风吹拂而过的时候，山水林木都发出和谐悦耳的声音。清秋时节，还可以餐秋菊、佩幽兰。如此美好的景物，还不值得去隐逸、逍遥其间吗？

陆机在《招隐诗》中描写隐士的生活道：

>　明发心不夷，振衣聊踟蹰。
>　踟蹰欲安之，幽人在浚谷。
>　朝采南涧藻，夕息西山足。
>　轻条象云构，密叶成翠幄。
>　激楚伫兰林，回芳薄秀木。
>　山溜何泠泠，飞泉漱鸣玉。
>　……
>　富贵苟难图，税驾从所欲。

诗中"朝采"二句描述的是隐士在山中过的纯朴自然的生活。接下去说：古树枝条高耸入云，浓密的树叶就像青翠的幄幕一样。当清风吹过时，兰草的芳香便传播在林木之间了。还有那从山岭高处落下的晶莹泉水，发出一连串清脆的声响……这种山中隐逸的生活，实在令人向往。

唐代王维《山居秋暝》诗写道：

> 空山新雨后，天气晚来秋。
> 明月松间照，清泉石上流。
> 竹喧归浣女，莲动下渔舟。
> 随意春芳歇，王孙自可留！

诗中大意说：一场新雨过后，山中景象澄净空明，秋天的景色是很美好的。放眼望去，有明月照着青松，有清泉从石上流过，还有竹林里浣纱女的欢声笑语，荷叶中，渔舟顺流而下。山中景物如此，王孙为什么不留下来呢？这末二句，就是针对淮南小山《招隐士》所说"王孙兮归来，山中兮不可以久留"而发的。

可见，招隐诗一族与《楚辞》也有着密切的关系。

（3）浪漫诗风之祖

明代蒋羣说过："诗文不从《楚辞》出者，纵传弗贵；能于《楚辞》出者，愈玩愈佳。"

蒋氏之所以这样说，大约是因为《楚辞》不仅有着对现实的执着关怀，更贯穿了一种浪漫的精神，引导人们超越鄙近，生发想象，时间愈久，愈能得到心灵的陶冶与美的享受。

《楚辞》对后世诗风的影响表现为相互关联的两个方面：一是执着地关怀着社会与民众，生死不渝地为之思虑、焦灼，这是作品内在精神层面的体现；二是超越个人生存的境况，突破一切有形无形的窒碍与束缚，挥动想象的翅膀在无边的精神王国中翱翔，这是文学形态上的。所以历代诗人都奉《楚辞》为圭臬，从中汲取精神的力量与文学的智慧。

下面以阮籍、李白、龚自珍为例，略说《楚辞》对后代诗风的影响。

阮籍是正始诗坛的旗手，他一生留下来的诗歌创作，只有大型组诗《咏怀诗》。《咏怀诗》的风貌在有些方面近似于《楚辞》。明人陈祚明曾在《采菽堂古诗选》卷八中评价说：

> 嗣宗《咏怀诗》，如白首狂夫，歌哭道中，辄向黄河乱流欲渡，彼自有所以伤心之故，不可为他人言。

> 阮公《咏怀》，神至之笔。观其抒写，直取自然。……错出繁称，辞多悠谬。……悲在衷心，乃成楚调。……公诗自学《离骚》，而后人以为类《十九首》耳。

清人沈德潜在《古诗源》卷六中评价说：

> 阮公咏怀，反复零乱，兴寄无端。和愉哀怨，杂集于中，令读者莫求归趣。此其为阮公之诗也。……其原自《离骚》来。

这就是阮籍《咏怀诗》的特色：初读之时觉得它反复无端，不知道诗人的意旨何在，甚至给人前后矛盾、反复零乱的感觉，然而这正是作者内心深沉的悲伤与忧患的自然流露。陈祚明认为这是学习《离骚》的表现，此说值得重视。当然阮籍不同于屈原，《咏怀诗》与《离骚》的差别甚为明显：《离骚》所发出的是激昂慷慨的呼吁，《咏怀诗》所抒发的却是遭受压抑、隐约难言的悲伤情怀。然而在这种形迹差异的背后，我们仍然不难感受到二者精神气息的相通之处。

在李白的诗歌中，使人强烈感受到的是一种澎湃跌宕的激情，以及这种情感四处奔突、遇物激荡、穿透而出的随意挥洒。生命的情感、良知与物冲突，随物赋形，加上诗人的妙思裁剪，一点一滴都凝聚、升华为不朽的诗章。它又像一团火焰，迎风燃烧着自己，直到生命完全熄灭。李白这种激情的表现与屈原十分相像。当人们读着李白的"白骨成丘山，苍生竟何罪"（《经乱离后天恩流夜郎忆旧游书怀赠江夏韦太守良宰》）、"苍生疑落叶，白骨空相吊"（《经乱后将避地剡中留赠崔宣城》），就仿佛读着屈原的"皇天之不纯命兮，何百姓之震愆"（《哀郢》）；当读着李白的"安能摧眉折腰事权贵，使我不得开心颜"（《梦游天姥吟留别》），就仿佛读着屈原的"吾不能变心而从俗兮，固将愁苦而终穷"(《涉江》);当读着李白的"我本不弃世,世人自弃我"(《送蔡山人》),就仿佛读着屈原的"户服艾以盈要兮,谓幽兰其不可佩"(《离骚》)。在安史之乱中,李白创作的《古风》(其十九)写道:

> 西上莲花山,迢迢见明星。
> 素手把芙蓉,虚步蹑太清。
> 霓裳曳广带,飘拂升天行。
> 邀我登云台,高揖卫叔卿。
> 恍恍与之去,驾鸿凌紫冥。
> 俯视洛阳川,茫茫走胡兵。
> 流血涂野草,豺狼尽冠缨。

这首诗可能是安史叛军攻陷洛阳城后所作。诗中"胡兵"是指安禄山的反叛军队,"豺狼"则指安禄山麾下的叛臣。诗的大意说:正当诗人在想象中登上西岳华山的莲花峰,与明星玉女、仙人卫叔卿同游太空时,他俯视人寰,看到洛阳一带生灵涂炭、血流遍野,安禄山的叛军逆臣正在肆意逞其凶残。诗章至此戛然而止,达到此时无声胜有声的艺术效果。正像胡国瑞先生所阐说的那样:"这首诗既抒发了诗人企图翱翔太空的自由遐想,也表示了他对血淋淋的现实的关切。正如屈原在《离骚》末端所表现的,既想超脱现实,而又难于忘怀现实,诗中既有具体的现实社会

生活的图景,也有诗人想象中的非现实的生活幻象。"(《诗词赋散论》)

清代的龚自珍或可被视为又一个"屈原",又一个"李白",这样说也许并不贴切,因为毕竟时代不同了,人性的文化内涵随着历史的发展而不停地演化着作为诗人,他们的文学表现与成就各有特色,然而在龚自珍的诗歌中,的确可以感受到屈原、李白浪漫诗风对其的影响。

龚自珍的诗富于情感、饱含学识,是从人生本源处流出的诗,是不事沿袭、独辟境界的诗,是用学识充实内在力度、用情感与想象丰富外在风貌的诗。就像程金凤在《己亥杂诗》跋语中所说:

> 若其声情沉烈,恻悱道上,如万玉哀鸣,世鲜知之。抑人抱不世之奇材与不世之奇情,及其为诗,情赴乎词,而声自异,要亦可言者也。至于变化从心,倏忽万匠,光景在目,欲捉已逝,无所不有,所过如扫,物之至也无方,而与之为无方,此其妙明在心,世乌从知之?

这段话的意思说,龚自珍的文辞瑰丽,声调激烈,是可以言说的。至于悟性与情感的变化,以及在诗歌中的丰富表现,那是要靠心识去印证的,世俗之人怎么能得知呢?

龚自珍曾经评价李白说:"庄、屈实二,不可以并,并之以为心,自白始。"这是对李白诗风的揭示,也可以视为龚自珍对自我诗风的一个暗示。

继承《楚辞》浪漫诗风的诗人不仅有瑰伟的文辞与丰富的想象,更具有活泼的生命力与独立的人格。从这一意义上说,屈原、李白、龚自珍等人,又是不可以用通常的"诗人"去看待的。

4.《楚辞》与散文

《楚辞》是一种韵文,它影响到诗赋是很自然的事情,何以又影响及于散文呢?这可以从以下几个方面来说明:一是古代韵文与散文的界限不像今天这样严格,《楚辞》中包含着散文的某些元素;二是由《楚辞》所开创的某些写法为散文创作所汲取,如设置问对,谋篇构思等;三是以骚句入散文,成为古代散文创作中一个突出现象,值得重视。

(1)《楚辞》与散文相通

《楚辞》除了用韵之外,其体式本身还带有某些散文的成分。比如,它的句式比较活泼,有时长短不齐,相对于四言诗而言就有一些散文化的倾向。它的结构不是国风式的重章叠韵,而是行云流水般地抒发胸臆,安排辞章,与散文的谋篇布局也是相通的。它的内涵又比较复杂,有抒情又有言志，有论说也有质疑，突破了传统的诗体而可与散文相接，所以前人有时便将《楚辞》放进文章中一并论说。

明人何孟春曾经说过：

> 左氏之文，以葩而奇；庄子之文，以玄而奇；屈原之文，以幽而奇；国策之文，以雄而奇；太史公之文，以愤而奇；班孟坚之文，以整而奇。

将"屈原之文"与《左传》《庄子》《战国策》《史记》《汉书》并论，用"以幽而奇"概括屈原作品的特色，虽然并不十分准确，亦可备一说。

清人刘熙载在《艺概·文概》中有两则论述：

> 文如云龙雾豹，出没隐现，变化无方，此庄、骚、太史所同。

> 《庄子》是跳过法，《离骚》是回抱法，《国策》是独辟法，《左传》《史记》是两寄法。

这里谈的是文章写作的方法:《庄子》《楚辞》与《史记》的相同之处是文章意脉出没隐现，变化无方；不同之处是《庄子》用"跳过法"（超越论题），《楚辞》用"回抱法"（反复陈述），《战国策》用"独辟法"（独力开辟，自作议论），《左传》《史记》用"两寄法"（夹叙夹议，有所寄托）。

《艺概·文概》谈到《楚辞》的影响时又说:"学《离骚》得其情者为太史公,得其辞者为司马长卿。……离形得似,当以史公为尚。"此说认为司马迁《史记》继承了《离骚》的精神、情调,这是深入独到的真知灼见。鲁迅后来称《史记》为"无韵之《离骚》"(《汉文学史纲要》),便是继承此说而来。

唐代柳宗元《答韦中立论师道书》中谈到散文写作时说:

> 参之谷梁氏以厉其气,参之孟、荀以畅其支,参之庄、老以肆其端,参之《国语》以博其趣,参之《离骚》以致其幽,参之太史公以著其洁。

这段话的意思是说:要学习好文章的写作,就要参读《谷梁传》以磨砺文气,参读《孟子》《荀子》以使文理畅达,参读《老子》《庄子》以使文思飞动,参读《国语》以使情趣丰茂,参读《楚辞》以使文章情致幽深,参读《史记》以使文章更加精练、简洁。

可知《楚辞》与散文创作有其可通之处。

(2)问对、牢骚之文

《楚辞》中的《卜居》《渔父》是两篇富有特色的作品,它们记述的是一问一答的对话。这种以对话为文的方式,可以将对话的场面、神色、语调、口吻都惟妙惟肖地表现出来，比较起那种平面阐述意见的文章，显得更加活泼有趣，也更亲切感人，所以后世类似的文字层出不穷；又因为这种文章中的问答多是假设的，不一定实有其事，作者可以随心所欲地加以发挥，所以《文选》中专门设了"对问""设论"这类文体。刘勰《文心雕龙·杂文》中将这类文章归为"杂文"。这类文章中，专门有一种是抒发内心牢骚的文字，简称曰"牢骚之文"。其中的名篇，当数东方朔《答客难》、扬雄《解嘲》、韩愈《进学解》、柳宗元《愚溪对》等。

东方朔的《答客难》是回答客人的责难。有客人问东方朔说：像苏秦、张仪那样的人能处身于卿相的高位，恩泽及于后世；而你终生讽诵诗书、百家之言，一辈子好学乐道，却"官不过侍郎，位不过执戟"，这是为什么呢？东方朔听了客人的这一番话，喟然长叹，向客人讲了一番道理，最后归结说：时代不同了，士人不遇其时，还是只管修身守道好了，至于官位与财富，就不必计较了。

扬雄的《解嘲》在结构上模仿《答客难》，但是作者对于世俗的嘲讽却有着不同的回答。作品中用道家的思想批评了人们追逐高官厚爵的欲望，写道：

> 且吾闻之：炎炎者灭，隆隆者绝。观雷观火，为盈为实。天收其声，地藏其热。高明之家，鬼瞰其室。

> 攫拿者亡，默默者存。位极者宗危，自守者身全。是故知玄知默，守道之极。爱清爱静，游神之庭。惟寂惟漠，守德之宅。……今子乃以鸱枭而笑凤皇，执螾蜓而嘲龟龙，不亦病乎？

这段话的大意是说：你看那烈火炎炎，雷声隆隆，能够持久吗？一会儿，那烈火熄灭了，那雷声消散了。追逐名利、处在高位者是要危及宗族子孙的，只有玄默自守、坚持道德修养的人才得以保全。现在你就像猫头鹰嘲笑凤凰、就像蜥蜴嘲笑神龙一样，是不是有毛病呢？在扬雄看来，高官厚爵反而蕴藏着危机，财富多了意味着灾祸将临，还不如甘于寂寞，追求精神道德的完善。

韩愈的《进学解》更富文采，其叙述也更跌宕起伏。"进学解"有二说：一是进入太学所作的解说，二是有关增进学业、品德的辩说。全文共分为三部分。首先是先生教诲学生，要他们勤于学习、善于思考，并说只要你们学业有成，不必担心有司不能公正明察，不必担心不被选拔重用。然后是一个学生反问先生，那位调皮的弟子笑着说：先生您在欺骗我们！弟子我跟随先生已经多年了，要说学业，先生您口不绝吟于六经之文，手不停披于百家之书，先生的学业可谓勤矣！要说思想，先生您排斥异端，反对佛老之说，对于儒家可谓有贡献了。要说文章，先生从上古文字到《诗》《书》《庄》《骚》，哪种没有深入研讨、汲取精华呢？先生的文章算得上内容广博而又文笔奔放不羁了。再说为人，先生一直是明白道理、敢于任事、左右皆宜的，先生的道德人格可谓有成了。然而先生做官动辄得咎，既遭贬逐，又被闲置，妻儿啼饥号寒，做事件件不顺。先生自己尚且如此，怎么能教导别人呢？最后，先生作出回应。工匠用木料，要让长短各得其宜；医师用药，要使各类药物各得其用；宰相用人，也要"惟器是适"。孟子、荀子都是圣贤，然而一个"卒老于行"，一个"废死兰陵"。至于先生我自己，学业虽勤却不遵传统，立言虽多却不得其中，文章虽妙却于世无用，修身虽好却不显于众，能够像现在这样有口饭吃，已经是幸运的了。韩愈的《进学解》就是这样一篇寓庄于谐、反话正说的奇文。

柳宗元的《愚溪对》写的是作者与溪神之间的一场假设的问答。事情是这样的：柳宗元被贬逐到永州之后，发现了一条风光幽奇绝美、流水清莹澄澈的山间小溪，名叫"冉溪"。柳宗元认为自己"以愚触罪"，贬来此地，于是将这条小溪改名为"愚溪"。《愚溪对》写的是柳宗元在梦中与溪神的对答之词。先是溪神责问，说自己流水甚清而景色甚美，功可以灌圃畦，力足以载方舟，为什么要改名为"愚溪"，这不是对自己的侮辱吗？柳宗元便回答说：你没有看见"贪泉"吗？有人喝了那里的水后生了贪心，便将那泉水命名为"贪泉"。"贪泉"因为人之贪而得名，你自然也可以因为人之愚而得名。你远离京城三千余里，现在欣赏你、与你相伴而居者是一个被贬黜、遭放逐、受侮辱的愚蠢的人，你怎么可能有一个智慧的名字呢？溪神又问道：你是怎么愚蠢法，以至要让我改名愚溪呢？柳宗元于是又回答说：冰雪满天的严寒时节，别人穿着裘皮袄，我却穿着葛布单衫；盛夏酷暑时节，别人向着凉风，我却朝火边跑；我不知道太行山的险阻，以至折断了车子；我不知道吕梁急流的危险，以至弄翻了船只。我踏着陷阱，顶着木石的攻击，在荆棘中前行，倒在毒蛇堆中却毫不害怕。我不知道个人得失，将官位的进退不放在心上，这就是我愚蠢的大致情况。溪神听罢又想了想，叹息说：唉！你可真够愚蠢了，将我改名"愚溪"真是应该的。

从东方朔的《答客难》到柳宗元的《愚溪对》，可以说都是继承《卜居》《渔父》的思路。孙琮说："屈子泽畔行吟，柳州愚溪问答，千古同慨！"(《山晓阁选唐大家柳柳州全集》评语)这话真算是一语中的。

（3）以骚句入散文

《楚辞》对散文的渗透，还表现在骚体句的运用上。在散文中穿插若干骚体句，主要用于抒情的目的，又可以使文章摇曳多姿，增进文采。阮籍《大人先生传》载大人先生歌曰：

> 天地解兮六和开，
>
> 星辰霄兮日月颓，
>
> 我腾而上将何怀？
>
> 衣弗袭而服美，
>
> 佩弗饰而自章，
>
> 上下徘徊兮谁识吾常？

在《大人先生传》中，这首骚体短歌就像画龙点睛似的，将大人先生超越世俗、崇尚自然的思想与情怀都表达出来了。

李华《吊古战场文》是唐代散文中的名篇。这篇文章以古战场为中心，极力描写战争恐怖的场面，从而抒发了作者的反战情绪与"守在四夷"的理念。文中在描写隆冬严寒时节古战场残酷拼杀的一幕之后写道：

> 鼓衰兮力尽，
>
> 矢竭兮弦绝，
>
> 白刃交兮宝刀折，
>
> 两军蹙兮生死决。

战士们在全力拼杀、矢尽弦绝之后，只有两条路：一是投降，二是战死荒漠。文章接着写道：

降矣哉，终身夷狄；

战矣哉，骨暴沙砾。

鸟无声兮山寂寂，

夜正长兮风淅淅。

魂魄结兮天沉沉，

鬼神聚兮云幂幂。

日光寒兮草短，

月色苦兮霜白。

伤心惨目，有如是耶？

"鼓衰兮力尽"四句是代将士抒怀，它倾诉的是昔时将士悲壮的心声。"鸟无声兮山寂寂"六句描写古战场凄凉恐怖、令人惨不忍睹的情景，表现了作者对阵亡将士的深切同情。这两段骚体句的插入，将写景与抒情糅为一体，增强了作品的表现力与感染力。

明代王守仁的《瘗旅文》也是一篇著名的散文。王守仁，字伯安，学者称为阳明先生。王守仁为人正直，因为得罪了当权的宦官，被贬逐至荒僻的龙场（在今贵州境内）任驿丞。在龙场任职的第三年秋天，他目睹一名自京赴任的吏目（明朝知州所属的官员）及其子、仆三人相继死于途中的悲惨事件。王守仁亲自掩埋了他们的尸体，并写了这篇悼念的文章。文中记述了这一事件的始末，抒发了无

限的哀伤之意,也从中寄托了自己被贬逐的凄苦心境。文中有歌道:

>连峰际天兮,飞鸟不通。
>
>游子怀乡兮,莫知西东。
>
>莫知西东兮,维天则同。
>
>异域殊方兮,环海之中。
>
>达观随寓兮,奚必予官。
>
>魂兮魂兮,无悲以恫!

这首歌的意思是说:尽管这里群山环绕、飞鸟难通,但是仍然属于中国的范围内,因此劝死者随遇而安,不必悲伤。文章最后又写道:

>道旁之冢累累兮,
>
>多中土之流离兮,
>
>相与呼啸而徘徊兮。
>
>餐风饮露,无尔饥兮;
>
>朝友麋鹿,暮猿与栖兮。
>
>尔安尔居兮,无为厉于兹墟兮。

王守仁祈祷死者的亡魂安居于此,与中土流落者的魂魄相伴,与麋鹿猿猴为友,不要化为厉鬼骚扰地方百姓的安宁生活。这就使文章在悲痛之中,又增添了一些瑰丽的想象。

在散文中插入骚体句,是文章家惯用的技法。以上所举,只是其中的几例而已。

5.《楚辞》与戏剧

戏剧是一种综合性的表演艺术。《楚辞》与戏剧的关系,主要表现在两个方面:一是《九歌》中包含了戏剧的某些元素,二是《楚辞》中的人物故事在戏剧文学中得到了广泛的表现。

(1)《九歌》:一部古代的诗剧

《九歌》是迎神、娱神的歌舞乐章,就其文学的意义说则是一部先秦的诗剧。《诗经》中的"三颂"与《楚辞》中的《九歌》包含着戏曲的成分,是很显明的事实。《九歌》中的"灵",就是扮演神灵的巫师。《九歌》中有音乐、舞蹈、动作,有诗歌的独唱、对唱与合唱,又有一定的情节故事,所以它是一部载歌载舞的诗剧。王国维《宋元戏曲考·上古至五代之戏剧》中说:"至于浴兰沐芳,华衣若英,衣服之丽也;缓节安歌,竽瑟浩倡,歌舞之盛也;乘风载云之词,生别新知之语,荒淫之意也。是则灵之为职,或偃蹇以象神,或婆娑以乐神,盖后世戏剧之萌芽,已有存焉者矣。"刘永济《屈赋音注详解》中论述说:"《九歌》为赋巫迎神之事,而文辞多虚构者。所赋之事,不必纯是客观情事，而是通过作者的主观想象而后描绘出者。此与后世戏剧的作法相似。因古者巫觋迎神的时候，有音乐，有歌辞，有舞容，有道具，有观众，且有巫与神交接的情节，颇同戏剧。"闻一多曾有一个研究《九歌》的纲目，其中便有"戏剧的《九歌》"与"拟定《九歌》剧本"两项。闻一多谈及《离骚》时，也曾说过：

> 每逢我读到这篇奇文，总仿佛看见一个粉墨登场的神采奕奕、潇洒出尘的美男子，扮演着一个什么名正则、字灵均的"神仙中人"说话，（毋宁是唱歌。）但说着说着，优伶丢掉了他剧中人的身分，说出自己的心事来。于是个人的身世，国家的命运，变成哀怨和愤怒，火浆似的喷向听众，炙灼着，燃烧着千百人的心。

上述学者们的阐述的确道出了《楚辞》与戏剧之间的内在联系。

(2) 历代屈原戏浏览

屈原的事迹一直为历代艺人所熟知。据《朝野佥载》记载：唐太宗时，宫中乐伎高崔嵬善于调笑。太宗曾经命令人将他的头按进水中，高崔嵬出水后便大笑。太宗问他笑什么，他回答说："我刚才在水中看见了屈原。屈原问道：我所遇的楚怀王是无道之君，只好自沉汨罗；你当今遇到的是圣明之君，怎么也来了呢？"太宗听后大笑，于是赏赐给高崔嵬许多财物。又据《酉阳杂俎·贬误》记载：唐玄宗曾令左右将宫中艺人黄幡绰丢进池水中，黄幡绰从水中出来后，对玄宗说："适才在水中见屈原笑臣。问我遇到圣明君主，为何投水呢？"

宋元至清代，屈原事迹被改编为戏剧作品，更是屡见记载。马晓玲《引商刻羽吊屈原》一文中说：据她所接触到的材料，有关屈原的杂剧、传奇有近20种（包括未完成品），其作者有睢景臣、吴弘道、徐应乾、袁晋、汪柱、顾彩、丁澎、李东琪等；保留下来的作品中，包括郑瑜《汨罗江》（杂剧）、尤侗《读离骚》（杂剧）、周乐清《纫兰佩》（杂剧）、张坚《怀沙记》（传奇）、胡盍朋《汨罗江》（传奇）等。

《汨罗江》的作者郑瑜，字西神，江苏无锡人。该剧结构很特别，它将《离骚》全文分节载入，通过屈原与渔父对饮的场景，一边念《离骚》原文，一边按笛为歌，展现出屈原悲愤至极却故作通脱之状。剧中集唐诗四句云："罢钓归来不系船，江村月落正堪眠。纵然一夜风吹去，只在芦花浅水边。"

《读离骚》的作者尤侗，号悔庵、西堂，是清代有名的戏曲家。《读离骚》是一篇寄寓身世之感、抒发牢骚不平的剧目。全剧四折，正目为"湘累问天呵壁，渔父说客垂纶，巫女朝云感梦，宋子午日招魂。"剧情大体以《天问》

《卜居》内容为第一折,以《九歌》内容为第二折。第三折写洞庭君派遣白龙化作渔父,劝屈原不要自沉,屈原不从,后迎屈原入水府为水仙。第四折写宋玉感巫山神女而入梦,并以招魂、龙船竞渡为全剧的结束。

《纫兰佩》又名《屈大夫魂返汨罗江》。作者周乐清,号文泉,所作戏曲总称《补天石传奇》。剧中写屈原自投汨罗江后,被渔父救活,最后得以借兵友国,会师攻秦,洗雪国耻。胜利之后,屈原被任命为令尹,郑袖被贬入冷宫,子兰被赐自尽,靳尚被乱箭射死,张仪被割舌。楚怀王折宫中之兰,以为屈原佩戴之用。在幻想之中,屈原实现了自己的理想与抱负。

《怀沙记》的作者张坚,号漱石,金陵人。他的戏曲作品有《梦中缘》《梅花簪》《怀沙记》《玉狮坠》,合称"梦梅怀玉",又名《玉燕堂四种曲》。《怀沙记》共有32出,大体上依据史书所记载屈原的事迹,辅以传闻,加以想象,并将《楚辞》内容隐括入剧中,颇费匠心。然而,该剧常将《楚辞》原文点缀入唱词,普通观众难以听懂,剧末又以因果轮回为了结,试图"伸正直之气,褫奸雄之魄",落入概念化的俗套之中。

胡盍朋的《汨罗江》,其构思与前述《纫兰佩》相通。剧末,屈原化身为湘江水仙,与吴江水仙伍子胥巡江,全剧在龙舟竞渡中结束。这也是一部要"把铁案千秋翻到底,赚得你仰天大笑戏阑时"的剧目。

20世纪以来,在戏剧舞台上搬演屈原与《楚辞》故事的作品大量增加,在京剧、越剧、歌舞剧、话剧中都可以看到屈原的身影。《楚辞》已经融入当代戏剧文化之中了。

6.《楚辞》与小说

在我国古代文学中,《楚辞》与小说的关系比较疏远,因为《楚辞》以抒情为主的,而小说则是以叙事为主的。《楚辞》对后世小说的影响不是直接的,而是间接的;不是贯注式的,而是融合式的。简而言之,是一种文学的交汇与渗透。

(1)想象空间之拓展

各种体式的文学作品,如果从人类情感表达与想象空间的角度看,都是可以相通的。当人类的想象世界开拓了新的空间,各种文体都会自然延伸其中,以图发展。当人们心中产生某种情感、意识的活动时,其表达既可能以诗歌的形式呈现,也可能以小说的形式呈现,尽管不同文体的表达方式的侧重面各不相同。

所以,《楚辞》对小说的发展存在一定的影响便是可以理解的了。比如说《离骚》《九歌》中对神的思恋与追求,这对后世人神恋爱小说具有启发作用。《离骚》《远游》中乘云飞升、遨游四方的想象，对后世神话小说中同类描写的影响也是不言而喻的。至于《招魂》中对那些神怪异物的描写，则为后世志怪小说提供了参考借鉴的材料。

作为文学作品，不同的体裁有不同的讲究、不同的规则、不同的风貌，然而其中所显示的人物、包含的情节、甚至某些表现技法也是可以相通的。钱钟书《管锥编》（第二册）论《九歌》的写作技法时说："作者假神或巫之口吻，以抒一己之胸臆。忽合而一，忽分而二，合为吾我，分相尔彼，而隐约参乎神与巫之离坐离立者，又有屈子在，如玉之烟，如剑之气。胥出一口，宛若多身，叙述搬演，杂用并施，其法当类后世之'说话''说书'。"此论切中肯綮，足以发人深思。

（2）题材故事之渗透

屈原的故事在汉代便已广泛流传，在辞赋中反映甚多，晋人王嘉《拾遗记》乃采之入小说。该书卷一〇记洞庭山说：

> 洞庭山浮于水上，其下有金堂数百间，玉女居之。四时闻金石丝竹之声，彻于山顶。楚怀王之时，举群才赋诗于水湄，故云潇湘洞庭之乐，听者令人难老，虽《咸池》《九韶》，不得比焉。……后怀王好进奸雄，

群贤逃越。屈原以忠见斥,隐于沅湘,披蓁茹草,混同禽兽,不交世务,采柏实以合桂膏,用养心神,被王逼逐,乃赴清泠之渊。楚人思慕,谓之水仙。其神游于天河,精灵时降湘浦。楚人为之立祠,汉末犹在。

在《拾遗记》中,屈原已被神化了。他有神仙之术,能"采柏实以合桂膏",死后化身为水仙,既能遨游于天河,又能降临人间。

在唐代沈亚之的《屈原外传》中,屈原的形象进一步幻想化了。一说屈原遭放逐后,耕种于山野间,时值楚国大饥荒,屈原的眼泪落在田中,就长出了洁白如玉的大米;二说屈原作《九歌》,写成《山鬼》篇时,四面山中便发出啾啾的啼啸声,声闻十多里,草木都枯萎而死了;三说屈原完成《天问》之后,"天惨地愁,白昼如夜者三日"。屈原作品之惊天地、泣鬼神的情感内蕴与艺术魅力,借助小说幻想的形式得到了最生动的表现。

有关屈原的各种故事、传说,至今仍然在民间流传不绝。

七 《楚辞》与艺术及民俗

　　楚民族是一个富于艺术气质的民族。与北方民族重视社会伦理、朴拙笃实的理性精神不同，楚民族更加富有炽烈情感、浪漫想象与艺术精神。《楚辞》中展现的是一个充满奇异色彩的巫术、神话与图腾的世界，是表现着神灵崇拜与原始性爱相融合的世界，是火焰与江水相互交织、相互消融的世界。它的风度，既雄健又婉约，既迷狂又冷静，既挚爱生命的享受又追求心灵的超越。《楚辞》开创了一种蕴涵激情而又兴象丰茂的艺术传统，提供了系统的创作经验与技巧。正是这种艺术的经验与传统，对于后世的诗赋艺术以及书法、绘画乃至民间风俗，都产生了深远的影响。

1.《楚辞》与诗赋艺术

《楚辞》对中国各体文学的影响,前文已有所阐述。在艺术手法上,《楚辞》更为后代文学创作树立了一个光辉的范例,所谓"才高者菀其鸿裁,中巧者猎其艳辞,吟讽者衔其山川,童蒙者拾其香草"(《文心雕龙·辨骚》),便说明了《楚辞》艺术对于后代文学影响之深且广。

这种影响首要的表现,是它为后世的诗词歌赋创作提供了一套文学的象征系统。

(1)美人之思

以男女之爱来象征君臣朋友之谊,这一手法是由《楚辞》开创的。《离骚》与《九章》中多次提到"美人"一词。《离骚》中说"惟草木之零落兮,恐美人之迟暮";《抽思》中说"结微情以陈词兮,矫以遗夫美人",又说"与美人抽怨兮,并日夜而无正";《思美人》开篇就说"思美人兮,擥涕而伫眙"。这些地方的"美人"有时是指君主,有时也可能指自己。屈原作品中又多次说到求女之事,叹息没有好的媒人从中联络传情。《离骚》中写道:"众女嫉余之蛾眉兮,谣诼谓余以善淫。"这些都是用男女之间的爱情婚姻来象征君臣遇合之事。总之,在封建时代,臣子得到君主的赏识,就像女子得到男人的喜爱一样,所以臣子思恋君主,又像是在思恋美人(情人)一样。

在今天看来,男女之间的爱情婚姻与君臣、朋友关系是本质不同的两个范畴,但是半为文化的陶冶、半为心理的联想,在古代的文学艺术中它们却被联系在了一起。表面上写的是男女恋爱,实际想说的是君臣遇合,这就叫有寄托。《孟子·万章上》写道:"人少,则慕父母;知好色,则慕少艾;有妻子,则慕妻子;仕则慕君,不得于君则热中。"心中想的是君王或朋友,写在诗赋中就变成了对美人的向往。古人说这是"比兴"(王逸),或者说这是"寓言"(朱熹),今人则多认作是"象征"。

比如下面的几则例子:

> 我所思兮在太山,
> 欲往从之梁父艰,
> 侧身东望涕沾翰。
> 美人赠我金错刀,
> 何以报之英琼瑶。
> 路远莫致倚逍遥,
> 何为怀忧心烦劳?
>
> 张衡《四愁诗》

> 西方有佳人,皎若白日光。
> 被服纤罗衣,左右珮双璜。
> ……

> 飘飖恍惚中，流盼顾我傍。
> 悦怿未交接，晤言用感伤。
>
> 阮籍《咏怀诗》十九
>
> 长相思，在长安。
> ……
> 孤灯不明思欲绝，
> 卷帷望月空长叹，
> 美人如花隔云端。
>
> 李白《长相思》
>
> 渺渺兮予怀，
> 望美人兮天一方。
>
> 苏轼《赤壁赋》

这些作品中的美人、佳人是谁，诗赋作品中虽然没有说明，但的确有几分君王的影子。在皇权时代，士人要想实现政治抱负，通常离不开君王的赏识，因此，又有人委婉地说这种对美人的思慕之情寄托了作者对理想的追求。

美人之思的又一种表现形态是抒写女子盛年难嫁或者婚后遭到冷落、遗弃的悲伤，以寄托作者在政治上、仕途中的失意之感，如下面的几则例子：

> 美女妖且闲，采桑歧路间。
> ……

容华耀朝日,谁不希令颜?

媒氏何所营?玉帛不时安。

佳人慕高义,求贤良独难。

……

盛年处房室,中夜起长叹。

曹植《美女篇》

芳洲之草行欲暮,

桂水之波不可渡。

绝世独立兮,

报君子之一顾。

江淹《去故乡赋》

绝代有佳人,幽居在空谷。

……

摘花不插发,采柏动盈掬。

天寒翠袖薄,日暮倚修竹。

杜甫《佳人》

长门事,准拟佳期又误。

蛾眉曾有人妒。

千金纵买相如赋,

脉脉此情谁诉?

辛弃疾《摸鱼儿》

这些诗词作品中的美女、佳人、蛾眉,都有其象征的意义,所以在她们的不幸背后,就映射着士人的遭遇,在她们爱情、婚姻悲剧的后面,也就复现了一个社会及人生理想的悲剧。

(2)香草之喻

《楚辞》中写到草木的地方甚多。"扈江离与辟芷兮,纫秋兰以为佩",这是用香草(白芷、秋兰)作为妆饰的材料;"杂申椒与菌桂兮,岂维纫夫蕙茝",这是用香草(椒、桂、蕙、茝)隐喻贤臣;"余既滋兰之九畹兮,又树蕙之百亩"四句,是用种植香草(兰蕙、留夷、揭车、杜蘅等)象征培养人才;而"何昔日之草兮,今直为此萧艾也"又是以草木败坏来比喻人才变质;"制芰荷以为衣兮,集芙蓉以为裳",是借穿戴香花美草隐喻道德节操的善美;"朝饮木兰之坠露兮,夕餐秋菊之落英"(以上并出《离骚》)"梼木兰以矫蕙兮,繫申椒以为粮"(《惜诵》),是将芳草的花叶果实作为食物来象征对美好节操的坚守与培养。在《楚辞》中,这样的例子不胜枚举。

概而言之,而芝、兰、荃、荪、菊、芷、蕙、芙蓉、杜蘅、薜荔、女罗、揭车、留夷等,都是香草;橘、桂、椒、松柏、辛夷、木兰等,都是嘉木;蒺、萊、艾、茅、萧、葛等,都是臭草恶木。本来,自然界的草木虽然形态、气味有别,却不具备人间善恶的品质。自从《楚辞》歌颂香草嘉木、贬责臭草恶木以后,这些自然物也都被人格化了,被赋予了善与恶、崇高与卑劣的不同品质。香草嘉木象征着忠正贤能之臣,代表着高尚的道德与节操,是美好事物的化身;而臭草恶木则象征着奸邪、谗佞之臣,代表了卑劣的品质,是丑恶事物的化身。这种赋予自然草木以人的精神品质的艺术手法对于后世文学的影响极为深广。宋代诗人梅尧臣有诗写道:"屈原作离骚,自哀其志穷。愤世嫉邪意,寄在草木虫。"(《答韩三子华韩五持国韩六玉汝见赠述诗》)在《楚辞》的榜样示范作用之下,后世歌颂香草嘉木的诗赋作品层出不穷。以下举出诗词赋作品各一首:

唐代张九龄《感遇诗》写道:

> 兰叶春葳蕤,桂华秋皎洁。
> 欣欣此生意,自尔为佳节。
> 谁知林栖者,闻风坐相悦。
> 草木有本心,何求美人折。

这首诗赞美的是春兰与秋桂。因为有了兰草纷披的、晶莹的绿叶,春天就显得更美好了;因为有了皎洁的桂花,秋天就成了"佳节"。春兰、秋桂都散发出芬芳,这香气随风飘散,引得人们前来赏玩。然而芳香是出自兰桂的本性,兰桂并非为了博得人们的喜爱而有意散发出这种香味的。

这深林中的兰、桂不就是那些禀性皎洁、不求世荣的高士的化身吗?

宋代贺铸咏莲花,调寄《踏莎行》道:

> 杨柳回塘,鸳鸯别浦,
> 绿萍涨断莲舟路。
> 断无蜂蝶慕幽香,
> 红衣脱尽芳心苦。
> 返照迎潮,行云带雨,
> 依依似与骚人语。
> 当年不肯嫁春风,
> 无端却被西风误。

这首词描写的是生长在回塘深处的莲花,没有莲舟相顾,没有蜂蝶来陪伴她的幽香。她在风雨中落尽了红色的花瓣,只剩下一粒苦味的莲心。在落日映照中,她仿佛在向诗人倾诉衷肠:当年不肯嫁给东风(隐喻不肯阿附权势),却在西风中横遭摧残!在这株孤独的莲花身上,不是有着那位沉沦下僚、清高孤苦的词人自己的影子吗?

唐代杨炯《幽兰赋》写道:

> 隰有兰兮兰有枝,
> 赠远别兮交新知。
> 气如兰兮长不改,

> 心若兰兮终不移。

赋中的幽兰，是崇高人格、坚贞品质的体现。无论是远别旧友还是初逢新知，赠以幽兰都是一个美好的象征。

借助草木的风姿与遭遇来寄寓人生理想并抒发身世之慨，这一艺术手法成了后世诗赋创作常见的范式。

（3）意象与神思

从更广泛的意义上说，与上述美人之思、香草之喻结合在一起的，是一个包容广大、情趣荡漾、灵光闪动的意象系统。正是这一个意象系统，托起了《楚辞》神思的翅膀，使得其艺术表现充满瑰丽的色彩、灵动的意趣与蓬勃的生命力。

王逸在《楚辞章句·叙离骚》中概括："善鸟香草，以配忠贞；恶禽臭物，以比谗佞；灵修美人，以媲于君；宓妃佚女，以譬贤臣；虬龙鸾凤，以托君子；飘风云霓，以为小人。其词温而雅，其义皎而朗。"

《楚辞》中善鸟瑞兽类的意象，如下列的句子：

> 乘骐骥以驰骋兮，
> 来吾道夫先路！
> ……
>
> 驷玉虬以桀鹥兮，

  溘埃风余上征。

  ……

  吾令凤鸟飞腾兮,
  继之以日夜!

《离骚》

  驾青虬兮骖白螭,
  吾与重华游兮瑶之圃。

《涉江》

这里的骐骥(千里马)、玉虬(无角的龙)、鹥(有五彩纹的凤凰)、白螭(无角的白龙)都是祥瑞的鸟兽,它们不仅富有神力,而且有美好的形态与善良的品质。

  《楚辞》中另有一类动物的意象与之相反,如下面的句子:

  吾令鸩为媒兮,
  鸩告余以不好。
  雄鸠之鸣逝兮,
  余犹恶其佻巧。

《离骚》

  燕雀乌鹊,
  巢堂坛兮。

《涉江》

邑犬之群吠兮，

吠所怪也。

《怀沙》

这里的鸩鸟、雄鸠、燕雀、乌鹊、犬都是不祥的鸟兽。王逸《楚辞章句》注释说：鸩鸟"其性谗贼"，雄鸠"其性轻佻巧利"，燕雀乌鹊"多口妄鸣，以喻谗佞"，邑犬群吠则是比喻世俗之人毁谤贤者，这些动物都是邪恶与凡庸势力的化身。

《楚辞》中的自然意象如天地、日月、星辰、飘风、云霓之类，也都被赋予了人间的意义。认为天上有宫殿，天帝居住在天宫之中，又有侍者为天帝看守门户，这种想象源于古代的神话，而在文学作品中加以描写，则是从《楚辞》开始的。天宫是人间王宫的影子，天帝象征国君，这一点是没有疑问的。飘风、云霓之属，王逸认为是比喻邪恶之众，天狼星则隐喻贪残好战的势力。《楚辞》又赋予地上的道路以社会及人生的意义，政治清明、社会有序，那就是"遵道而得路"，反之就会"捷径以窘步"，甚至发生车翻人亡的惨祸。

这些众多的自然景物一经《楚辞》定格后，就具有了相对确定的艺术与美学意义，构成了一个意象系统。历代的诗赋都继承了这个系统，并不断加以修订、补充、完善。

(4) 丽辞与秀句

《楚辞》开创了中国古代文学美文之传统。所谓美文,即重文采、重藻饰、重情致、重艺术的文学。刘勰《文心雕龙·辨骚》中说《楚辞》惊采绝艳、金相玉质、百世无匹,指的就是这种美文风格。刘勰又说:"枚、贾追风以入丽,马、扬沿波而得奇,其衣被词人,非一代也。"指的就是《楚辞》所开创的美文传统对后世文人的深远影响。

大量运用丽词是《楚辞》的一大特色。丽词即骈俪的文辞,也就是上下对偶、成双成对的句子。《楚辞》中的丽词,有如:

朝饮木兰之坠露兮,
夕餐秋菊之落英。

《离骚》

制芰荷以为衣兮,
集芙蓉以为裳。

《离骚》

步余马兮山皋,
邸余车兮方林。

《涉江》

采薜荔兮水中,

搴芙蓉兮木末。

《湘君》

石濑兮浅浅,
飞龙兮翩翩。

《湘君》

悲莫悲兮生别离,
乐莫乐兮新相知。

《少司命》

这些本身都是十分优雅的诗句。此外,《楚辞》中还有些并非骈俪的秀句,有如:

嫋嫋兮秋风,
洞庭波兮木叶下。

《湘夫人》

沅有茝兮醴有兰,
思公子兮未敢言。

《湘夫人》

秋兰兮青青,
绿叶兮紫茎。
满堂兮美人,
忽独与余兮目成!

《少司命》

> 风飒飒兮木萧萧
> 思公子兮徒离忧!
>
> 《山鬼》

上述这些诗句中,都蕴涵有新鲜美丽的意境,对后世诗赋创作产生了巨大的影响。

胡应麟《诗薮》内编卷一曾经说道:

> "沅有茝兮醴有兰,思公子兮未敢言。荒忽兮远望,观流水兮潺湲",唐人绝句千万,不能出此范围,亦不能入此阃域。
>
> "嫋嫋兮秋风,洞庭波兮木叶下",形容秋景入画;"悲哉秋之为气也,憭栗兮若远行,登山临水兮送将归",模写秋意入神,皆千古言秋之祖。六代、唐人诗赋,靡不自此出者。

这些评价,应该说是并不过分的。

概而言之,《楚辞》为后世诗赋的创作提供了榜样:它的内重情感、外重藻饰的美文风度,它的富于强烈抒情意味、联系广泛的意象系统,它的要眇便娟的神思与秀句,始终激励着后世的作者,滋润着他们的艺术生命,并赋予他们灵感与技巧的启示。

2.《楚辞》与书画

《楚辞》与传统书画艺术的关系，包括有形与无形的两个方面。有形的方面，指的是以《楚辞》作品及人物为内容的书画创作，这是可以归纳而言说的。至于无形的方面，如对书画家精神人格之培养、气韵神思之陶冶，以及创作中比兴象征之借鉴，《楚辞》也发挥着广泛而深长的影响。宋代画家李公麟曾经说过："吾为画，如骚人赋诗，吟咏情性而已。"清代邹一桂《小山画谱》说："绘事之寄兴，与诗人相表里。"从艺术的层面说，《楚辞》文化为书画艺术提供了丰富的滋养，然而这种影响是潜在、无名的，有赖读者长期用心去感悟。

这里仅就涉及《楚辞》的书法与绘画作品的一般情况，作简略的叙述。

（1）《楚辞》书法作品

书写《楚辞》篇章或其中的诗句，体现了后世文人对《楚辞》的心理认同。它既是书法艺术的表现，又是情感志趣的寄托。据载，唐代书法家欧阳询曾经书写过《九歌》，北宋将其刻于石碑之上，明代曾有宋拓本传世，然而久已失传。宋代苏轼曾经书写《九歌》《九辩》。明人项元汴称苏轼所写《九歌》字大于钱，笔迹"迭宕超轶，殆若神骏翩翩，不可控御"。元人郭畀说：苏轼所写《九辩》作品"挟大海风涛之气，作字如古槎怪石，如怒龙喷浪，奇鬼搏人"。张丑《书画舫》跋云：东坡《九辩帖》"笔意妙绝，而无款识"，然而"书法大雅，字字皆有题名在内"。这些作品中所蕴涵之艺术风采及鲜明个性不难想见，惜俱不传于世。

南宋颜乐闲曾经以小篆体书写《离骚》，并将之赠送给当时的著名文人楼钥。楼钥得到这件书法作品后十分高兴，为之赋诗道："乐闲下笔素推高，攻媿耽书老更饕。顾我好看秦小篆，烦君为作楚离骚。"

明代文徵明曾经书写《楚辞》作品，包括《离骚》，《九歌》中的《东皇太一》《云中君》《湘君》《湘夫人》《司命》《山鬼》，以及《涉江》共八部分，每部分均有标题，末有文氏跋语云："屈子《离骚》，词赋之祖，脍炙人口。至于《九歌》，犹为千古绝唱。"此作品用笔端正，而又锋芒显耀。它的横画运笔如针锋，而收束圆润；捺笔渐长而厚重，仿佛精神所贯注。整篇作品温纯精致，端庄严肃，无一粗率苟且之笔，乃文氏精心构思之作。

明清人书写《楚辞》作品见诸记载的，还有祝允明、王宠、熊宇、陆士仁、乔崇烈、王仁堪、洪思亮、吕佩芬、蒋艮、周克宽、曹鸿勋、张百熙等。清代文坛大佬朱彝尊曾经赋诗赞美乔崇烈的《楚辞》书法作品："昔贤爱楚辞，重之若笙典。舍人工楷书，法在去肥软。三真六草间，用意带章篆"，"《离骚》思所寄，一写一百卷"，"斯人久沉湘,心事尔能阐","纸长三过读,令我极称善。"(以上均出自《题乔孝廉书〈离骚〉》)这帧作品的艺术风度由此可以想见。

(2)《楚辞》绘画作品

此中最负盛名者,首推宋代李公麟的《九歌图》。李公麟(公元1049年—公元1106年),字伯时,自号龙眠居士,是宋代著名画家。他善于画人马、山水、佛像,论者誉为"北宋画品第一"。他的《九歌图》描绘了东皇太一、云中君、湘君、湘夫人、大司命、少司命、东君、河伯、山鬼等形象,画卷笔意流动,意境悠远,堪称神品。其中东皇太一一幅绘一女巫身携长剑,手持琼芳,佩带飘逸,仪态肃穆地恭迎神的降临。她前方的祭坛上陈列着各色祭品,身后则有乐师或吹竽,或击瑟,或拊鼓,令人产生乐声洋洋满耳的感受。云中君出现的场面最为盛大:上方神龙隐现,云雾缭绕;中间旌旗飘扬,云中君端然安坐在华车之中。在云中君的身边是十多个扈从的天官,这些天官或乘高马,或持旌节。云层的下方,则有山川、城邑、街道等。相比起来,湘君、湘夫人的画面景物较疏阔,透露着水乡生活的情调。画卷上一边是湘夫人在等待,一边是湘君乘马江皋,那空中昂首蜿蜒飞扬的神龙又为他们的相会增添了几分神异的色彩。其他如大司命乘龙凌云飞翔的英姿、河伯送别南浦的场面等，也都富于意境，能唤起观者的神思。姜亮夫曾经评述说：李公麟《九歌图》"以飞舞瑰丽之笔姿，取之《九歌》歌舞，加以想象力，出之以写实法。凡一龙一鹿一钟一鼓，辞之所存，图无不备，使神话之作绘影绘声，云雾氤氲，波涛汹涌，莫不引人入胜，诚伟作也"（《楚辞书目五种》）。这一评价，并不为过分。

元代著名艺术家赵孟頫亦有《九歌》书画作品。赵孟頫（公元1254年—公元1322年），字子昂，号松雪道人，他所传世的《九歌图》有两本，一本下有刘德新记云："灵均之赋《天问》，文生于画；松雪之图《九歌》，又画生于文。乃知文心画心，正在风水相遭之际耳。"（崔富章《楚辞书目五种续编》引）

明代沈周有《沧浪濯足图》。该图右上角题诗道："重重烟树攒回冈，漠漠溪流漱野塘。最爱空山无俗客，有时濯足在沧浪。"画与诗用的都是《楚辞·渔父》的意境。文徵明则绘有《湘君湘夫人图》，图中以湘君、湘夫人为尧之二女娥皇、女英，绘作二美女像。画中的娥皇在前手执长柄羽扇，回眸顾视随后的女英。二人若有所语，衣带随风飘动，作行进中的姿态。画中别无背景衬托，却给人以飘逸之感。明末陈洪绶亦绘有《九歌图》十一幅，这十一幅都是人物画像：以湘君为娥皇，湘夫人为女英，二人皆为女像；大司命俨然是人间判官；东君则持长戟弓矢，仿佛一员武将；山鬼画作男像，流于谲怪；国殇则绘作一介武士，手执一刀一弓，身佩箭囊，身旁又有一斧。因为这些画像是为《楚辞》注本所作的插图，构形或繁或简，表意而已。值得注意的是陈氏绘制的一幅《屈子行吟图》。画中的屈原面容清瘦，目光深沉，双眉紧皱，长须下垂，他身着宽衣博带，头戴高冠，佩着长剑，孤独地行进在江畔丛石之间，仿佛在吟哦着他那忧国伤时的不朽诗章。

明清之际，又有萧云从的《离骚图》。萧云从（公元1596年—公元1673年），字尺木，号无闷道人、钟山老人等。《离骚图》的创作正值明王朝灭亡之际，萧氏强烈感受到故国沦亡的痛苦，"秋风夜雨，万木凋摇。每闻要眇之音，不知涕泗之横集"（《画九歌图自跋》）。怀着这样的心情来画《离骚图》，他的精神便自然与屈原相通了。这里的《离骚》是对屈原全部作品的总称。《离骚图》传世者共有64幅，其中《三闾大夫卜居渔父图》1幅，《九歌图》9幅，《天问图》54幅。另有《远游图》5幅，已佚。该画册后来被收录入《四库全书》。收录时，乾隆皇帝又令内廷画师门应兆等补绘《离骚图》32幅，《九章图》9幅，《远游图》5幅，《九辩图》9幅，《招魂图》13幅，《大招图》7幅，《香草图》16幅，共计91幅。加上萧云从原图64幅，总共155幅。相比较而言，萧氏《离骚图》的构思比较活泼，留给观者较大的想象余地，如二湘图绘湘夫人乘凤、湘君骑马，旁有鲜花奇草烘托情思，又有龙蛇蜿蜒显示神秘。而门氏补绘图则据《楚辞》语意为之，如：《离骚》"乘骐骥以驰骋兮"二句绘二人乘马奔驰之状；"众女嫉余之蛾眉兮"二句绘七女成阵，指责孤立一旁的屈原；"及荣华之未落兮"二句则绘屈原手持枝叶繁盛的琼花赠送给一位年轻的丽妆女子。大体上说，门氏图画仅得其形似之仿佛而已。

1953年，郑振铎将宋以来至清人所绘《楚辞》图画中主要的作品编辑成册，名为《楚辞图》出版（该书仅印刷了500部，编号发行），以作为屈原逝世2230年的纪念。

3.《楚辞》与民俗

《楚辞》与民间风俗的关系极为密切，其作用则是双向的：一方面，楚民俗（作为楚文化的一部分）陶冶了《楚辞》的文学与艺术精神，所以在《楚辞》中不难感受到楚民俗的奇异光彩；另一方面，《楚辞》又在更广阔的地理范围内影响到中国的民俗，使之更具有文化的韵味，亦为之增添了新的内容。

一般说，能给民间风俗带来影响的作家一定是个伟大的作家，因为他的理想得到了民众的认可，他的遭遇赢得了民众的同情，他的事迹已经铭记在民众的心中，他的灵魂已经与民众融为一体了。

《楚辞》的奠基者屈原就是这样一位伟大的作家。

（1）龙凤崇拜

对龙凤的崇拜在我国历史悠久，虽它不始于《楚辞》，然而《楚辞》对其的弘扬却有着一份不应埋没的功绩。

对龙凤的崇拜最初可能是一种图腾崇拜。我国地下考古发掘表明，早在五千多年前的新石器时代，龙的图案便在陶器的纹饰中出现了。在河南濮阳西水坡仰韶文化遗址中，还曾经发掘出用蚌壳砌塑而成的龙形图案，被称为"中华第一龙"。龙崇拜的成因非常复杂，江河中奔腾的波涛、天上流动的云阵以及霹雳闪电的光影都容易引发人们对龙的联想，所以有水中的龙，也有天上的龙。在我国的神话传说中，有许多乘龙飞升的故事。《山海经》上记载：祝融"兽身人面，乘两龙"，夏后启"乘两龙，云盖三层"，蓐收"左耳有蛇，乘两龙"。《大戴礼·五帝德》上说颛顼"乘龙而至四海"，图腾中的龙在这里转化为神话的龙。关于凤凰的传说也很久远。《山海经》记载：丹穴之山上有一种鸟，"其状如鸡，五采而文，名曰凤皇"，"饮食自然，自歌自舞，见则天下安宁"。《尚书·益稷》中有"箫韶九成，凤皇来仪"的话，《诗经·大雅·卷阿》也有"凤凰于飞，翙翙其羽""凤凰鸣矣，于彼高冈"的诗句。总之，古人心目中的龙凤是吉庆祥瑞的鸟兽，是美好与神力的象征。

《楚辞》中的龙凤多呈现凌空飞翔的形象，如以下诗句：

>驷玉虬以桀鹥兮,
>溘埃风余上征。
>
>吾令凤鸟飞腾兮,
>继之以日夜。
>
>凤皇翼其承旂兮,
>高翱翔之翼翼。
>
>驾八龙之婉婉兮,
>载云旗之委蛇。

《楚辞》中的龙凤形象又是与屈原的飞升求索联系在一起的,它们呈现超世飞翔的姿态,是美、自由精神与神力的和谐融合。经过《楚辞》的描绘,图腾的、神话的龙凤进一步文学艺术化了。事实上,民间年画、剪纸中龙凤夭矫蜿蜒、迎风飘逸的姿态,多与这种文学的熏陶有关。

(2)民间祭祀

描写祭祀神灵一类的活动,是《楚辞》的一大特色。不论是《九歌》中祭神娱神的场面,还是《离骚》中迎神降神的情节,都充满了浪漫而又神秘的气息。姜亮夫在《楚辞学论文集》之《楚文化与文明点滴钩沉》中曾以《九歌》为例,对比了楚地神灵与北方神灵的不同之处,他指出:《九歌》中祭祀的"不是胼手胝足之农神,而为飞扬缥缈之火神";《九歌》中的河神"不是治水之工程师,而是南浦美人";《九歌》中之山神"不是奇兽怪人,而是'含睇宜笑'之美女";《九歌》中"无人面虎爪遍身白毛之蓐收,而有荷衣蕙带之司命";《九歌》祀神不用牛、羊、犬、豕之物为祭,而用蕙肴、兰藉、桂酒、椒浆之芳物;《九歌》中的主祭者"不用苍髯皓首之祝史,而用采衣姣服之巫女";而所祭祀的神灵的性情,也是与人相亲近的,反映出对于人间生活的肯定与赞美。其中神人之间的恋爱幻想,则是现实的人类生活情感的曲折投影。

正因为《楚辞》中的神灵容态美好,又亲近人事,所以更能为中国老百姓所接受。这种沾染《楚辞》风情的祭祀之风影响到更广大的区域,后来又有宗教文化的融入,便逐渐成为一种富有人情味又充满娱乐性的民俗活动,祭祀神灵也就与民间娱乐融为一体了。

(3) 歌舞、竹枝

楚地风俗喜欢歌舞。唐代诗人刘禹锡担任夔州刺史时,曾经依据当地民歌创作了《竹枝词》。宋代郭茂倩《乐府诗集》卷二八说:"竹枝本出于巴渝。唐贞元中,刘禹锡在沅湘,以俚歌鄙陋,乃依骚人九歌,作竹枝新辞九章,教里中儿歌之,由是盛于贞元、元和之间。"刘禹锡依照屈原创作《九歌》之例写作《竹枝》新词,又将新词教给民间歌手去歌唱，可见文人创作与民歌之间的相互作用。

唐代顾况有《竹枝》唱道：

> 帝子苍梧不复归，
> 洞庭叶下荆云飞。
> 巴人夜唱竹枝后，
> 肠断晓猿声渐稀。

诗中说到"帝子苍梧"，说到"洞庭叶下"，都与《楚辞》有关，可见《楚辞》与楚地歌谣之间的关系很深。

白居易也有《竹枝词》唱道：

> 竹枝苦怨怨何人，
> 夜静山空歇又闻。
> 蛮儿巴女齐声唱，
> 愁杀江楼病使君！
>
> 江畔谁人唱竹枝，
> 前声断咽后声迟。
> 怪来调苦缘词苦，
> 多是通州司马诗。

上述两首《竹枝词》都是白居易任忠州刺史时所作，其中的"病使君"是指作者自己，"通州司马"则是指诗人元稹。可见楚文化孕育了《楚辞》，《楚辞》陶冶了中国文人的心灵，中国文人又用自己的创作反过来对民间歌谣施加了影响，这是一个互相学习、双向交流的过程。

（4）端午习俗

端午，即农历五月初五，是我国一个古老的民间节日。端午节活动的最初目的可能是要预防邪疫，禳除各种可能的灾害。其主要习俗，一是分发或者赠送五彩丝绳或五色丝织品，将它们系在手臂上，据说可以辟除瘟疫，防止兵器的伤害，它们的名字就叫长命缕、续命缕、辟兵缯、朱索等；或是将艾蒿悬挂在门口，也可以辟除不祥。二是包粽子，竞渡。竞渡可能是要祭祀水神，并祈求水神保佑人类的安全。因为传说屈原死后化身为水神，所以晋代以后，尤其是南朝时期，便逐渐将端午竞渡与屈原之死联系在一起了。隋唐以后，这种解释便固定了下来。《隋书·地理志》记载荆州风俗时，写道："屈原以五月望日赴汨罗。土人追至洞庭不见……因尔鼓棹争归，竞会亭上。习以相传，为竞渡之戏。"《太平寰宇记》引《襄阳风俗记》写道："屈原五月五日投汨罗江。……五日先沉，十日而出。楚人于水次迅楫争驰，棹歌乱响，有凄断之声，意存拯溺，喧震川陆。遗风迁流，遂有竞渡之戏。"

关于端午节吃粽子的由来，也有一个演变的过程。粽子，古代又称角黍，最初可能用于祭祀祖先，后来又用来祭祀水神。随着端午与屈原的故事联系在一起后，粽子的寓意又有了新的解说。南朝梁吴均《续齐谐记》中写道："屈原五月五日投汨罗水，楚人哀之。至此日，以竹筒子贮米，投水以祭之。汉建武中，长沙区曲，白日忽见一士人，自云三闾大夫，谓曲曰：'闻君当见祭，甚善。但常年所遗，恒为蛟龙所窃。今若有惠，可以楝叶塞其上，以彩丝缠之，此二物蛟龙所惮也。'曲依其言。今世人五月五日作粽，并带楝叶及五色丝，皆汨罗之遗风也。"

从这以后，将端午节吃粽子、龙舟竞渡与纪念屈原联系在一起，便成为千年不易的解释。民间在这一天会自发地开展种种活动，以纪念这位伟大的诗人，端午节也因此而成了"诗人节"。

八 结语：沉睡与被唤醒的历史记忆

1. "楚辞"传播的历史节点

追溯"楚辞"生成与楚文化的内在关联，研究《楚辞》传播、接受与阐释的历史表现，势必离不开对不同历史阶段的社会状况、文化背景及综合心态的考察。楚辞的定型与传播，战国是滥觞期，汉代是奠基期，其后各类著述、评说绵延赓续，历代不断。大体上初始重在章句的训释，中期着重于人物分析与义理探求，后期则是综合的开掘、延伸、与时衍变。近代西学输入，楚辞学术宏观风貌更是发生了根本的改变，脱旧向新，变化无穷。

（1）战国至秦，"楚辞"作品以单篇流传

在信息传递的过程中，"楚辞"的传播首先依赖于其文本形式。屈原的作品，最初应是书写在竹简绢帛之上，以单篇的形式流传的。此时尚未出现屈原作品的合集，其原因不难理解。首先是作品合集的载体庞大，抄写、收藏与流通均不方便。以西晋太康年间汲郡出土的先秦典册为例，据荀勖《穆天子传序》云："太康二年，汲县民不准盗伐古冢所得书也，皆竹简素丝编。……其简长二尺四寸，以墨书，一简四十字。"据此推测，屈原的辞赋体作品，最大的可能是一片竹简上书写两行文字，如此则仅一篇《离骚》就要用去100枚左右的竹简，如果再加上屈原的其他作品，所用竹简数量更大，阅读、流通都殊为不易。其次，屈原的创作时间跨度长达数十年，其作品的出世、流通历经楚怀王、顷襄王两朝，绝非同时创作而成，应可确定。屈原之作既随时出世，为了流通的便利，以单篇行之，便是自然而然的了。

"楚辞"的传播还有赖于它在民间世代不绝的传授。《离骚后叙》说，屈原作《离骚》以下凡二十五篇，"楚人高其行义，玮其文采，以相教传"。也就是说，屈原的作品一度被用作了楚地文化教育的课本，这可能与屈原曾任三闾大夫的职务有关。三闾大夫职在掌管楚国公族昭、屈、景三姓子弟的教育，培育人才本来在其职责之内。作为楚国的文化名人，屈原的生平遭遇得到楚人的广泛同情，他的作品被用作世代传授的教本，也就不难理解了。宋玉《登徒子好色赋》中云"口多微词，所学于师也"，《风赋》又云"臣闻于师"。今天固然难以肯定屈原是否当面教过宋玉，但是宋玉通过这种世代"以相教传"的课本学习过屈原的辞赋作品，应该是没有疑义的了。

（2）"楚辞"由王室扩散到民间，西汉淮南王刘安及其宾客起到重要的作用

楚国灭亡时的都城是寿春，"楚辞"的发现地也是寿春，而汉代淮安王刘安的封地同样在寿春。刘安是汉高祖刘邦之孙，曾受封为淮安王。可以肯定，屈原去世后不久，楚文学的中心便逐步东移到江淮一带了。《汉书·地理志》记载："淮南王安亦都寿春，招宾客著书。而吴有严助、朱买臣，贵显汉朝，文辞并发，故世传楚辞。"这时活跃在江淮文坛的严忌、严助，来自会稽的同一家族，一说为父子关系，另一说严助是严忌的同族之子。严忌本来姓庄，因避汉明帝（刘庄）讳改而姓严。汉代王符《潜夫论·志氏姓》说楚子鬻熊的后裔中有严氏，本是楚庄王的支孙，"避明帝讳改为严氏"。据此，则严忌、严助本来就是楚王的同姓子孙，其先祖作为楚王室成员，他们家族获得并保存有屈原的作品也就不难理解了。《汉书·艺文志》载录"庄夫子赋二十四篇""严助赋三十五篇"，亦可知他们家族的文学传统绵长而深厚。

"楚辞"在西汉前期的传播还与朝廷的移民政策有关。《汉书·地理志》记载:"汉兴,立都长安,徙齐诸国、楚昭、屈、景及诸功臣家于长陵……其世家则好礼文。"《汉书·高帝纪》记载:"十一月,徙齐、楚大族昭氏、屈氏、景氏、怀氏、田氏五姓关中,与利田宅。"楚国王室的名门后裔,携带"楚辞"作品定居于关中长安之地,对于"楚辞"的传播,无疑起到重大的作用。

除了上述可以考知的线索外,还有一些途径也可能促成"楚辞"的传播。如楚之春申君,是著名的"战国四公子"之一,门下宾客三千,本人"游学博文",往来秦楚之间非常频繁;又如陆贾,本为楚人,著有《新语》,《汉书·艺文志》载录"陆贾赋三篇"。他们都有可能读到"楚辞",也就可能成为潜在的"楚辞"传播者。正是"楚辞"在长安、洛阳一带的流传,使得对于楚风的兴趣与爱好在朝廷文士中荡漾开来,成为一代之风尚。

(3)汉成帝时,刘向开始整理宫中简册,编成十六卷本《楚辞》,藏于秘府,而民间仍有其他版本楚辞单篇流传

屈原创作的时间跨越几十年,楚辞流传的地域不尽相同,民间存在不同的楚辞写本是非常自然的事情。比较《史记·屈原列传》中的《怀沙之赋》与王逸《楚辞章句》中

的《怀沙》，可以发现两本之间的文字差异总计有四十处之多。王逸《楚辞章句·怀沙》中"巧倕不斲兮"注曰："《史记》作'巧匠'。斲，一作刘，一作断。"这是王逸参校其他版本留下的记录。在汉代曾有多个不同的楚辞版本流行于世，应是不争的事实。

汉代对"楚辞"的接受，与皇室的提倡有着密切的关系。汉高祖刘邦本来出生在楚文化影响的地域内，耳濡目染，对楚风表现出强烈的兴趣。史载项羽被围垓下"夜闻汉军四面皆楚歌"，可见刘邦军中楚风盛行。《汉书·礼乐志》载云："高祖乐楚声，故《房中乐》，楚声也。"刘邦还创作了楚风调的《大风歌》，"令沛中僮儿百二十人习而歌之"。皇室的喜好，是"楚辞"得以迅速传播的强大推动力。汉初行黄老之治，文化政策比较宽松，不仅废除了秦代的"挟书律"，还废除了所谓"诽谤妖言之罪"。正是在这种背景下，以"楚辞"为标志的南国楚风广泛传播到中原大地，加速了南北文化的交融。

概括地说，汉代是"楚辞"传播与接受的关键时期。汉代学者不仅为后代保留了"楚辞"奠立者屈原的珍贵史料，辑录了屈原的生平事迹，而且一笔一画地描绘了屈原的人格形象。汉代以前，对屈原没有明确的历史记载，在《战国策》和《国语》中都没有屈原的踪影，"楚辞"作为一种地域文学，也只流传于三楚之地。然而经过两汉的传播，

《楚辞》得以与《诗经》并列为中国诗歌源头的两座高峰。屈原亦由一个几乎被历史湮没无闻的地域作家,跃升上历史的星空,成为万人共仰的诗坛巨星、文化名人。

(4)魏晋南北朝文人心目中的屈原与《楚辞》

魏晋南北朝时期,我国的政治及社会形势发生了巨大的变化。兵连祸接、战乱频仍的社会局面,对于知识阶层的精神压制与迫害,使得老庄思想勃然兴起,主张齐物我、外荣辱,以实现精神的绝对自由。这又是一个多元文化共存、融汇与转折的时期:玄学兴起,佛教传入,儒家经学的藩篱被打破,人的独立品格逐渐增强,文学的自觉意识获得发展。这种学术文化的变迁,使得中古文人审视屈原与《楚辞》时,目光渐趋活泼,心灵亦趋向自由与放任。

《世说新语·任诞篇》记载王恭曾说:"名士不必须奇才,但当常得无事,痛饮酒,熟读《离骚》,便可称名士。"王恭,字孝伯,宦门子弟,《晋书》有传。史载他"少有美誉,清操过人",出仕即为佐著作郎,历任朝廷要职。他自负才地高华,笃信佛教。《晋书》本传说他死时"家无财帛,唯书籍而已",可以想见其人生风尚。他认为名士不须奇才,"熟读《离骚》"则必不可缺。这番话反映了当时的士林风气,即:推崇屈原的人生格调,熟读《楚辞》于心,随时能够咏诵其中的词语,这是当时官场、文坛必须的文学修养与知识储备。

推崇《楚辞》的艺术成就，树之为辞赋创作的最高标杆，是中古时期普遍的认知。晋代皇甫谧（字士安），是当时的"高名之士"，自号玄晏先生。文学青年左思写作了《三都赋》，因为名声不彰，未得文坛的看重。皇甫谧特地写了《三都赋序》，主张"文必极美""辞必尽丽"，"美丽之文，赋之作也"；又说"屈原之属，遗文炳然，辞义可观，……赋之首也。"另一位文论家挚虞在《文章流别论》中也说："《楚辞》之赋，赋之善者也，故扬子称赋莫深于《离骚》。"

遭遇那个社会动荡、政治浑浊的时代，在人生痛苦中载浮载沉的中古文人更是对屈原的悲剧命运表示了深深的同情。颜延之在《祭屈原文》中将屈原比作兰草与美玉，说他保持了芳洁而坚定的节操，却生非其时，终被流放于湘沅之野。文中赞颂道："比物荃荪，连类龙鸾。声溢金石，志华日月！"文章将屈原作品之美比为香花香草的芬芳氤氲，比作龙章凤彩般的色调美丽，比作金石之声音，比作日月之光华。

宗白华在《论〈世说新语〉和晋人的美》一文中评价说：汉末魏晋六朝是中国政治上最混乱、社会上最苦痛的时代，然而却是精神史上极自由、极解放、最富于智慧、最浓于热情的一个时代，因此也是最富有艺术精神的一个时代。在这个时代，屈原那富于自由人格的艺术生命和他声色绝美、情辞丰茂的文学作品受到特别的推崇,大放异彩,成为一道靓丽的风景线。

(5)《文心雕龙·辨骚篇》高度评价了《楚辞》的艺术成就,确立了《楚辞》在中国文学中的历史定位

刘勰,字彦和,是我国南朝齐梁时期著名的文学批评家。他的《文心雕龙》是一部有体系、有思想、博大精深的古代文学专著。刘勰虽然没有注释、解说过《楚辞》,但是他全面分析了《楚辞》的思想倾向与文学成绩,精准地界定了《楚辞》在中国文学史中的历史地位,对于后世《楚辞》的传播与接受影响深远。

刘勰的文学史观受到儒家思想的影响,同时他又构设了自己的一套体系。他以《原道》第一,《征圣》第二,《宗经》第三,《正纬》第四,《辨骚》第五作为"文之枢纽",这可视为他的"文学总论"。在《辨骚》中,他举"离骚"以论文学思想及创作中的"正奇""新变"话题。"离骚"这里不是仅指《离骚》一篇,而是用作《楚辞》的总名。此篇开始就说《诗经》风雅之后,有"奇文郁起",那不就是《楚辞》吗?《楚辞》之作,"蝉蜕秽浊之中,浮游尘埃之外。皭然涅而不缁,虽与日月争光可也",其文辞丽雅,为"词赋之宗"。后代作家,"才高者菀其鸿裁,中巧者猎其艳辞,吟讽者衔其山川,童蒙者拾其香草"。文

中主张"酌奇而不失其真,玩华而不坠其实",标举文学创作中"奇与真""华与实"的统一。因此,《辨骚》既是一篇文学思想的"创作论",又是一篇关于《楚辞》评说的"文体论"。

篇中特别叙述了《楚辞》在汉代传播中的不同意见,举出刘安、班固、王逸、扬雄诸家的观点。他们都从《诗经》的视角观照《楚辞》,而褒贬不一。刘勰认为他们所说未免"褒贬任声,抑扬过实",刘勰经过自己的分析,认为《楚辞》对比《诗经》,有"四同""四异",总的来说《楚辞》乃"雅颂之博徒,而词赋之英杰也"。"博"有博通、阔大之义,意谓《楚辞》比起《诗经·雅颂》来,境界更为博大,内蕴更为丰富,词采更加壮丽。刘勰认为这种文风的演变,是因为混杂了战国纵横家夸诞的习气。在《时序篇》中他说:"炜烨之奇意,出乎纵横之诡俗也。"同时这又成就了赋之为体的文学风采,所以楚辞成了辞赋之"英杰",成了后代仰望、追慕、效法而难以企及的榜样。

刘勰在论及《楚辞》时,以"取熔经意,亦自铸伟辞"精准概括了其历史定位,这意味着在《诗经》之后,《楚辞》成就了又一座巍然矗立的文学高峰。《辨骚》之末赞曰:"不有屈原,岂见离骚?惊才风逸,壮志烟高。……金相玉式,艳溢锱毫。"刘勰对屈原与《楚辞》至高无上的推崇,可以说源于深心、溢于言表了。

(6)"端午习俗"与屈原投江传说的演变

在本书"《楚辞》与民俗"一节中,已经简略述及屈原与端午节的关系。阴历五月五日,民间称为"端午",又称"端阳""重五""重午"。清赵翼《陔余丛考》认为端午是五月内第一个午日。南朝梁宗懔《荆楚岁时记》记载:"京师人以五月一日为端一,二日端二,三日端三,四日端四,五日端五",所以"端午"就是初五的意思。

端午节的起源有多种说法,各地不尽相同。大致端午前后,正是天热多雨、毒虫滋生、疾病流行之时,所以民间有采艾叶、饮雄黄酒以祛病防疫的风俗。汉末应劭《风俗通》记载:"月五日以五彩丝系臂者,避兵及鬼,令人不病瘟。亦因屈原。"可见汉代就有了五月五日佩戴五彩丝以纪念屈原的习俗。

吃粽子的习俗也是如此。粽子,古代又称"角黍""筒粽",最初是用来祭祀祖宗、神灵的祭品。西晋周处《风土记》记载有"仲夏端午,烹鹜角黍,进筒粽,一名角黍",可见民间风习久远。从春秋战国开始,南方吴越一带的先民又有龙舟竞渡以祭祀龙神、祈福辟邪的活动。

在历史的演进中,汉代开始有了屈原沉江死后化身为水仙的传说。晋代王嘉《拾遗记》有《洞庭山》一则,书中记载:"屈原以忠见斥,隐于沅湘,披蓁茹草,混同禽兽。……被王逼逐，乃赴清泠之水。楚人思慕，谓之水仙。其神游于天河，精灵时降湘浦。楚人为之立祠，汉末犹在。"由此，端午习俗就逐渐与纪念屈原的主题交错融合。包粽子被赋予了祭祀屈原的意义，划龙舟是为了拯救屈原的生命或迎接他的亡魂，投粽子于江是为了防止江中的蛟龙侵扰屈原的遗体。从汉到晋，再到隋唐，端午节悼念屈原终于被演绎成了重要的民俗节日，迄今未衰。

这一民俗节日的形成，在屈原与楚辞的传播中具有非同寻常的意义。从此，楚辞的传播由精英学者延展到广大百姓，从学者的文字章句注释变幻出有声有色的民间聚会场面，屈原的形象也由耿介好修、独立任诞的诗人被神格化为一尊受人敬仰的神。后世更是大量涌现了描写端午风俗并借此伤悼屈原遭遇的作品，成为历代不绝而又壮美多姿的一道文学景观。

2. 屈子形象的演变与改塑

自从《楚辞》作为经典广泛流传于世，学界在章句阐释、文字训诂的同时，开始了对其思想主题、内在精神以及文学价值的探索与评说。中国传统诗学将对文本的理解看作"以意逆志"的过程，又因为这种理解的不确定性、多歧义而以"诗无达诂"为补充。二者的结合，既强调读者不能离开文本的基本义旨，又允许读者依据所置身的历史文化语境进行创造性的发挥,即"作者之用心未必然,而读者之用心何必不然"(谭献《复堂词话》)。当代西方阐释学亦认为,由于理解者总是离不开所处的时代,所以任何阐释都无法摆脱历史的局限性。德国学者汉斯-格奥尔格·伽达默尔曾说:理解永远是不同的理解,理解的过程永远不会最终完成。他又说:理解始终是一种创造性的行为。中外同理,中外同心。

在2000多年的历史岁月里,由于不同时代的社会状况、学术思潮有异,加之研究者不同的人生遭遇、文化心态与情感寄托,人们对屈原及《楚辞》的思想属性、精神价值有着不尽相同甚至完全相反的判断。回顾两千年的《楚辞》接受史,它不仅只是章句训诂、文本解读史,更是对《楚辞》所蕴涵的屈原人格、内在价值进行探求的历史。人们在对文本的解读中求索历史的真相,在对《楚辞》内蕴的探求中寄托当下的情感,在追随屈子的周天巡游中寻找人生的梦想。因此,对《楚辞》的解读与接受也就成了变化中的民族心灵史的一个具体而微的投影。

(1)汉代:屈原"虽非明哲,可谓妙才"

汉初,黄老之学勃然兴起,奠立了汉代《楚辞》接受的基调。黄老学说本以糅合儒道为旨归,又以道家思想为主要的学术渊源。道家通达自然、安时处顺以及儒家"用之则行、舍之则藏"的人生态度，共同陶冶了汉代文人的精神。所以汉代文人之缅怀屈原，一方面对其高尚的人格情操表示钦敬，对其遭谗被逐的遭遇充满同情，另一方面又对屈原狷介持身、自沉绝世的人生选择表示惋惜，倾向于用道家进止随时、行藏自然来作情绪的化解。在汉代，这种声音代表了黄老之学的人生价值判断。

随着汉武帝推行"罢黜百家，独尊儒术"，经学建立起了它的思想主流地位和话语霸权，用儒家的伦理观念及人格规范批评《楚辞》，成为这一时期引人注目的文化现象。班固对"楚辞"态度的转变，就是一个典型的例证。早期的班固，对屈原的敬仰之情溢于言表。后来，他经历了官场的升沉荣辱，现实遭遇从正反两方面规范了班固的精神世界，使他趋向保守与正统。在他后期所作的《离骚序》中，他批评屈原"露才扬己，竞乎危国群小之间，以离谗贼。然责数怀王，怨恶椒兰，愁神苦思，强非其人。忿怼不容，沉江而死，亦贬絜狂狷景行之士"。班固指责屈原张扬自己的才华，批评楚怀王，怨恨权臣子椒、子兰之辈，在遭到谗毁迫害后，投江而死，因此屈原不过是一个狂妄怪诞、品行高洁之士而已。班固又说，屈原的作品"弘博丽雅，为辞赋宗。后世莫不斟酌其英华，则象其从容。……虽非明智之器，可谓妙才者也。"班固对屈原又指责，又表彰，表现了他的尴尬与两难。这是班固背离原有立场,转向主流话语的一次倒退。

汉代对《楚辞》的接受,还与皇权专制下士人心灵的压抑与忧患意识密切相关。当王朝政治相对清明时,士人对屈原的悼念乃是发思古之幽情,是一种超越历史时空的心灵回响;当朝政转向浑浊时,悼念屈原便有更多情感寄托的意味,成了现实生活的折射与投影。东汉中后期政局反复,文人的心神受压抑,这时他们从屈原的悲剧中获得了更多的心灵共感。面对强大的经学主流意识形态的压迫,汉代士人只能用道家退守自适的态度去化解。班彪在《悼离骚》中将人生穷达比拟为草木的荣枯与阴阳的迁化,主张顺天由命,或行或藏,或屈或伸,这就将现实世界的抗争退缩为个人心灵的固守了。从这一意义上说,王逸注《楚辞》不仅是一种学术上的追求,同时也承载着现实情感的寄托。此后,文人通过悼屈之作表达心声、批判社会,逐渐成了一种文学传统。

(2)唐代:褒贬异声,两种不同的评说

在批判六朝玄虚、萎靡文风的同时,唐代构建了多元共存互补的文化格局,不同思想呈现相互排斥又相互融合的态势。文人的精神心理受到时代风气的感染,活跃而开放,注重心灵情感的自由抒发,对多元的思想观念抱持宽容的态度。基于不同的文化视角,屈原与《楚辞》在传播与接受的过程中出现了不同的声音。

初盛唐时期,屈原的精神品格及文学风采广受人们景仰,人们自然将《楚辞》奉为文学的典范。魏徵等主编《隋书·经籍志》说屈原的作品"气质高丽,雅致清远,后之文人,咸不能逮"。令狐德棻主持修撰的《周书》也说:"作《离骚》以叙志,宏才艳发,有恻隐之美。"仰慕、追踪屈原的文采风流,更是唐代诗人发自内心的咏叹。李白《江上吟》"屈平词赋悬日月,楚王台榭空山丘",杜甫《戏为六绝句》"窃攀屈宋宜方驾,恐与齐梁作后尘",可为代表。

安史之乱爆发,唐王朝迅速走向动乱与衰落。政治腐败、皇室衰微、宦官专权、藩镇割据,社会的动荡引发文人纷乱的思绪。人们从屈原作品中看到了现实社会的影子,从而更加重视《楚辞》的社会价值,更加肯定屈原的斗争精神。韩愈在《送孟东野序》中将《楚辞》与《诗经》《尚书》并提,认为它们都是特定社会的反映,体现了时代的不平之鸣。文中说道:"周之衰,孔子之徒鸣之,其声大而远。……楚,大国也。其亡也,以屈原鸣。"裴度亦云:"骚人之文,发愤之文也,雅多自贤,颇有狂态。"不平之鸣、发愤之文,特殊的社会现实激发了人们内心的隐痛,人们通过歌咏屈原的遭遇,指责昏君,抨击黑暗,从中寄托社会及个人的不平之鸣。

总的来看，赞美屈原忠贞的节操与人格，对《楚辞》丰富的内蕴与超凡的艺术表达由衷的钦佩，是唐代楚辞观的主流。另一方面，在唐代文坛上也一直存在着一种不同的声音，这种声音的产生源于对六朝绮靡浮艳文风的批评。有人将泛滥于六朝时期的形式主义文风一直上溯到屈宋，认为《诗三百》诗体纯粹，情感雅正，屈原之后则流荡忘返，每况愈下。初唐王勃在《上吏部裴侍郎启》中指责屈原、宋玉开启了文学轻薄淫丽风气之源头（"浇源"），甚至认为这股淫风使得"中国衰""江东乱"，一直祸害了六朝的江山社稷，其危害可谓大矣！后来倡导为文"宗经""载道"派文论多继承了这种指责。盛唐古文家萧颖士认为"六经之后有屈原、宋玉，文甚雄壮而不能经"，"不能经"就是不符合经典的规范。其弟子李华说："屈平、宋玉，哀而伤，靡而不返，六经之道遁矣。"中唐柳冕说："自屈宋以降，为文者本于哀艳，务于恢诞，亡于比兴，失古义矣。"他还说，在屈宋文风之下，无论是"扬马形似、曹刘骨气、潘陆藻丽，文多用寡，……君子不为也"（《与徐给事论文书》）。这就将两汉、三国建安，一直到晋代太康时期的主要作家都否定了。在这一派论者的眼里，文学史上的淫丽文风泛滥，其祸根全在屈原、宋玉等人。这种复古派的极端论调在唐代《楚辞》接受史上时显时隐，它们有着复杂的社会及文学内部的原因，不应简单肯定或否定。

(3)宋代：屈原被圣贤化，成为"忠臣楷模""亚圣之俦"

宋王朝的建立，结束了五代十国长期割据战乱的状态，使国家重新基本统一，社会生活也迎来了一段相对安定的时期。然而，宋代又是一个内忧外患交织，社会矛盾严重的时代，有识之士要求实行体制变革，但朝政纷纭，"党争"不断。北宋先后发生以改进吏治为主要目标的"庆历新政"（范仲淹变法），和以经济变革为手段求富国强兵的"熙宁新政"（王安石变法），均以失败告终，其缘由及教训十分深刻。南宋偏安江南，朝廷政治反复，国势不振。朝中奸佞之臣弄权纳贿、结党营私、排斥忠良，直到王朝社稷倾覆、江山沦陷。这是一个在政治上动荡相接、危机不断的时代，然而在思想文化上，它又是一个蕴涵深厚、果实丰硕的时代。宋代学人承受了丰富的文化积淀，融汇佛道，学风博通，逐渐形成独立、深湛、周密的思维心态。宋儒的抽象思辨较之前朝空前活跃，在此基础上形成的理学思想，对中国社会，尤其是知识阶层的文化心理产生了深刻的影响。

在宋代，对屈原与《楚辞》的审视及研究再度成为学术热点。宋代理学思潮的兴起，推动了《楚辞》研究学风的更新，可以说，宋人开创了以理学为指导，以阐说《楚辞》

义理为旨归,将《楚辞》的内蕴精神政治伦理化的时期。北宋晁补之有《重编楚辞》(十六卷)、《续楚辞》(二十卷)、《变离骚》(二十卷),合称"楚辞三书"。在晁补之看来,孔孟之后,荀子之前,是儒家教义衰落的时期。《诗经》的讽刺之旨,《春秋》的微言大义,一时都湮没无闻,独有屈原,孤身一人担当了君臣伦理的大任。他因此说:"则原之敬王,何异孟子?"他还说,古诗讽刺之义,至屈原而复兴,"列国之风雅,始尽合而为《离骚》"。总之,汉魏六朝人笔下的屈原尚有若干狷介愤激的个性,到宋代便完全正统化、儒学化了。又一位《楚辞》学者洪兴祖是一位正直的官员,不肯阿附权贵,曾遭弹劾,"编管昭州"(官员获罪,被地方管制,曰编管。昭州在今广西境内),他的《楚辞补注》在楚辞学界有着重要的地位。他强调屈原的忧国意识,说:"屈原之忧,忧国也……《离骚》二十五篇,多忧世之语。"他又说:"屈子之事,盖圣贤之变者。使遇孔子,当与三仁同称雄,未足以与此。"南宋朱熹既是理学宗师,又是《楚辞》研究的大家。他的《楚辞集注》,将名物训诂、文字考证都整合到对《楚辞》的义理阐发之中了。朱熹曾说:"屈原一书,近偶阅之,从头被人错解了。……看来屈原本是一个忠诚恻怛爱君底人,观他所作《离骚》数篇尽是归依爱慕、不忍舍去怀王之意,所以拳拳反复,不能自已。"他又说:"屈原之忠,忠而过者也。屈原之过，过于忠者也。"在明清两代的屈学研究领域，朱熹的《楚辞集注》在后代影响深远，不容低估。

宋代诗词作品对屈原人格与楚辞艺术的体悟较之前代更细致深入，也更热情真挚。北宋诗人梅尧臣在《答韩三子华韩五持国韩六玉汝见赠述诗》中写道：

圣人于诗言，曾不专其中。

因事有所激，因物兴以通。

……

屈原作《离骚》，自哀其志穷。

愤世嫉邪意，寄在草木虫。

《楚辞》用香草、嘉木、善鸟之类象征崇高、美好、善良的德行，用臭草、劣木、恶禽之类象征丑恶、虚矫、淫邪的作为。表彰前者而斥责后者，并抨击社会的善恶颠倒，这就是诗人说的"愤世嫉邪意，寄在草木虫"。

仁宗嘉祐四年（公元1059年）冬天，苏轼途经忠州南宾，有《屈原塔》诗曰：

楚人悲屈原，千载意未歇。

精魂飘何处？父老空哽咽。

至今沧江上，投饭救饥渴。

遗风成竞渡，哀叫楚山裂。

屈原古壮士，就死意甚烈。

……

> 名声实无穷，富贵亦暂热。
> 大夫知此理，所以持死节。

诗中描写：南宾山上矗立着屈原塔，每到端午时节，当地百姓以投食、龙舟竞渡等活动来纪念屈原。诗中同时也寄寓了苏轼以屈子精神自励、自许，表达了年轻的诗人以身报国，不求一时荣华富贵的理想追求。

诗词作品中赞颂屈原的例子甚多，张孝祥《水调歌头·泛湘江》下阕曰：

> 制荷衣，纫兰佩，把琼芳。湘妃起舞一笑，抚瑟奏清商。唤起九歌忠愤，拂拭三闾文字，还与日争光。莫遣儿辈觉，此乐未渠央。

这首词的上阕阐述了泛舟湘江的缘由，下阕抒写情怀，将屈子作品中的词语、意象熔为一炉。"制荷衣"用《离骚》"制芰荷以为衣"语意；"纫兰佩"用《离骚》"纫秋兰以为佩"语意；"把琼芳"明用《九歌》"盍将把兮琼芳"而实用《离骚》"求女"意象，象征忠贞之士的节操修炼与朝廷的君臣际遇；"湘妃"二句，用"奏清商"暗寓忠怨之情（"清商"有悲凉、悲秋之意）；"唤起九歌"三句，既是在说是屈原，也是词人自证情怀坦荡，与屈子相通；末二句更表白千古忠臣同感共情，此心光明，其乐未央。

辛弃疾《喜迁莺·赵晋臣敷文赋芙蓉词见寿，用韵为谢》下阕，也是沿用这种比兴寄托的手法。其词曰：

> 休说。搴木末。当日灵均，恨与君王别。心阻媒劳，交疏怨极，恩不甚兮轻绝。千古离骚文字，芳至今犹未歇。都休问，但千杯快饮，露荷翻叶。

"搴木末"用《九歌·湘君》"搴芙蓉兮木末"句意，用手摘取树梢的鲜花，以装饰自身，象征君子修炼美好的道德节操。"心阻媒劳"三句，用《九歌·湘君》"心不同兮媒劳，恩不甚兮轻绝"语意，字面是写男女之间的情怨，实际暗指君臣上下不同心，媒人徒劳无功，最终轻易疏远分离。以下又用"千古离骚文字"二句连通古今（《离骚》有"芬至今犹未沫"一句），指出屈子的道德芬芳直到当今还未消散啊！词题中点名的"赵晋臣"，乃是宋宗室成员，当时正罢官在家，所以词中将他暗喻为屈原。以古喻今，寄寓现实人生之感，是《楚辞》接受史上的通例，宋代诗词作品中不胜枚举。

（4）明清，发掘"抗秦"意蕴，彰显民族气节

汉代至唐宋时期，对《楚辞》的解读一直聚焦于朝廷之中的忠奸斗争，批判的锋芒直指昏君与佞臣。南宋末年，蒙古大军攻破临安（今浙江杭州），流亡小朝廷逃至福州，又在随后的崖山（今广东境内）海战中大败，十万军民投海殉国，大臣陆秀夫背着小皇帝赵昺跳海，南宋遂告灭亡。

朱明王朝重新建立了汉人政权，至明崇祯十七年（1644），满族军队入关，明崇祯帝朱由检自缢于煤山树上，汉人政权又被满人取代。如此天崩地坼的变化强烈震撼了国人的心灵，尤其刺激了以民族文化为立身根基的学者、士大夫阶层，从而推动了历史学术领域的深刻嬗变。

明末清初之际，一批"遗民"学者，如王夫之、李陈玉、钱澄之等，在目睹社会大崩溃、大动荡之后，隐居深山草野之间，艰难地探索王朝倾覆的教训，同时借由学术活动来寄托情志，注释评说《楚辞》即其中之一端。

以王夫之《楚辞通释》为例加以说明。王夫之，字而农，号姜斋，湖南衡阳人。清军入关后，他曾与人组织衡山起义，失败后投奔南明永历政权。桂林陷落后，他逃回家乡，改换姓名为瑶人，在深山授徒为生，"故国之思，生死不忘"，自称船山老人。

在《楚辞通释》中，王夫之隐然以屈原自命。他在《九昭》自序中说："有明王夫之，生于屈子之乡，而遘闵戢志，有过于屈者。"他特别突出屈原"抗秦"的立场与意志，强调对此须臾不忘。他在《九昭·荡愤》题下注中写道：

> 楚之势不两立者，秦也。百相欺百相夺者，秦也。怀王客死不共戴天者，秦也。屈子初合齐以图秦，为张仪靳尚所阻，愤不得申。放窜之余，念大仇之未复，

夙志之不舒,西望秦关,与争一旦之命,岂须臾忘哉!

关于《楚辞》中"抗秦"的意旨,虽然史书有所载录,但在作品篇章中并无明确体现。整部《楚辞》提到秦的,仅有"秦弓"一词,乃兵器之名。《九歌·东君》有"举长矢兮射天狼"一句,无论是王逸的《楚辞章句》、洪兴祖的《楚辞补注》,还是朱熹的《楚辞集注》,都没有将"射天狼"与"抗秦"联系起来。《国殇》的主题是赞美奋勇杀敌、为国捐躯、死为鬼雄的将士,但是王逸、洪兴祖、朱熹也都没有指出拼搏、厮杀的对象是秦军。大约明清时期,出现了"天狼喻秦"的解说,并逐渐成为主流的训释。

王夫之注释《楚辞》时,抗清的武装力量已被平定,清王朝已经统一天下,所以王夫之只能曲折地表达自己的民族气节与情怀。他自称"有明王夫之",表明不承认满族统治的合法性。在《九昭》中,他还构想了一段兴师讨秦的殊死战斗,"以誓死之气,与秦争存亡,兵甫交而秦可破。夺武关,临渭水,秦且西溃。逮怀王之未死,迎之以归"。他又说:"秦人积怨于天下,如秋霖之害良稼。诛其君,吊其民,息天下之祸。"这里所倾诉的,更多的只是王夫之反抗清军入侵的情感幻想而已。

在《楚辞通释》中,抗秦的屈原与反清的王夫之叠合在一起，他们都真挚地热爱自己的国家，痛恨朝中的奸佞小人，都怀着强烈的孤愤之情。在屈原鲜活的生命背后，映射的是船山先生自己的身影。

（5）清末民初，学术躁动不宁，屈原形象因时而变

清末以来，随着西学东渐的浪潮，屈原与《楚辞》研究进入了一个求新求变的躁动期。传统经学中的公羊学说忽然兴起，讲求微言大义，运用这种方法研治《楚辞》，便在屈学领域掀起了一股疑古求异的风潮。其内在契因是要在思想学术界寻找新资源，发掘新意义，开启新局面。然而，千年大变局中，新旧之际难以廓清，学者内心困惑，不知所出，于是附会穿凿，务为新说，或者流于荒怪，遂多失误。这方面的著作，当以王闿运的《楚辞释》、廖平的《楚辞讲义》为代表。

王闿运，字壬秋，斋号湘绮楼，湖南湘潭人。他是咸丰二年的举人，曾任肃顺家庭教师，又入曾国藩幕府。他一生经历道光、咸丰、同治、光绪、宣统五朝。1913年，他又出任中华民国国史馆馆长。

王闿运有积极用世、辅君治国的政治抱负，以"帝王之学"著称于世，又以纵横家自许。然而，皇权时代即将落幕，他的政治理想必然落空。他的《楚辞释》一书，述及屈原的从政历史及主张，都与史书记载大相径庭。比如

说屈原主张与秦国修和，又密谋废黜楚顷襄王，另立新君，这些子虚乌有的描述纯属杜撰。他又说屈原以"忘仇和秦"之罪被放逐江南，与传统说法正好相反；又说楚王梦中遇见巫山神女暗喻齐楚联姻，也完全是臆想，毫无依据。王闿运对《楚辞》作如是解，可能蕴藏着他对清末某些政治、外交问题的隐秘设想，寄托的是他的政治幻梦。然而在古代的《楚辞》解说与训诂中阐发近现代的政治理想，把屈原塑造成一个纵横家的形象，试图从先秦时代的屈原身上寻找解决近代危机的方案，本身就显得荒唐不羁了。

他的学生廖平，字季平，四川井研人。廖平受王闿运的影响，崇尚今文学派。《楚辞讲义》是他教授学生时的课本。在《楚辞》研究中，廖平的想象更为奇特，立论更为离经叛道，更为诡异。

廖平一生深研儒家经典，而其说屡变。变化中又有不变，其学说的核心要义是要用中国传统的经学容纳、包含近代的西方文明。他认为孔子的学说无所不包，可以垂范万世。不仅是古代的中国，甚至近代西方的地理人物、文化思潮、政治格局，在孔子的学说里也早已有所暗示。他创设"小大""天人"学说，用王伯之制、人学涵盖中华文明，用皇帝之制、天学囊括全世界。他暗示"天学"就是世界之学，说"所称鬼神，皆为彼世界之人。至其时鬼神往来如宾客，亦如今外交部与外国相交涉"。以孔子学说包容当今世界，这就是廖平"小大""天人"学说的基本旨归。

廖平的《楚辞讲义》，就是要用《楚辞》的材料来解释、印证自己的上述世界观。其中有三个基本点：一是《楚辞》并非战国屈原所作，而是秦始皇时七十博士的共同作品，原题为《仙真人诗》；二是《楚辞》的内容属于天学（又说是"灵魂学"，与道家同宗旨），讲述鬼神游于六合以外的事，与战国时秦楚纷争、屈原的忧愁愤懑毫无关系；三曰"楚辞"出于《诗经》，是《诗经》的支流。

廖平的谬误至为明显，他的立论完全缺乏史料的支撑，纯属臆想。他否定屈原是《楚辞》的著作者这一观点得到少数人的呼应，从此开启了"屈原怀疑论、否定论"的端绪，成为《楚辞》研究的一股支流，余波未息，不绝如缕。

王闿运、廖平的《楚辞》研究，构成了《楚辞》接受与阐释史上最奇特诡异的案例。这种现象的发生，其内因是中国传统社会向现代转型时期的文化焦虑与学术困惑，有着典型的历史寓意，值得深入探讨。

（6）近现代，屈原先后被认定为弄臣、巫官、法家诗人……

20世纪以来，中国进入了社会与学术文化的巨大变革时期。西方的社会学说、文艺作品和科学技术潮水般地涌入中国，造成了这片神州大地上中外文化的大激荡、大整合、大融汇。作为传统文学分支的《楚辞》研究，有了脱胎换骨的改变。传统的文字校勘、名物训诂的文本解说扩大至地域文化的对比、宗教民俗的探求、文化心态的分析与中外文学的考察。于是，《楚辞》接受史在现代学术背景下异态纷呈，显示出众声喧哗的热闹景象。

新的时代塑造了新的屈原。与历史上的屈原相比，他显得更浪漫，更有激情，而且更加平民化。在梁启超看来，屈原是一个活生生的人，有着极高寒的理想和极热烈的感情。梁氏形容说："他是一位有洁癖的人为情而死。他是极诚专虑的爱恋一个人，定要和他结婚。……然而他的恋人老不理会他。"又说："他对于他的恋人，又爱又憎，越憎越爱。两种矛盾性日日交战，结果拿自己生命去殉那'单相思'的爱情！他的恋人是谁？是那个时候的社会。"又说："屈子盖天下古今惟一之'情死者'。"简而言之，梁启超笔下的屈原是一个热恋社会却被社会抛弃的失败的理想主义者。

闻一多则力图糅合旧学与新知，从神话及民俗学的角度去唤醒先秦时代的屈原。他自述说："我走的不是那些名流学者、国学权威的路子，……我是把古书放在古人的生活范畴里去研究；站在民俗学的立场，用历史神话去解释古籍。"他解说《离骚》道："每逢我读到这篇奇文，总仿佛看见一个粉墨登场的神采奕奕、潇洒出尘的美男子，扮演着一个什么名正则、字灵均的'神仙中人'说话，（毋宁是唱歌。）但说着说着，伶伶丢掉了他剧中人的身份，说出自己的心事来。于是个人的身世，国家的命运，变成哀怨和愤怒，火浆似的喷向听众，炙灼着，燃烧着千百人的心。"闻一多还从民俗宗教的角度，提出"人神恋爱"是《九歌》的宗教背景的观点。他认为"人神恋爱"并不是《九歌》本身的内容，而仅仅是它的宗教背景。换言之，《九歌》只是扮演人神恋爱的故事，不是实际人神恋爱的宗教行为。

苏雪林女士则独辟蹊径，力图从人类起源、世界宗教神话以及中外文化交流的广阔视野来探求《楚辞》的由来。她认为《楚辞》中包含大量的域外文化因子。她指出域外文化曾经两度传进中国：第一次是在夏商前；第二次是在战国中叶，即屈原时代，大约与"马其顿亚历山大侵略欧非亚三洲"的时期相吻合。为逃避战乱，大批外国学者由海路来到远东地区，齐国的稷下就是他们的集中住地，以邹衍为之"巨擘"。屈原出使齐国数年,"与域外来华学者相交游,所获知识非常丰富,就完全表现在他作品里"。苏雪林女士又认为"屈原《离骚》的地理原根据西亚神话。……秦火之后,域外文化分子大半失传",甚至趋于完全消灭,所以产生种种误解。她的结论是:"屈原作品,不但联结了中国历史,也贯通了古代域外全盘文化"。因此,她称屈原是一位"挥斥风云、纵横六合的宇宙巨人"。她极力推崇道:"屈原不仅是古今第一天才,也是古今第一完人。他沟通世界文化之伟大,我们无法形容,只好称之为'天人'。"(《屈骚新诂》自序)苏雪林女士极大地丰富了"楚辞"生成的文化背景,拓展了《楚辞》艺术的思维空间,她在《楚辞》研究中开辟了新的路径,功绩不可埋没。

20世纪以来,有学者认为屈原只是楚国的一个"文学弄臣",是陪着君王开心寻乐的男宠;或者只是一个巫官,专司占卜、降神、释梦一类的事项。"文革"时期"评法批儒"中,又说屈原是与儒家相对立的"法家诗人"。20世纪80年代,有学者试图从心理分析的层面透视屈原,认为屈原是一个有着幻视、幻听、幻觉、孤独症、自恋症的"病态诗人"。上述各种说法中,不乏思想的亮点,也有明显的偏见和谬误。

在《楚辞》研究的历史天地里,不同时代、不同学术背景、不同人生遭遇的人们心中矗立着不同的屈原。由于历史的生命个体已经消亡，后人只能从传世文本中描画他的身影。这就像一个试图"唤醒"已逝生命的过程，在这一"唤醒"的过程中，人们将自己的想象与期待也注入其中了。因此被唤起的人物形象既是历史的，又是现实的；既是源于古代文本的，又是映照着当下想象的。在被"唤醒"人物的历史身影中，闪动着当下文化的品格。

"逝者如斯夫，不舍昼夜！"可以确定，在未来新的时代、新的文化思潮下，还会"唤醒"、催生出新的屈原。就当下而言，我们眼中的屈原，则是一个有着巫文化背景、有着"美政"理想、耿介个性与杰出才华的诗人。他在文学上的成就彪炳史册，将会永世长存。

3. 屈原：一面旗帜，一种情结，一个符号

"楚辞"的发现与屈子形象的确立是中国先秦文学史上的一大"奇迹"。真实的屈原，连同他所处的那个动荡、分裂的时代，已经在两千多年前永远地消失了，后世人们所看到的，只能是诗人愈行愈远的"背影"。然而《楚辞》的传播历经两千多年的岁月洗礼，其影响力始终长盛不衰，并渗透进几乎所有的文学艺术领域。另一方面，对于《楚辞》内蕴的阐释始终是一个学术难题，异说迭出，错综纷纭，倾注了一代又一代学人的心力。

"美政"是屈原的最高理想，是他的终极追求，也是

他生命中高擎起的一面旗帜。他在《离骚》之末说："既莫足与为美政兮，吾将从彭咸之所居。"他最后自沉于汨罗江，用生命去殉了"美政"理想。"美政"与善政、德政、仁政相通，是我国先秦儒家所崇尚的政治理想。王逸《楚辞章句》解释"美政"为"行美德、施善政"，庶几近之。《楚辞》作品中饱含大量赞美、表彰古代圣君、哲王、贤臣的内容，其核心目的在于实现其"美政"的理想，其要义则是变法图强、民德是辅、举贤授能以及禁用苛政与暴行。他特别提出"民德""民尤"这一组对立的概念。"民德"就是人民拥护的，"民尤"就是人民不同意，感觉痛苦的。姜亮夫《楚辞通故》认为"尤当训异，乃尤之本义也"。也就是说，凡是民心所同、民意所向的就要助其实现，凡是民众不同意、动辄得咎的，就不能去做。"美政"，应该以民心民意作为判断与决策的最高原则。

屈原与《楚辞》作品深深影响了中国人的情感与心灵世界，对自由、美以及辞章艺术的向往和追求成为中国人（尤其是文人士大夫）的一种"情结"。《楚辞》中没有"自由"一词，但诸如"逍遥""相羊"以及乘龙御凤的飞天巡游等，都体现出屈原对人生自由意志的追求。在作品中，心灵的自由是文学想象力、创造力的放飞，而行为的自由则体现在被逐荒野中的徘徊、昂首问天，以及对人类历史过程的质疑。面对楚国朝政的荒谬与昏乱，屈原是奋不顾身的勇士；当四顾苍茫，深感难有作为时，他又幻想做一个芰荷为衣、芙蓉为裳的隐者。"狂狷"是诗人对世俗的蔑视与反抗，更是他追求人格自由的表现。《离骚》之末频繁提及昆仑、西极、赤水、西海，它们不仅是一种神话的文学想象，更是诗人深沉情感的寄托与灵魂的归宿。最后汨罗江畔的纵身一跃，铸就了屈原悲剧性的英雄形象。屈原倔强不挠的意志、璀璨的文学才华以及他叩问历史的理性精神，都深植在国人的心中，并永远滋养着人们的灵魂。

在漫长的历史流变中，诗人屈原的形象逐渐升华为一个承载着特定精神价值的标识，《楚辞》也凝聚为一个意蕴丰厚的文学符号。一说到屈原，人们脑海里浮现的便是一位头顶高冠、身带长剑、繁花为饰、面容清癯而憔悴的诗人形象。"路漫漫其修远兮，吾将上下而求索"，是他的人生誓词；"民生各有所乐兮，余独好修以为常"，是他的道德追求；"路不周以左传兮，指西海以为期"，则是他前行的目标和动力。他藐视世俗，忽而高驰而不顾，忽而又乘龙驭凤，在云雾缭绕中周游四海，无数神灵簇拥在他的周围，有天神为他开道。他注重修炼美好道德，上下求索，周游四荒去追求理想的实现，这就是诗人屈原的符号意义与价值所在。

这是历史的选择,是世世代代生于斯、长于斯、歌哭于斯的国民的选择。两千多年的岁月积淀,屈原与《楚辞》共同构筑了一座历史的文学丰碑,成为古老东方文学的一个象征,一个意蕴深远的文学符号。